后浪出版公司

爱情、疯狂和死亡的故事

Horacio Quiroga

CUENTOS DE AMOR,
DE LOCURA Y DE MUERTE

［乌拉圭］奥拉西奥·基罗加 著

林光 译

四川文艺出版社

目录

大森林的故事

译序

　　乌拉圭作家奥拉西奥·基罗加（Horacio Quiroga），是拉丁美洲最受读者欢迎的短篇小说作家，在拉丁美洲文学史上占有一席不可忽视的地位，曾被誉为"短篇小说之王"。在乌拉圭首都的书店里、书摊上，到处都能买到他各种版本的著作。他的作品被选入课本。在他的家乡有以他名字命名的旅馆和菜肴。他的作品以其独特的题材、新颖的创作方法、简洁流畅的语言和深刻的思想内涵，在当今世界文坛上仍有持久的影响。凡阅读他的作品的读者，必定会被他的艺术魅力深深感染。

　　基罗加1878年降生于乌拉圭西部以温泉知名的边陲小城萨尔托，是阿根廷商人普鲁登西奥·基罗加四个儿子中最小的一个。由于家庭经济拮据，为了谋生，奥拉西奥·基罗加从事过多种职业。但他从少年时起就喜欢文学，阅读了左拉、狄更斯、托尔斯泰、巴尔扎克、莫泊桑、契诃夫、吉卜林、爱伦·坡等著名作家的大量作品，受到有益的影响，很早就在报刊上发表文章。尽管他的遭遇很不如意，对文学创作却始终孜孜以求。

1900年，他前往巴黎游学，同年7月回到祖国。1901年出版了第一部诗文集《珊瑚礁》。1902年因枪支走火，他无意中打死了自己的好友，从而移居阿根廷。次年，他参加诗人莱奥波尔多·卢戈内斯率领的考察队，前往米西奥内斯了解古代耶稣会传道历史，从此，他不时往返于布宜诺斯艾利斯和米西奥内斯两地，林区的艰苦生活，成了他文学创作的丰富泉源。他作品中的人物大多是米西奥内斯当地的工人、农民、农场主、伐木场主、商人、船工、妓女等。因为熟悉，因为充满感情，这些人物都被刻画得栩栩如生，他们的语言，他们的眉眼，在举手投足间无不显现当地人独有的特点和情趣。他的作品，在写实中时不时会融入一些神秘的奇思妙想，令人回味无穷，惊悚莫名。他实际上是拉丁美洲"魔幻现实主义"之先驱。

从1904年到1935年，基罗加在三十多年文学创作生涯中，写了二百多篇小说。他先后出版了如下一些作品：一、长篇小说——《朦胧的情史》（1908年），《过去的爱情》（1929年）；二、中短篇小说——《别人的罪行》（1904年），《受迫害的人们》（1905年），《爱情、疯狂和死亡的故事》（1917年），《野蛮人》（1920年），《荒野》（1924年），《被放逐的人们》（1926年），《在那边》（1935年）；三、寓言小说——《阿纳孔达》（1923年）；四、童话——《大森林的故事》（1919年）。其中《爱情、疯狂和死亡的故事》，是他的成名作，面世后读者争相传颂；《大森林的故事》收有作品八篇，是他为自己的儿女写的童话，出版后反响强烈，成为西班牙语世界中最受儿童喜爱的读物之一。此外，他还写了一些有关文学创作的论文，对后起的拉丁美洲作家有不容忽视的影响。

1937年2月18日夜里，基罗加因患前列腺癌自杀身亡。

基罗加的作品虽然有爱伦·坡、吉卜林、莫泊桑、契诃夫等文学巨匠的影响痕迹，但他绝不是他们的模仿者。他从拉丁美洲独特的社会生活和神秘的大自然景物中汲取素材，以现实主义和现代主义相结合的方法刻画人物，营造背景气氛，使他的作品呈现出全然不同于前人的浓烈色彩和个性。他在描述爱情、疯狂和死亡的多姿多彩的故事中，对劳动者表达了无限的同情和哀其不争的悲愤，对善良的弱者则给予了无奈的怜悯和善意的调侃；对于青年男女的爱情，不论成功与否，他都给予热情的讴歌和由衷的同情；他笔下的疯狂冲动，无不是受害者对剥削和贪婪忍无可忍时所作的反抗；他把穷苦人在与剥削者和大自然的抗争中导致的死亡，看作是走投无路情况下的一种解脱，因而显得有一种病态的偏爱，而予以细致的描绘。

在他写的童话和寓言小说中，动物都人格化，他让它们与人类和平共处，互相帮助；有的他让它们与人抗争，以维护它们的生活空间和生存权利。在作家中，他可以说是用自己的作品提出保护动物、保护人类生存环境的先驱，他的观点的重要性和正确性，越来越为科学家的研究发现所证实。这是何等了不起的预见！

早在半个世纪之前，他就已在作品中向世人描绘了遗传病造成的可怕后果。这又是何等了不起的预见！

本书曾以《基罗加作品选》为书名，于 1997 年 3 月由云南人民出版社作为国家"八五"重点图书拉丁美洲文学丛书之一出版。近两年来，我在检校这本旧译时，发现译文中有不少错误或不尽如人意之处，留下了诸多遗憾。为了使得它尽可能完善一些，我在此两年间，断断续续对全书进行了全面修订，有许多地方几近重译。现在，修订告竣，谨向给予我支持的各位师友致以热忱，并祈读者不吝赐正。

林 光

2011 年 11 月 12 日

羽毛枕头

　　阿莉西亚的蜜月简直是一次令人不寒而栗的漫长经历。胆小的她生就一头金发，性情温柔得像天使，满脑子都是当新娘的幼稚幻想，丈夫的粗鲁性格却给她当头泼了一瓢冷水。她非常爱丈夫霍尔丹，可是，有时他们晚上一起从街上回家，她偷偷看一眼一小时前就沉默不语的丈夫的高大身影，一阵轻微的战栗就会漫延到她全身。至于霍尔丹，也深深爱她，只是没有向她表白。

他们是四月结的婚，三个月来日子过得格外幸福。

毫无疑问，她本来希望在庄严的爱情天堂里少些严肃气氛，多些热情和不做作的温柔；可是，她丈夫那种无动于衷的外貌，总是使她受到约束。

他们住的房子，对她产生战栗有不小影响。悄寂无声的庭院一片白色——白色的墙裙、白色的柱子和白色的大理石雕像，使这个空荡荡的大宅院产生一种秋天的肃杀气氛。房内粉刷的灰浆发出冷冰冰的寒光，高墙上连最浅的划痕都没有，增加了那种令人不快的冷漠感。从一个房间走到另一个房间去，脚步声就会在整座房子里引起回响，仿佛长期无人居住造成了它的敏感回响。

在这个奇特的爱巢里，阿莉西亚度过整个秋季。不过，她终于不再沉湎在自己的旧梦中，依然像睡美人那样住在那所充满敌意的房子里，每天晚上在她丈夫回家之前什么都不想。

阿莉西亚日渐消瘦，并不是什么奇怪的事。她患了轻度流感，迁延多日，病情越来越重，从未见好。一天下午，她终于能够扶着丈夫的臂膀到花园去。她没精打采地看着周围。霍尔丹突然深情地伸出手缓缓爱抚她的头，阿莉西亚立刻抽泣起来，伸出双臂搂住他的脖子。她为所有说不出的恐惧哭了好久，又为她丈夫的一点点柔情哭得更加伤心。哭泣止住后，她依偎着丈夫的脖子又站了很久，没有动，也没有说话。

　　这是阿莉西亚起床走动的最后一天。次日天亮时，她就昏迷了。霍尔丹请的医生仔细检查了她，嘱咐让她绝对卧床休息。

　　"我不知道是什么病。"在大门口，他低声音对霍尔丹说，"她十分虚弱，这种病我说不清楚。她没有呕吐，什么症状都没有……如果她明天醒来跟今天一样，马上来叫我。"

　　第二天，阿莉西亚病情继续恶化。医生看过，认为她患的是贫血病，病情发展非常急，完全说不清原因。阿莉西亚没有再昏迷，但是显然正在走向死亡。她的卧室里整天开着灯，而且十分安静；几个钟头都听不见一点儿声息。阿莉西亚打起瞌睡来。霍尔丹住在客厅里，那里也是灯火通明。他不停地从客厅的一头走到另一头，而且坚持不懈。地毯使他的脚步没有一点儿声响。他时不时走进卧室，继续在床前一声不响地来回走动，每走到床的一头，都要停一会儿瞧瞧他的妻子。

　　阿莉西亚不久就开始产生幻觉，她看到的幻象起初是模糊和飘忽不定的，后来降落到地面。这位少妇眼睛大睁，一个劲儿地瞧着床头两侧的地毯。一天夜里，她突然两眼发直，不久就张口喊叫，她的鼻子和嘴边满是豆大的汗珠。

　　"霍尔丹！霍尔丹！"她直盯着地毯喊，害怕得全身僵直。

　　霍尔丹奔向卧室，阿莉西亚一见他来，就发出一声惊叫。

　　"是我呀，阿莉西亚，是我！"

阿莉西亚惝恍地看着他，看看地毯，又看看他，而且在长久愕然对视之后，才平静下来。她露出微笑，双手握住她丈夫的一只手，颤抖着抚摸了足有半小时之久。在她挥之不去的幻觉中，有一只类人猿用手指支撑在地毯上，眼睛直盯着她。

医生们又来了，但徒劳无益。在那里，他们面对的是一个正在走向死亡的生命，每日每时都在失血，完全不知道是怎么失的血。在这最后一次会诊中，阿莉西亚木然躺着，这时医生们给她号脉，她那没有活力的手腕，从一个医生转到另一个医生手里。他们默默地观察了她很久，接着便到饭厅去。

"嘻……"她的医生沮丧地耸耸肩膀，"这种病说不清，我们没什么办法……"

"要拿出办法来呀！"霍尔丹喘着粗气说，突然用手指在桌上敲击起来。

在贫血造成的谵妄中，阿莉西亚的生命在渐渐消逝，晚间谵妄加剧，但是总是在凌晨时分减轻。白天她的病情没有发展，而每天早晨天亮时她就脸色苍白，几乎晕厥。到了晚上，她的生命好像随着血液流失而离开她。每天醒来，她总是觉得自己头上像压着千斤重负似的瘫在床上。这次病倒后的第三天，她再没有离开床榻。她的头几乎不能动。她不要别人碰她的床，更不要别人帮她调整枕头。她迷迷糊糊感到恐惧的东西，现在幻化成鬼怪向前移动，缓慢地挪到床边，费劲地攀着床单往上爬。

随后她就失去了知觉。最后两天，她不停地低声说胡话。卧室和客厅里继续幽幽地亮着灯。在这座房子死一般的寂静中，除了床单上传来单调的说胡话声和霍尔丹不停的脚步发出低沉的回响之外，再也听不到别的声音。

阿莉西亚终于断气了。女仆后来独自进屋拆床，非常惊讶地盯着那个枕头。

"先生！"她轻声叫霍尔丹，"枕头上有污斑，像是血迹。"

霍尔丹快步走上前去，俯身看枕头。在枕头套上，在阿莉西亚头部压的凹坑两边，看见许多乌黑的小点。

"看来像是叮咬的洞。"女仆一动不动地观察了一会儿，然后低声说。

"拿起来对着亮光照照。"霍尔丹对她说。

女仆拿起枕芯，不过立刻扔下，并且盯着它，脸色发白，还浑身发抖。不知为什么，她觉得自己的头发都倒竖起来了。

"怎么回事？"霍尔丹嘶哑地低声说。

"很重。"女仆一字一字说得很清晰，浑身仍在颤抖。

霍尔丹拿起枕头，觉得它重得出奇。他把枕头带出卧室，放在饭厅的桌上，把枕套和枕芯割开一道口子。里面一层羽毛飞了起来，女仆大张着嘴发出一声惊叫，同时举起紧握的手捂住自己的脸。在枕头里边的羽毛中，几条多毛的腿在缓缓移动，那是一只怪异的动物——一只黏糊糊的球状活物。

它鼓得很大，几乎找不到它的嘴。

阿莉西亚倒床后，它曾夜夜用它的嘴（更确切地说是它的吸管），偷偷扎进她的太阳穴，吮吸她的血。这样的叮咬几乎觉察不出来。每天挪动枕头，起初无疑曾经妨碍它的发展；不过，自从女人不能活动以后，吸血就大大加快了。在五天五夜之内，它把阿莉西亚的血吸干了。

这种鸟类的寄生虫，在平常的环境中是很小的；但在特定的条件下，它的体积会增大。人血似乎对它特别有营养，所以在羽毛枕头里找到它，并不是什么罕见的事。

中暑

　　小狗奥尔德迈着懒洋洋的步伐，笔直穿过院子，走出大门去。他停在牧场边上，对着丛林伸懒腰，双眼眯缝，翕动着鼻子，然后静静坐下。他看见单调的查科平原上，间隔地穿插分布着田野和丛林、丛林和田野，除了牧场的浅黄色和丛林的青色之外，没有别的色彩。在两百米外的地平线上，丛林从三面把农场围住。西边的田野越来越开阔，伸展成林间空地，而且在远方不可避免地划上了一条阴暗的轮廓线。

在这清晨时刻，与中午耀眼的光线形成对照，远方显现一种宁静的透明。没有一片云彩，也没有一丝儿风；在平静的银色天空下，田野散发出令人神清气爽的清凉，给面对着肯定是另一个干涸日子的沉思的心灵，带来干活会有更好补偿的感伤想法。

小狗奥尔德的父亲米尔克也穿过院子，坐在小狗旁边，觉得很舒服，懒洋洋地哼了一声。两条狗一动不动地坐着，因为牛虻还没出来干扰他们。

刚才一直望着丛林外沿的奥尔德，看出天气情况说："今天早晨很凉爽。"

米尔克顺着小狗的视线看去，目不转睛地盯着，心不在焉地眨着眼睛。过了片刻，他说：

"那棵树上有两只游隼。"

他们扭头无动于衷地看着走过的一头牛，还习惯性地继续张望周围的东西。

就在那时，东方开始出现扇形的紫红色，地平线也已失去黎明时的清晰景色。米尔克交叉起前腿，觉得有点儿疼。他一动不动地审视自己的脚趾，终于决定闻一闻那几只趾头。头天他从脚趾上剔掉一只穿皮潜蚤，想起这只小虫让他吃的苦头，他把这只脚趾舔了又舔。

"走不了路啦。"最后他大声说。

奥尔德不明白他说什么。米尔克又说：

"穿皮潜蚤很多。"

这次小狗听明白了。过了好一会儿，他才按自己的理解回答道：

"是有很多穿皮潜蚤。"

他们俩又沉默下来，都相信彼此说的话。

太阳出来了。在第一道阳光照耀下，雉鸡组成的铜管乐队，便对着洁净的天空发出乱哄哄的号声。被斜照的阳光镀成金色的那两条狗，眯起眼睛，感到十分舒适而幸福地眨了又眨。由于喜爱沉默的迪克，上唇被长吻浣熊撕裂而露出牙齿的普林斯，还有取了土著名字的伊松杜这几条狗的到来，那两条狗身边的伙伴渐渐增加了。这五条狐狸随即直挺挺地、昏昏然地躺在那里睡着了。

过了一个小时，他们抬起头来；在那座宽敞的两层农场房舍（下层用黏土、上层用木料建造，有瑞士式木屋的回廊和扶栏）对面，他们听见主人下楼梯的脚步声。琼斯先生肩上搭着毛巾，在房舍的拐角处停留片刻，望了望已经高升的太阳。他以饮威士忌酒度过比平日更为漫长、孤独的不眠之夜后，仍然睡眼惺忪，嘴唇没有合拢。

他盥洗时，那几条狗走上前去，一边嗅他的长统靴，一边懒洋洋地摇尾巴。跟受过训练的动物一样，这几条狗辨别得出主人最轻微的醉酒迹象。他们慢悠悠地走开，又躺到阳光下面。可是温度升高，他们便离开那里，躲到阳台的阴影里去。

这一天和这个月先前的所有日子一样：干燥、晴朗，烈日晒上十四小时，仿佛坚持要把天空晒化，把湿润的大地刹那间晒裂，形成无数白色的硬块。琼斯先生去地里查看前一天的活儿，然后回到住所。他一上午什么都没干。吃过午饭便上楼睡午觉。

两点钟雇工们又去锄地，尽管那时太阳很毒，杂草是不会放过棉田的。跟在他们后头的是那几条狗，自从去年冬天学会了与游隼抢夺锄头翻出的白色蠕虫以后，他们就十分喜欢耕作了。每条狗都躺到一棵棉株下面，伴随他们喘气声传来的是锄头低沉的敲击声。

这时天气越来越热。在阳光耀眼的、静悄悄景色中，四下里空气在抖动，使人看不清楚。新翻的地上散发出热气，雇工们头上包着飘动的头巾，忍着热连耳朵都包上，不声不响地干着农活。那几条狗时时更换棉株，以找到更凉爽的阴影。他们直挺挺地躺着，躺累了只好坐起来，以便舒畅地喘口气。

他们的前方现在有一小片漂土荒地在反射亮光，从来没有人想去开垦它。奥尔德忽然看见琼斯先生坐在荒地的一棵树干上，正盯着他，便摇着尾巴站起来。别的狗也都站起来，但都倒竖起身上的毛。

"那是主人！"小狗喊道，为那几条狗的架势感到吃惊。

"不，那不是他。"迪克回了一句。

四条狗站在一起闷声嘟哝着，目不转睛地盯着琼斯先生，而他仍然一动不动地望着他们。小狗疑惑地往前走，可是普林斯龇起牙对他说：

"那不是他，是死神。"

小狗吓得毛也倒竖起来，退回到狗群那里去。

"是死去的主人吗？"他焦急地问。

别的狗没回答他，怒冲冲地吠起来，一直保持着害怕的姿势。不过，琼斯先生已经在抖动的空气中渐渐消失了。

雇工们听见狗吠声都抬头看去，可什么也没看见。他们转头看看是否有马匹跑到地里来，随即又弯下身去。

那几条狐狸回到通往农舍的路上去。那条小狗身上的毛仍然倒竖着，向前跑，然后又紧张到小快步往回跑，他知道他的伙伴们都有过这样的经验：一件东西快死时，先会出现鬼魂。

"你们怎么知道，我们看见的那个人不是活着的主人？"他问。

"因为那不是他。"他们冷冷地回答。

那是死神，农场将随着死神的到来而易主，他们都将受穷，还得挨踢！当天下午的余下时间，他们都在主人身边度过，显得又忧郁又警惕，听到一点儿声响就嘟哝，不知道该向哪个方向吠。琼斯先生对自己的护卫如此警惕颇感满意。

太阳终于落到小河边黑色的棕榈林后边去了，那几条狗在洒满银光的夜晚的寂静里，守在农舍周围，琼斯先生又在农舍楼上开始他啜饮威士忌的不眠之夜。午夜时分，他们听见他的脚步声，然后听见两下他的靴子落在地板上的响声，灯也就灭了。这时，那几条狗感觉到主人的变化即将发生，感觉到他们的孤独，便在沉睡的农舍下边哭泣起来。他们齐声痛哭，粗哑刺耳的抽泣声连绵不断，一再变成痛苦的嗥叫，普林斯持续发出追猎时发出的叫声，别的几条狗这时也跟着抽泣起来。小狗只会吠。夜深了，那四条曾受即将失去的主人的喂养和爱抚的大狗，聚集在月光下，伸着因悲伤而肿胀的嘴脸，继续为当家畜的不幸而哭泣。

第二天早晨，琼斯先生自己去牵骡子，还给套上犁，干活直干到九点钟。可他不满意。因为，地从来没有好好耙过；犁铧也不锋利，骡子的步子迈快了，犁就跳起来。他把犁扛回去，把犁铧磨快；可是，犁上有颗螺钉买来时就已经裂开，在他安装时拧断了。他叫一名雇工到邻近的作坊去，嘱咐雇工要照顾马，那是一匹好马，但是容易中暑。琼斯先生抬头看了看中午的毒太阳，坚决要雇工一步也别让马儿跑。他吃过午饭，立刻上楼去。一上午片刻不离主人的那几条狗，这时留在阳台上。

这天中午，阳光和空寂令人疲惫不堪。周围的一切，因灼热而显得朦胧。农舍周围院子里的地面，被直晒的太阳晒得发白，仿佛是一片热腾腾的沸水，弄得那几条眨动眼睛的狐狸昏昏欲睡。

"鬼魂还没出现。"米尔克说。

奥尔德一听见"出现"这个词，耳朵就忽地一下竖起来。

小狗受这种说法的刺激，站起身来，吠着找寻什么。不久他不吠了，跟伙伴们一起专心打苍蝇。

"不会来了。"伊杜松也说。

"那个树桩下边有过一只小蜥蜴。"普林斯第一次想起。

一只母鸡张着嘴，张开翅膀，因天热而迈着沉重的小跑步伐，穿过发烫的院子。普林斯懒洋洋地注视着那只母鸡，突然跳了起来。

"又来了！"他喊道。

那个雇工骑着马独自从院子北部走来。那几条狗弓身站起来，以有节制的愤怒对正在走近的死神直吠。那匹马低着头走，对不得不走的方向显然犹豫不决。死神经过农舍前面时，朝水井方向走了几步，便在无情的阳光下渐渐消失了。

琼斯先生从楼上下来；他睡不着。当他准备安装那把犁的时候，意外地看见那个雇工骑马回来。为了能在这时赶回来，雇工一定是不听吩咐，让马奔跑了——尽管琼斯先生下过命令。这匹可怜的马胁腹部布满无数鞭痕，完成任务后刚被放开，就颤抖着垂下头，侧身倒下了。琼斯先生命令那个手中仍握着鞭子的雇工到农场去，免得因为继续听见他的诡辩而揍他。

不过，那几条狗却很高兴。本要找上他们主人的死神，现在找到这匹马就满足了。他们兴高采烈，压在心上的一块石头落了地，正准备随主人去农场，就听见琼斯先生叫已经走远的雇工，向他要螺钉。他说没有拿到螺钉，因为仓库已经关门，管理人员睡了，以及诸如此类的话。琼斯先生没说话，拿上防护帽，亲自去找螺钉。他忍受毒太阳如同容忍雇工，这次走动对他的坏情绪也有好处。

那几条狗跟着他出去，不过都停在遇到的头一棵角豆树的树荫下；天太热。他们一动不动地站在树荫里，皱着眉头，警惕地瞧着主人远去。终于因为担心他会更感孤单，便小跑着跟上去。

琼斯先生拿到他要的螺钉就往回走。为了抄近路，当然也为了避过路上那处满是尘土的弯道，他走上直通农场的那条小道。他走到小溪旁，走进针茅地——萨拉迪托针茅地，自从世上有草以来，它长高，枯死，接着又发芽，从来没遭过火烧。草丛弯成拱状，齐胸高，形成牢固的整体。即使是凉爽的日子里，在这个时刻通过它也十分困难。可是，琼斯先生挥动手臂，穿过噼啪作响的、落满因洪水烂泥形成的尘土的针茅草，疲倦和硝酸盐粉尘使他感到窒息。

他终于走出那片草地，在草地边停下；可是，太阳那么毒，他又十分疲乏，停住不动可不行。他又迈步走了。三天来不断升高的灼人热度，现在又加上不正常天气的憋闷。天空发白，没有一丝儿风。空气又令人窒息，心脏疼痛使他喘不过气来。

琼斯先生认识到，这已经超过了他所能忍受的极限。他刚才听到了颈动脉强劲的跳动声。他觉得自己身子发飘，好像头脑里有一股力量把头骨往上推。他看着草地，感到眩晕。他急忙往前走，想一下子走完这段路……他突然清醒过来，发现自己是在别的地方；他不知不觉已经走了一大段路。他回头看，又感到脑袋发晕。

这时那几条小狗跑着跟在主人身后，舌头伸在嘴外。他们有时感到气闷，便在一株针茅的阴影下停住，坐下直喘气，然后再去受毒太阳的煎熬。因为房子已经不远了，他们跑得更快了。

这时跑在最前面的奥尔德，看见身穿白衣服的琼斯先生从农场的铁丝网后边向他们走来。小狗突然记起什么，便回过头对他的主人吠道：

"死神！死神！"

另外几条狗也看见了死神，便竖起毛吠起来。他们看见琼斯先生穿过铁丝网，刹那间想到他准是走错了，不过，他走到一百米处便停住，用他蓝色的眼睛看了看这群狗，随即往前走去。

"但愿主人别走得太快！"普林斯大声说。

"会撞上死神！"他们都吠起来。

果然另一个主人经过片刻犹豫，就往前走去，不过不是笔直朝着他们，而是朝着倾斜的、看似错误的路线走去，在这条路线上，它正好能撞上琼斯先生。那几条狗明白，这次一切都完了，因为他们的主人像机器人一样，继续稳步往前走，对任何事物都不留意。另一个他已经走到。那几条狗垂下尾巴，吠着从侧面跑过去。过一秒钟他们就相撞了。琼斯先生停住，自己打了个转就倒下了。

看见他倒下的雇工们急忙把他抬往农舍，可是，给他灌再多的水都没用了：他死了，再也没有醒来。他的异母兄弟穆尔先生从布宜诺斯艾利斯前来，在地里待了一小时，花四天工夫清理一切，然后立即返回南方。印第安人分了那几条狗，从那天往后他们越来越瘦，而且长满疥疮，饿得吠不出声来，跑到别人的农场去偷玉米穗吃。

挨宰的鸡

　　马齐尼 – 费拉斯夫妇的四个傻儿子，整天坐在院子里一条长板凳上。他们从嘴里伸出舌头，眼神呆滞，转头时总大张着嘴。

　　院子里是泥土地面，四面围着一堵砖墙。长板凳放在离墙五米的地方，跟墙平行，四个傻子一动不动地坐在那里，眼睛死盯着墙。太阳下山时渐渐藏到砖墙后面去，四个傻子看了都很开心。耀眼的光线总是首先引起他们的注意，他们的眼睛渐渐发亮，终于哄然大笑起来。他们由于这样急切的大笑而满脸通红，同时欣喜若狂地望着夕阳，似乎那是可以吃的东西。

别的一些时候，他们排排坐在那条长板凳上，整整几个小时模仿有轨电车，发出呼隆呼隆的声音。强烈的喧闹声使他们不再死气沉沉。他们随后在院子里奔跑，咬紧舌头而且哞哞叫个不停。但是，他们总是陷入一种白痴的阴郁而麻木的状态，坐在长板凳上度过一整天，他们的腿静止不动地垂着，裤子上满是黏糊糊的口水。

他们最大的十二岁，最小的八岁；浑身污秽不堪，看得出他们一点儿都没有得到母亲的关心。

但是，这四个傻子从前曾经是他们父母的心肝宝贝。婚后三个月，马齐尼和贝尔塔让他们夫妻之间的亲密爱情，走向更富有活力的未来——他们有了一个孩子。就是说，他们的感情顺理成章地得到了上帝的恩准，对恋人们来说难道还有比这更大的幸福吗？他们从此摆脱了仅仅是两人之间毫无别样目标的爱情，因为毫无目标的爱情只不过是一种低层次的自私行为。而且更糟的是，这样的爱情是不可能指望得到更新的。

马齐尼和贝尔塔就是这么想的，所以，在他们婚后十四个月儿子降生时，他们认为他们有了完美的幸福。这个儿子壮实、漂亮又喜气，一直长到了一岁半。但是，在二十个月的一天夜里，他忽然强烈抽搐起来，到第二天就不认识爹妈了，这使他们感到震惊。医生以其专业所特有的专注检查了病儿，显然找出原因就在父母身上。

过了几天，这孩子麻痹的四肢又能动了；可是，他的智力、精神，甚至本能，全消失了。他痴呆得厉害，淌着口水，浑身瘫软，总是半死不活地躺在他妈怀里。

"孩子，我亲爱的孩子！"贝尔塔为她头生儿子如此可怕的凶险病象而哭泣。

那位父亲心情悲苦，在外边陪医生。

"我们只能对您说：我认为这是一种不治之症。他也许会好点儿，他的痴呆允许他受多少教育，就让他受多少教育，但是不可能更好了。"

"是！……是！……"马齐尼表示同意，"不过，请告诉我，您认为这是遗传的吗，那么……？"

"我一见到您儿子就对您讲了，我认为是父系的遗传。至于母亲方面，她的一侧肺部不太好。我没发现更多问题，只是呼吸有点儿杂音。让她去仔细检查一下。"

马齐尼因自责而五内如焚，便加倍疼爱他儿子，这个小傻子是替祖父的胡作非为付出的代价。他还必须安慰并不断支持贝尔塔，因为这次挫折深深伤害了这位年轻母亲的心。

理所当然，这对夫妇就把他们的爱情全部寄希望于另一个儿子。这个儿子降生了，他身体健康，而且笑得天真无邪，这使暗淡的前景又有了一线光明。但是，到十八个月的时间，头生儿子那种抽搐的毛病又出现了，第二天天亮时，第二个儿子也痴呆了。

这对父母此次陷入深深的绝望中。该诅咒的当然是他们的血，是他们的情欲！尤其是他们的情欲！他二十八岁，她二十二岁，他们的炽热柔情不能创造出正常生命的微粒来。他们已经不指望孩子像头生儿子那么漂亮、聪明了，可是，他们要有一个儿子，跟所有孩子没什么两样的一个儿子！

由于新的灾祸，他们突然燃起令人痛苦的新的情欲之火，涌出些许柔情。接着他们生下一对双生儿子，而且一项不漏地重复了两个哥哥的经历。

尽管心中无限悲苦，马齐尼和贝尔塔依然十分怜悯他们的四个傻儿子。须要从极其深重的兽性灵薄狱①中救出来的，已经不是他们的灵魂，而是早已丧失了的本能。他们不会吞咽，不会走动，连坐下也不会。他们终于学会了走路，却碰撞所有的东西，因为他们根本不理会什么障碍物。给他们洗澡，他们就哇哇乱叫，直叫得满脸通红。只有吃东西或是看到鲜明色彩和听见隆隆雷声时，他们才会兴奋起来；于是他们发出笑声，伸出舌头，口水如注，快乐得不得了。他们倒

---

① 灵薄狱，天主教神学名词，指天堂与地狱之间的一个处所。耶稣出生前逝去的好人、耶稣出生后从未接触过福音的逝者，以及未受洗礼而夭折的婴儿的灵魂均住该地。灵薄狱分为两部分，一为祖先灵薄狱，二为婴儿灵薄狱。

是有点儿模仿能力，但是，不能有更大的本领。

生下这么一对双生子后，这种令人毛骨悚然的求裔愿望看来该告终了。但是过了三年，马齐尼和贝尔塔又热切渴望再要一个儿子，他们确信过了这么长时间，厄运总该缓和了。

他们的希望没有实现。他们在这样热切的渴望中因为没有成果而气急败坏，脾气越来越暴躁。在此之前，他们各自都对造成儿子们的不幸承担自己的责任；但是，向他们生的四个蠢货赎罪的绝望心情，使他们迫切需要去责怪别人，这是卑劣心灵的特殊遗产。

他们以更换代词称"你的儿子们"作为开端。他们除了相互辱骂之外，还设置圈套，气氛就变得令人无法忍受了。

"我认为，"一天晚上，刚刚进屋并正在洗手的马齐尼对贝尔塔说，"你大概可以把孩子们收拾得更干净些。"

贝尔塔继续看书，仿佛没听见他的话。

"我看见你为你的儿子们的状况感到不安，这还是头一次。"过了片刻她才回答。

马齐尼把脸稍稍转向她，露出勉强的笑容。

"是我们的儿子们，我认为……"

"对，是我们的儿子们。你乐意这么说吗？"她抬起眼睛。马齐尼这次明确表达了自己的想法：

"我相信，你不是想说是我的过错吧，是不是？"

"对！"贝尔塔苦笑，脸色十分苍白。"不过，也不是我的过错，我料想……用不着多说了！"她低声说。

"用不着多说什么？"

"要是有什么过错，有过错的人可不是我，你要好好弄明白！这就是我要对你说的话。"

她丈夫瞪了她一会儿，想狠狠侮辱她。

"咱们别闹了吧！"他终于清晰地说，同时把手擦干。

"随你的便；不过，如果你想说……"

"贝尔塔！"

"随你的便！"

这是第一次争执，另外几次争执接踵而来。但是，在不可避免的和解中，他们的心被加倍的情欲冲动和再有一个儿子的渴望结合在一起了。

他们就这样生了一个女儿。他们提心吊胆地过了两年日子，始终在等待又一次灾祸的来临。

但是，什么事情也没有发生，这对父母对他们的女儿满意得不得了。这个小女孩受到过度溺爱而被宠坏了，变得粗野无礼。

几年来贝尔塔对她的傻儿子们总是悉心照料，但是自从生下贝尔蒂塔之后，她完全忘了那几个儿子。她只要一想起他们，就像记起她被迫干过的一件无法容忍的事。马齐尼也有同感，只是程度略轻而已。

他们心里并没有因此感到安宁。他们的女儿只要显出一

点点不舒服，他们就怕会失去她，因而对不健全的后裔充满
怨恨。长期积累起来的胆汁，把胆管胀满，只要轻轻一碰，
毒汁就会溢出来。从第一次令人厌恶的口角起，他们就相互
不尊重；如果一个男人不得不去干残酷的痛快事，一旦开始
了，就使另一个人极其难堪。以前他们双方都没有成果，所
以彼此都很克制；现在已经有了成果，他们都把功劳归于自
己，强烈地认为生下四个怪胎这样不光彩的事，都是对方强
制自己干的。

　　有了这样的情绪，就不再可能疼爱那四个大儿子了。女
仆给他们穿衣服，给他们吃东西，招呼他们睡觉，态度显然
很粗暴；几乎从来不给他们洗澡。他们差不多整天坐在围墙
跟前，完全得不到丝毫爱抚。

　　贝尔蒂塔就这样度过了四岁生日，那天夜里，父母未能
制止她吃零食，结果这个女孩发了点儿烧。眼睁睁看她死去
或变成痴呆儿的恐惧，又揭开了那块永远存在的疮疤。

　　他们整整三个钟头没说一句话，几乎跟往常一样，马齐
尼沉重的脚步声成了争吵的导火线。

　　"天哪！你不能轻点儿走吗？来回来去走多少遍了……？"

　　"对，我忘了；不走了！我可不是故意这么走的。"

　　她轻蔑地笑道：

　　"没有，我可没有认为你这么坏！"

　　"我也从来没有认为你这么坏……痨病鬼！"

"什么？你说什么？……"

"什么也没说！"

"说了，我听见你说了什么！我不知道你说的是什么；但是我向你发誓，我宁可要任何东西，也不想要一个像令尊那样的父亲！"

马齐尼的脸色变苍白了。

"终于说了！"他咬牙切齿地嘟哝着说，"毒蛇，你终于把早就想说的话说出来了！"

"对呀，毒蛇，很对！不过，我的父母都很健康，听见啦？都很健康！我父亲可没死于精神错乱！我本该有跟大家一样的儿子！这些儿子，这四个傻儿子，都是你的！"

马齐尼也勃然大怒：

"痨病毒蛇！这就是我对你说的话，是我要对你说的话！毒蛇，你去问问他，去问问医生，你儿子患脑膜炎的主要过错该谁负责，是我父亲还是你有破洞的肺。"

每次口角都继以大动干戈，直闹到听到贝尔蒂塔的呻吟声，才在刹那间使他们闭上嘴。凌晨一点钟，女儿轻微的消化不良消失了，于是，如同哪怕只热爱过一次的所有年轻夫妇必然发生的那样，他们和解了，互相伤害得越深，他们的和解也越强烈。

晴朗的白天来临了，贝尔塔起床时吐了血。激动的和已过去的令人不快的夜晚，无疑负有重大罪责。马齐尼久久地把她抱在怀里，她伤心痛哭，但是他们谁也不敢说一句话。

在十点钟的时候，他们决定午饭后出门。因为没时间，他们吩咐女仆宰只鸡。

那天阳光灿烂，使那四个傻儿子离开他们坐的长板凳。所以，当女仆在厨房里剁下鸡头，很小心地把鸡血放干净（贝尔塔从她母亲那里学会了这种保持鸡肉鲜美的好法子）的时候，似乎听见身后有呼吸般的声音。她回过头看见那四个傻儿子，肩挨肩傻愣愣地瞧着她宰鸡。殷红的……殷红的……

"太太！孩子们都到厨房来了。"

贝尔塔来了。她从来不愿意让他们钻进厨房一步。然而，就在他们夫妇已经忘记了过去，互相谅解，获得了幸福的时刻，偏偏不能逃脱这种可怖的场景！很显然，她越是发狂似的、强烈地眷恋自己的丈夫和女儿，她打心底里就越觉得无法容忍这四个怪物。

"让他们出去，玛丽亚！跟你说，把他们赶出去！"

那四个可怜的蠢货走得摇摇晃晃，被猛推着向他们的长板凳走去。

午饭后，大家出门了。女仆去布宜诺斯艾利斯，那对夫妇到别墅区去散步。他们回家时太阳正下山；但是，贝尔塔想和对门的街坊聊聊天，然后再回家。

这时候，那四个痴呆儿子在长板凳上一动不动地坐了一整天。太阳已经移过围墙，正开始落下去，他们继续看着砖头，比任何时候都呆滞。

突然有件东西闯进他们的视线和围墙之间。他们的妹妹同爹妈待在一起五小时，觉得腻味，想自己去看看。她停在墙脚，若有所思地望着墙头。毫无疑问，她想爬上去。最后她决定借助一张没有座板的椅子，可是仍然够不着。她弄来一只煤油桶，凭着认识地形的本能，把煤油桶竖放在椅上，她用这个办法取得了成功。

四个痴呆儿淡漠地看着他们的妹妹如何耐心地保持住平衡，如何踮起脚尖，在伸开的双手之间把脖子靠在围墙墙头。他们看见她四面张望，寻找蹬脚的地方，以便爬得更高些。

可是，四个痴呆儿的目光活跃起来了，一束固执的光束集中在他们的眼珠上。他们的目光没有离开过他们的妹妹，同时越来越强烈的想吃东西的感觉，在改变他们脸上的每一根线条。他们慢慢往前走向围墙。小女孩已经把那只脚跨过墙头，而且确已垂到另一侧，但她感到有人在抓她另一条腿。在她下边，八只眼睛盯着她的眼睛，叫她害怕。

"放开我！别打扰我！"她晃着腿叫喊。但是，她被抓住了。

"妈妈！妈妈呀！妈妈，爸爸！"她急切地哭叫。她想巴在墙头，可是她觉得自己被拽着落了下去。

"妈妈！妈呀！……"她再也喊不出来了。四个痴呆儿之一掐住她的脖子，像拔鸡毛那样拔掉她的鬓发，另外三个抓住她一条腿，把她拖到早上给一只鸡放过血的厨房去，她被紧紧抓住，她的生命被一秒钟一秒钟地拖走。

在对门房子里的马齐尼认为自己听到了女儿的叫喊声。

"我觉得她在喊你。"他对贝尔塔说。

他们不安地谛听着，但是没再听见什么。虽然如此，他们过片刻就告辞了，在贝尔塔去放帽子时，马齐尼到院子里去：

"贝尔蒂塔！"

没人回答。

"贝尔蒂塔！"他提高了点儿嗓门，他的声音都变了。

这寂静，对他这个心情始终不安的人来说是如此阴森，可怖的预感使他脊背一阵阵发凉。

"我女儿，我女儿！"他拼命向房后跑去。但是，他经过厨房时，看见地上有一摊血。他猛然推开半掩的门，便发出一声恐怖的喊叫。

贝尔塔听到马齐尼痛苦的叫声，便撒腿跑起来，一听见叫声，她也叫了一声。可是，当她飞也似的跑到厨房时，脸色死人般发青的马齐尼挡在路上，不让她进去：

"别进去！别进去！"

贝尔塔已经看见满是鲜血的地面。她只能伸出手臂抱住自己的头，发出一声嘶哑的号叫，便抱着头倒在马齐尼怀里了。

野蜂蜜

　　我在东萨尔托有两个表兄弟，如今都已长
大成人，他们十二岁时由于读了许多儒勒·凡
尔纳的书，想方设法要离家去山里生活，那
座山离城有两西班牙里远。起初他们在那里
靠渔猎维持生活。这两个小伙子确实没有特
别记住要带猎枪和鱼钩；不过无论如何，山
上的森林里却有作为幸福源泉的自由和有魅
力的种种危险。

　　不幸的是，第二天他们就被寻找的人找到了。他们受了惊吓，显得狼狈、没精打采；不过，他们还能走路，也还能说话。这使他们读过几本儒勒·凡尔纳著作的表兄弟颇为惊奇。

　　不过，如果这两个鲁滨逊去冒险的地方不是人们通常度周末的树林，也许称得上是探险。在米西奥内斯①这地方，你要出去逛一趟，走着走着就会不知道走到哪里去。加夫列尔·贝宁卡萨为了炫耀他的登山靴，竟落到危险中。

　　贝宁卡萨是学公共会计的，毕业以后急于想去体验大森林里的生活。贝宁卡萨的性格并不令人讨厌，是个温和的小伙子，身体极其健康，人很胖，脸色白里透红。他认为自己只要喝奶茶和吃几块小点心，而不要去尝丛林里鬼才知道的食物。永远明智地相信自己责任的单身汉，在举行婚礼的前夕，在朋友的陪伴下度过一个狂欢作乐之夜，以告别无拘无束的生活。贝宁卡萨与他们相同，也想找两三次强烈的生活刺激，给自己的生活增加光彩。因此，他带上自己那双名牌登山靴，在巴拉那河溯流而上，直抵伐木场。

　　他刚离开科连特斯，就穿上那双结实的靴子，因为岸边的宽吻鳄使风景带有刺激性。尽管如此，这位公共会计员十分珍惜他的靴子，避免它被划上道和被蹭脏。

———————————

① 阿根廷东北部省份，位于巴拉那河、巴拉圭河、乌拉圭河、巴西之间。

　　他就这样来到他教父的伐木场；从他到达的时候起，教父就不得不制止他这个教子的放纵行为。

　　"现在你要上哪儿去？"他吃惊地问教子。

　　"进丛林，我想去林里转转。"贝宁卡萨回答，他刚把温彻斯特连发枪挎到肩上。

　　"不行！你可不能去散步。要是你执意要去，得走小道……最好放下这支枪，明天我让雇工陪你。"

　　贝宁卡萨放弃了散步。可是，他走到树林边上就停下。他不明所以地极想进树林去走走，但不动声色。他把双手插在口袋里，仔细瞧着那片密密层层的丛林，被挡住的风正发出微弱的呼啸。他再次观察森林的两侧之后，相当失望地回去了。

　　但是，第二天贝宁卡萨沿中间那条小道，走了一西班牙里远，尽管他的枪完全没派上用场，他对这次散步并不感到遗憾。野兽慢慢是会来的。

　　野兽第二天夜间就来了，不过来得有些稀奇。

　　贝宁卡萨睡得很沉的时候，被他教父叫醒了。

　　"喂，贪睡的家伙！快起来，不然你就会被活吞了。"

　　贝宁卡萨在床上猛地坐起，有三盏马灯在房间里照来照去。他教父和两个雇工在往地上洒药液。

　　"怎么啦，怎么啦？"他问着跳到地上。

　　"没什么……留神你的脚……有食肉蚁。"

　　贝宁卡萨早已得知，这种奇特的蚂蚁叫作食肉蚁。这种蚂蚁很小，黑色，浑身油亮，遇到不宽的河流，它们也能飞也似的渡过去。它们实质上是食肉昆虫。它们能把前进路上遇到的蜘蛛、蟋蟀、蝎子、蛙、蝰蛇以及所有抵抗不了它们的生物，统统吃光。不管躯体多大和力气多大的动物，都逃脱不了它们。它们一旦进入房屋，就意味着那所房屋内一切生物的彻底毁灭，因为这股饕餮的洪流能把一切角落和深洞全部淹没。狗发出哀鸣，牛在哞哞叫，不得不离开它们进入的房屋，否则就会在十小时之内被啃得只剩下一副骷髅。它们在一处停留一日，两日，直至五日不等，视虫子、肉或油脂的多少而定。东西一吃光就离开。

　　但是，它们抵挡不了杂酚油和类似的药物；而伐木场里这种药物很多，不到一小时小木屋里的食肉蚁就会被清除。

　　贝宁卡萨很靠近地观察腿上被咬伤的一块青色伤痕。

　　"确实咬得很猛！"他吃惊地说，同时抬头看着教父。

　　对教父来说，这样的观察没有任何价值，他没有回答，反而因为及时阻止了食肉蚁的入侵而感到庆幸。贝宁卡萨又进入了梦乡，尽管整夜都被热带的噩梦弄得心惊肉跳。

　　第二天他进丛林去，这次带了一把砍刀，因为他终于明白，在丛林里这种工具对他比枪更有用。他的腕力确实不济，他的瞄准能力更差得远。不过，他无论如何还是砍断了树枝，也弄伤了脸，划破了靴子：苦头全都尝到了。

傍晚时分，寂静的丛林很快就使他感到厌倦。此外，给他留下印象的，恰恰是白天所见的景物。沸腾的热带生活在这时只剩下冷漠的场所；见不到野兽，也见不到鸟儿，也几乎听不见喧嚣声。贝宁卡萨往回走，这时一种低沉的嗡嗡声引起他的注意。离他十米远的一棵空心树干上，一群小蜂团团围住一个树洞的口子。他小心翼翼地走上前去，看见洞底有十一二个鸡蛋大小的黑圆球。

"这是蜜。"公共会计员十分贪馋地说，"这大概是些小蜡球，里边全是蜜……"

可是，在贝宁卡萨和小蜡球之间有野蜂。他歇了一会儿之后，想到用火燃起一股浓烟。当这个强盗把冒烟的枯叶小心地移近树洞口时，碰巧有四五只野蜂停在他手上，但没有蜇他。贝宁卡萨马上捉起一只，压它的腹部，证实它没有毒刺。它分泌的唾液很稀薄，却能用它酿出许多透明的蜜来。真是神奇美妙的小虫！

会计员把那些小蜡球弄出树洞，立刻远远躲开，以避开野蜂的追逐。他坐到一棵树的主根上。十二个蜡球中有七个装的是花粉，其余装的都是蜜，一种暗淡而透明的深色的蜜，贝宁卡萨贪婪地品尝着。他分明感觉到了什么。是什么？会计员说不明白。也许是果树树脂，也许是桉树树脂。同样，这种浓浓的蜜有一种说不清的发涩的余味。然而它多香啊！

贝宁卡萨弄清了可供他享用的肯定只有五个蜡球，就动手吃起来。他的想法很简单：把蜡球放在嘴的上方，让蜜滴下来；可是，因为蜜很稠，他必须把蜡球上的口子弄大，张大嘴等上半分钟。等蜜流出来，变成细细的一条沉重的线，才会落到会计员的舌头上。

五个蜡球一个接一个倒空了，都倒进了贝宁卡萨嘴里。他把倒空的蜡球又放到嘴上，徒劳地来回折腾半天；他只好罢手。

这时，长时间抬头的姿势使他感到有点儿眩晕。贝宁卡萨喝了大量的蜜，安安静静地张大眼睛，琢磨起傍晚时分的丛林来。树木和土地都倾斜得厉害，他的头随着景物在晃动。

"头晕得好怪……"会计员想道，"更糟的是……"

他站起来想迈步，却不由得倒到那棵树干上去。他觉得自己的身体很重，两腿尤其沉重，似乎肿得很大。脚和手都在发痒。

"太怪了，太怪了，太怪了！"贝宁卡萨傻乎乎地重复说，可是想不出这种事的根由，"像是有蚂蚁……食肉蚁。"他得出结论。

他立刻吓得喘不过气来。

"准是那种蜜……有毒！……我中毒了！"

他又挣扎着要起来，害怕得毛发倒竖，但他动弹不得了。现在沉重感和发痒感已经达到腰部。远离母亲和朋友，独自可怜地死在那里的恐惧，使他想不出任何自卫的办法。

"现在我要死了！……过一会儿我就要死了！……我的手已经动不了啦！"

不过，他在恐惧中证实，自己没有发烧，喉咙也不疼，心跳和呼吸都保持正常的节律。他的苦恼缓和了。

"我麻痹了，这是麻痹！他们要找不到我了！……"

但是，一种不可克服的昏睡开始支配着他，使他完全失去活动能力，同时眩晕在加剧。他就这样觉得晃荡不定的土地在变黑，而且快速翻滚。他的脑海里又记起食肉蚁，他极其痛苦地想到，十分可能是这种黑色的动物涌入了这片土地……

他还有感到这种恐惧的最后的力气，突然大叫一声——一声真正的喊叫，这个成年人的喊叫具有受惊儿童的声调，因为一股黑蚂蚁的激流正在爬上他的双腿。在他周围，饕餮的食肉蚁使那片土地变黑，会计员感到内裤里食肉蚁的洪流正在向上涌来。

两天后，教父终于找到那具套着贝宁卡萨衣服的骷髅，上面片肉无存。还在那里转悠的食肉蚁以及那些小蜡球，都足以使真相大白。

能麻痹人或使人麻痹的野蜂蜜并不常见，但这种蜜还是存在的。在热带，同样性质的花朵很多，而且在大多数情况下，蜜的味道会让人分辨出来——贝宁卡萨尝出来的那种桉树树脂的余味就是如此。

一对移民

凌晨四点钟起，这对男女就开始赶路了。没有一丝儿风，天气闷热得令人难受，使沼泽里散发出来的含氮水汽变得更加浓重。雨终于落下来了，这对夫妇被淋了一个钟头，浑身透湿，但是仍然顽强地往前走。

雨住了。这对男女到这时才痛苦而绝望地互相看了一眼。

"还有力气再走一会儿吗？"他说，"也许

咱们能走到……"

女人脸色发青，黑眼窝深陷，点了点头。

"那就走吧。"他边走边说。

可是，走一会儿她就停下，哆哆嗦嗦地抓住一根树枝。男人走在前面，听见呻吟声才转过身来。

"我一步也走不动了！……"她喃喃地说，歪扭着嘴，浑身冷汗淋漓，"我的天！……"

男人长久地环视周围之后，认为自己已无能为力。他妻子怀有身孕。这时候，男人想到这极度的不幸，茫然不知何去何从，便折了些树枝铺到地上，让妻子躺在上面。他坐在放头的一端，让她把头枕在自己腿上。

这样安静地过了一刻钟。女人随即剧烈颤抖起来，需要男人马上使劲阻止她的四肢因子痫发作，向四面八方乱挥乱舞。

子痫发作过后，他仍然按住他妻子一会儿，他用双膝把她的手臂压在地上。他终于站起身来，犹豫地走了几步，用拳头捶了捶额头，随即回来把他妻子的头枕在自己腿上，这时她已经昏昏沉沉地入睡了。

子痫又发作一次，女人经过这次发作显得更加衰弱无力。过了片刻再次发作，不过这次发作时，她的生命也结束了。

他觉察到这种情况时，还骑在他妻子身上，尽全力不让她抽搐。他很害怕，目不转睛地看着她嘴上翻腾的泡沫，那带血的泡沫这会儿正从发乌的口腔里冒出来。

他不知道如何是好，用手指碰碰她的颌部。

"卡洛塔！"他用怯生生的、几乎不成调的声音说。他的说话声使自己清醒过来，这才起身，用迷惘的眼睛四处张望。

"太不幸了。"他喃喃低语。"太不幸了……"他再次喃喃地说，同时极力要确定已经发生的事实。

是的，他们来自欧洲，这是无可怀疑的；他们把两岁的长子留在那里。他妻子怀孕了，他们同别的几个伙伴一起到马卡列去……他们落在了后头，仅仅因为她走不快……也许还因为身体状况不妙……也许他妻子可能早已感到有危险了。

他猛然转过身来，迷乱地看着她：

"她死了，在那儿！……"

他又坐下，再次把他死去的妻子的头放在自己的大腿上，想了几个钟头该怎么办。

他怎么也想不出来。傍晚来临时，他把他妻子扛在肩上，动身往回走。

他再次沿着那片沼泽走。在银色的月光下，那片无边无涯的针茅地毫无动静，而且蚊声如雷。男人低着头，迈着平稳的步伐往前走，直到他妻子突然从他背上落下。他刚停下僵直的脚，也跟着她颓然倒下了。

他醒来时已是烈日高照。他吃了几根香蕉（他本想吃点儿更有营养的东西），因为他在能够安葬他妻子的神圣遗体之前，还有好几天要跟她在一起。

他再次扛起尸体，可是他的力气小了。于是他用编好的藤条，把尸体捆成一包背着，这样往前走就不那么累了。

三天里男人在炎热的晴空下，歇歇走走地不断往前，夜里挨虫子叮咬，饿得晕晕乎乎，还受着尸体散发的有毒气体的毒害，他的全部任务集中于仅有的一个坚决的想法：把他爱妻的尸体，背出这个怀有敌意的和野蛮的国家去。

第四天早晨他不得不停下，不到傍晚他就能继续上路了。不过，到太阳下山时，男人全身一阵强烈的颤抖，便感到精疲力竭，只好把尸体放到地上，坐到她旁边。

夜幕已经降临，荒野的空中充满了蚊子单调的嗡嗡声。男人能够感到自己脸上到处有蚊子在叮；可是，在他冰冷的颈部深处，颤抖在不断加剧。

昏黄的下弦月终于从沼泽尽头升起。不断上升的高烧，现在消失了。

男人对放在身旁的那个可怕的白包投去一瞥，把两手交叉放在膝头，眼睛盯着前方，盯着散发有毒气体的沼泽，在他迷糊不清的思想深处，浮现出一个西里西亚的村庄，他和他妻子卡洛塔·普罗宁正向那里走去，他们又幸福又富有，正回去寻找他们可爱的长子。

有刺铁丝网

栗色马寻觅他的伙伴从牧场逃跑的那条小道所花的半个月时间，完全是白费工夫。新垦地的那个大围场经平整后，又长满了密密层层的杂草，连马头都伸不过去。红毛白额马显然不是从那里走的。

栗色马昂起警惕的头，不安地小跑着又一次跑遍那个小农场。从丛林深处，红毛白额马以短促而快速的嘶鸣，回答他伙伴激动的叫声；毫无疑问，他的嘶鸣中含有一种保证食物充足的手足之情。最刺激栗色马的事，是红毛白额马一天总有两三次出来饮水，那时，他期望一时一刻也不离开自己的伙伴，而事实上在几个小时里，这两匹马曾经令人惊叹地守在一起吃草。可是，身上拖着绳索的红毛白额马突然钻进巴豆地，当栗色马意识到孤独的时候，连忙跟踪而去，才发现那片丛林尽是密密层层的草木。确是如此，坏心眼的红毛白额马在里边很近的地方，用毫不掩饰的欢叫声回答他绝望的嘶鸣。

直到那天早晨，老栗色马才毫不费劲地找到那个豁口——当时他从丛林向田野往前走五十米，正从巴豆地前边穿过，便看见一条分辨不清的小径，形成完美的斜线直通丛林。红毛白额马正在那里摘树上的叶子。

这件事十分简单：一天，红毛白额马穿过那块巴豆地的时候，在一片被连根拔起的药藁地里找到一个通往丛林的豁口。他再次朝前穿过巴豆地，一直走到他十分熟悉的那个地道入口。于是，栗色马走上旧路，沿着熟悉的路线进丛林。这里也存在使栗色马感到混乱的原因：小道的路口与马走的路形成一条十分倾斜的线，所以栗色马习惯于自南向北走这条路，从来没有自北向南走过，也就从来没有找到过这个豁口。

这匹老马一下子就和他的伙伴走到一起来了，他们待在一起不再担心新长的椰枣树发芽太慢；这两匹马决定离开他们已经记住的那个该死的农场。

丛林里草木稀疏，这两匹马能够不费事地往前走。树林真的只留下一道二百米宽的林带。树林过后，是一片布满野烟草的两年新垦地。老栗色马年轻时候曾在几块新垦地上跑来跑去，甚至在里边漫无目的地生活了半年之久，现在迈开了步子，就在半小时内，他近旁的烟草叶，甚至马脖子够得到的烟草叶，全被摘走了。

栗色马和红毛白额马东张西望地边走边吃着穿过新垦地，一直走到一道铁丝网拦住他们的去路。

"一道铁丝网。"栗色马说。

"对，一道铁丝网。"红毛白额马同意。他们俩把头伸过上边的一根铁丝，留意观察。从那里看得见一块原先耕过的、丰盛地长着冻得发白的高高牧草的土地；还看得见一片香蕉园和一片新的种植园。这地方显然不太吸引人，可是这两匹马认为该看看它，便继续顺着铁丝网右边走去。

两分钟之后，他们走过倒在铁丝网的一棵枯树，枯树的根部被火烧过。他们走过冻得发白的牧场，迈着没有响声的脚步，沿着被霜打得泛红的香蕉园边缘走，就近看看那种新的植物是什么。

"是草。"红毛白额马证实，那些半厘米厚的皮质叶片使他的嘴唇发颤。

那份失望可能很大；可是，这两匹贪嘴的马在吃草时见什么都要闻一闻。因此，这两匹马斜着穿过草地，继续行进，一直走到被一道新的铁丝网拦住。这两匹闲逛的马十分平静而又耐心地贴着铁丝网往前走，到达一道栅门，幸亏栅门开着，他们突然发现自己已经到了平坦的大路上。

但是，这两匹马刚刚完成的那件事，从各方面看都是一种壮举。从令人厌烦的牧场到现在的自由自在，其间存在极大的距离。正因为这种距离极大，这两匹马力图使之延长，于是在不十分在意地观察了周围，互相蹭掉脖子上的皮屑之后，便怀着不很强烈的幸福感，继续他们的冒险。

那天天气确实很好。米西奥内斯的晨雾终于消失得一干二净，在突然变蓝的天空底下，明亮的光线使景物显得灿烂动人。从这两匹马此刻待着的那座小山顶上，那条红土路惊人准确地穿过他们前面的牧场，向下通往长满冻僵的针茅的一片白茫茫的峡谷，然后转而向上通往远方的丛林。冷飕飕的寒风使金色的清晨更显得晶莹透亮，这两匹马觉得，迎面升起的太阳几乎仍在地平线上，便在烦人的眼花缭乱中眯起了眼睛。

他们是如此孤独，又是如此为自由而感到光荣，沿着被阳光照得红彤彤的那条路走，直到拐过丛林的一角，只见路边有一大片异乎寻常的绿色。"是牧场？"毫无疑问。可这是在隆冬季节啊！

这两匹马伸着贪馋的嘴走近铁丝网。可不，那是上好的牧场，令人赞叹的牧场！他们——这两匹自由自在的马——也真该进去！

应该明白，栗色马和红毛白额马从当天凌晨起就有了自己的想法。不管是栅门，是铁丝网，是丛林，还是土堆，都阻拦不了他们。他们见过许多稀罕事物，克服过许多难以置信的困难；他们自以为了不起，感到自豪，而且可以采取所能想到的最怪的决定。

在这鲜明的环境中，他们看见路边离他们百米处有一群母牛被拦住，正在走近用五根粗圆木封闭的栅门。那群牛一动不动地盯着那片走不到的绿色乐园。

"你们干吗不进去呀？"栗色马问那群母牛。

"因为进不去。"她们回答。

"我们到处都去。"栗色马高傲地说，"一个月来，我们哪儿都走过。"

这两匹马猛然想起他们的冒险经历，简直把时间都忘了。那群牛对这两个外来者连正眼都不屑于看一眼。

"这两匹马办不到。"一头不安定的小母牛说，"他们说是这么说，可哪儿也没去过。咱们才是到处都去过呢。"

"他们还拖着绳子哩。"一头老母牛补充说，连头都没转过来。

"我没有，我身上可没有绳子！"栗色马连忙说，"我生活在新垦地，而且走过去了。"

"对呀，都跟在我们后面！我们走过去，你们却过不去。"

那头小母牛又插嘴说：

"头天主人说：'只要一根绳子就能拴住那两匹马。'还有话可说吗？……你们不过去吗？"

"不，我们不过去了。"红毛白额马坦白地说，显然他被说服了。

"我们倒是过得去！"

可是，诚实的红毛白额马很快发现，那群大胆而又狡猾的母牛——小农场执迷不悟的闯入者和农村法典的破坏者——也没有跨过栅门。

"这个栅门很坏。"那头老母牛提出异议，"它确实很坏！几根圆木管住了牛角。"

"谁？"栗色马问。

所有的母牛都吃惊地把头转向他。

"公牛巴里古伊！他比坏铁丝网更厉害。"

"铁丝网？……他过得去？"

"都过得去！有刺铁丝网也能过。我们就跟着过去了。"

拦上一根铁丝，就使这匹马恢复牲口的平静本性；他们对敢于面对有刺铁丝网的英雄单纯地感到茫然，最可怕的事情可能是发现向前走过去的那种愿望。

母牛群突然温顺地移动，那是因为那头公牛缓步走来了。在那辆平板车和平静地直对着栅门的固执的额头面前，这两匹马深感自愧不如。

母牛群离开了，巴里古伊把低下的脖颈伸过门上的一根横杆，企图把它挪到一边去。

这两匹马惊讶地竖起耳朵，可是那根横杆没有动。那头公牛一再毫无结果地尝试自己的智力，这是因为，这个小农场主——燕麦地的幸福的主人——已在头天下午用楔子把这几根圆木楔牢了。

公牛不再尝试了。他懒洋洋地回过头去，眯起眼睛朝远处嗅着，然后发出压抑的咻咻吼声紧挨着铁丝网走去。

这两匹马和母牛群在栅门那里观看。在确定的地点，那头公牛把牛角从有刺铁丝底下伸过去，想用脖颈强行把铁丝网向上撸起，接着这头大牲口弓起脊背走了过去。又走几步，他就到燕麦地里去了，那群母牛于是都到铁丝网那里去，也想走过去。不过，那群母牛显然缺乏让皮肤留下血淋淋刮痕的那种雄性的决心，刚把脖子伸进去，就赶忙晃着脑袋退出。

这两匹马一直在观看。

"她们过不去。"红毛白额马觉察到。

"公牛过去了。"栗色马答道，"他吃了好多燕麦。"

这两匹马靠习惯的力量紧挨着铁丝网走，这时听到燕麦地里传来清晰的吼叫声，而且现在变成了嚎叫声，那头公牛在小农场主跟前吼叫着炰蹶子佯攻，这个农场主正竭力要用一根棍子揍他。

"好哇！……我让你跳……"那人喊道。

巴里古伊一直在那个人面前又跳又嚎，躲避挨揍。这么打闹了有五十米远，直打到小农场主能够把这头牲口逼到铁丝网上。可是，这头牲口凭自己的蛮劲儿下了艰难又愚蠢的决心，把脑袋钻进铁丝之间，从铁丝网的尖刺下边钻过去，几大步就蹿出二十米去。

这两匹马看见那人匆匆回他的农舍去，然后又脸色苍白地出来。他们还看见他跳过铁丝网，朝他们的方向走来，因此，在坚决前进的脚步前面，这对伙伴便退回到通往他们农场的路上去。

这两匹马在那人面前顺从地走了几步，因此能够一起走到那公牛主人的农场，从而得以听见那人的谈话。

由那人的谈话推论，他显然为波兰人的这头公牛吃了说不出的苦头。种植园都在丛林里，本来是过不去的；很粗的铁丝网拉得很紧，而且有很多根铁丝；这些全给那头有掠夺习性的公牛破坏了。那人还推断，邻居们由于公牛一再破坏而对这头牲口及其主人烦透了。可是，那个地区的居民虽然难以忍受，向民事法院控告牲口所造成的毁损却很难，因此那头公牛除了主人的农场，继续到处偷吃庄稼，而他的主人对此似乎很开心。

就这样，这两匹马看见了也听见了恼怒的农场主和那个粗鲁的波兰人之间的争论。

"堂萨宁基，这是我最后一次为您的公牛来找您了！他刚刚把我的燕麦全踩坏了。我再也受不了啦！"

那个波兰人身材高大，生就一对蓝色的小眼睛，用尖锐而又虚假的柔和声音说话。

"哟，坏公牛！我受不了他！我拴起他，可他跑了！是母牛的过错！公牛是跟着母牛跑的！"

"您很清楚，我可没有母牛！"

"不对，不对！您有母牛拉米雷斯！我的公牛却疯了！"

"更糟的是铁丝全松了，这事儿您也是知道的！"

"对，对，铁丝网！哟，我可不知道！……"

"得了吧！堂萨宁基，您该明白；我可不想跟邻居争吵，不过，您到底还是要当心，别让您的公牛跑进尽头的铁丝网去。我要在路上安新的铁丝网。"

"公牛会从路上过去，而不是从尽头那里过去！"

"现在就不让他从路上过去。"

"他全过得去！没有刺，什么也没有！他全过得去！"

"您要安上什么？"

"有刺铁丝网……他就过不去了。"

"什么刺都没用！"

"得了吧；得使他进不了，他要是过去，准得扎伤。"

那个农场主走了。显然这个居心不良的波兰人再次为那头牲口的种种美德笑得合不拢嘴，如果有可能，对于要装一道不可逾越的铁丝网的邻居，他表示同情。他肯定还搓了搓手。

"这次公牛要是吃光了全部燕麦，他们可不能说我什么了。"

这两匹马又走上使他们离开他们农场的那条路，不久他们就走到巴里古伊曾经实现其壮举的地方。那头牲口一直在那里，一动不动地站在路当中，一刻钟之前就在那里，满脑子胡思乱想，目不转睛地看着远方的一个点。在他背后，那群母牛在已经很晒的阳光下，边打瞌睡边反刍。

不过，当这两匹可怜的马从那条路上走过时，她们都轻蔑地睁开眼睛：

"还是这两匹马。他们想通过铁丝网。他们还拴着绳子。"

"巴里古伊早过去了！"

拦住这两匹马的只有一根铁丝。

"他们很瘦弱。"

这句话伤害或刺激了栗色马，他回过头去说道：

"我们并不瘦弱。你们才瘦弱哩。你们再也过不了这里。"他指着被巴里古伊弄倒的铁丝网又说一句。

"巴里古伊永远过得去！我们随后过去。你们却过不去？"

"你们再也过不去了。这是那人说的。"

"他吃了那人的燕麦。我们随后过去。"

由于有过亲密的交往，栗色马显然比母牛对那个人更有感情。因此，红毛白额马和栗色马相信那人要安铁丝网。

这两匹马继续走他们的路，不久便来到展开在他们面前的畅通无阻的旷野上，他们低下头去吃草，忘记了那群母牛。

这时天色已晚，太阳刚刚下山，这两匹马想起了玉米，便动身回去。他们在路上见到那个农场主，他正在更换安铁丝网的木桩，还看见把马挡在身旁的一个亚麻色头发的人，他在看农场主干活。

"告诉您，牛过得去。"过路人说。

"他过不去两次。"农场主固执地重复说。

这两匹马跟着走，还听到一些不完整的话：

"……笑！"

"……我们走着瞧。"

两三分钟后，亚麻色头发的人照英国人的样子跑到他身旁去。红毛白额马和栗色马对他们没见过的那种步伐有点儿吃惊，看着那个急匆匆的人消失在山谷里。

"奇怪！"红毛白额马观察很久之后说，"那匹马在小跑着走，那人却在奔跑。"

他们继续前进。这时他们跟早上一样，已经站在小山的山顶上。他们的身影突出显现在傍晚寒冷的天空，形成驯顺的和低头耷脑的一对黑影，红毛白额马在前，栗色马在后。日间由于过分明亮的阳光而令人眼花缭乱的大气，在这半明不暗中具有一种近乎令人悲哀的透明性。风完全停了，在傍晚的宁静中气温开始急剧下降，寒冷的山谷把它无孔不入的湿气扩散开来，在阴暗的斜坡底部凝结为漂浮于地面的薄雾。冬季里烧焦的牧草味儿，又从已经变冷的土地里冒出来，而当那条船沿山边通过时，大气里令人感到有更重的寒冷和潮湿袭来，橘花的香味变得过于令人窒息了。

这两匹马从大门走近他们的农场，敲响玉米槽的仆人，早已听见他们焦急的震音。栗色马认为发起冒险的荣誉应归自己，为了能走过去，便以拴在身上的绳子作为酬谢。

第二天早晨，尽管时间已经很迟，由于浓雾弥漫，这两匹马又设法脱身，再次穿过野生烟草地，脚步不出声地走过冰冷的牧草丰盛的地方，跨出仍然敞开的栅门。

那天早上阳光明丽，太阳已升得很高，光芒四射，过高的气温预示很快要变天。绕过小山之后，这两匹马立刻看见那群母牛停在路上，昨天下午的记忆使他们竖起耳朵并加快脚步——他们想去看看新的铁丝网是什么样子。

然而，走到时他们大为失望。在又黑又弯的新木桩上，只安上两根有刺铁丝，也许很粗，可只有两根。

尽管勇气不足，丛林中农场内经久不变的生活，使这两匹马获得了在围栅中的某种经验。他们仔细观察了有刺铁丝，特别是那些木桩。

"都是标准木材做的。"红毛白额马观察着说。

"对，木质部都烧焦了。"栗色马证实道。

经过长久审视之后，红毛白额马补充说：

"铁丝是从木桩中间穿过去的，没用骑马钉。"

"一根根木桩相距都很近。"

是的，一根根木桩当然都挨得很近，相距仅三米。可是，简单的两根有刺铁丝代替了原先围栅上的五根铁丝，颇令这两匹马失望。那人怎么认为这种拦小牛的铁丝，能拦得住那头可怕的公牛呢？

"那人说，他是过不去的。"自认为是主人宠儿的红毛白额马却大胆地说，他吃了更多玉米，所以也更自信。

可是，那群母牛听见了他的话。

"说话的是那两匹马，拴了绳子的那两匹。他们过不去。巴里古伊早过去了。"

"他过去了？从这里过去的？"红毛白额马沮丧地问道。

"是从尽头那里过去的。从这里也过得去。他吃了燕麦。"

这时，那头多嘴的小母牛力图把角从两根铁丝中间伸过去；一阵剧烈的震动，接着是猛地一下打在牛角上，使这两匹马惊呆了。

"铁丝拉得紧极了。"栗色马研究了很久才说。

"对。紧得不可能……"

这两匹马眼睛一直盯着两根铁丝，胡思乱想怎样才能从这两根铁丝之间钻过去。

那群母牛这时在相互鼓劲儿。

"他昨天过去了。他走过了有刺铁丝网。咱们跟着过去。"

"他昨天没过去。那群母牛说是过去了，其实没过去。"栗色马证实道。

"这儿有刺，巴里古伊却过去了！他就在那儿！"

那头公牛正沿着尽头那座山的深处走向燕麦地。那群母牛全站在围栏前面，眼睛仍然盯着那头入侵的牲口。这两匹马一动不动，竖起了耳朵。

"他把燕麦吃光，然后才过去！"

"那些铁丝拉得紧极了……"红毛白额马仍在观察，一直打算确定如果发生……

"他吃了那片燕麦！那人来了！那人来了！"那头多嘴的小母牛嚷道。

确实，那人一出农舍，就直奔那头公牛而去。他手里带着棍子，不过似乎并没有动怒，只是表情十分严肃，还皱着眉头。

公牛等那人到了他面前，这才叫起来，并用牛角的顶撞相威胁。那人仍然往前走，公牛开始后退，一直在哞哞叫，还以他的腾跳把燕麦弄倒，一直到离那条路十米远，公牛才向那群母牛回过头去，发出最后一声嘲弄性的挑衅的哞哞叫，向铁丝网冲去。

"巴里古伊来了！他能通过一切！他能通过有刺铁丝网！"

那群母牛喊出声来。

高大的公牛凭借自己笨重小跑的冲力，低下头去把角伸进那两根铁丝之间。传出铁丝发出的尖声呻吟，一阵刺耳的哐哐声从一根根木桩传送出去，直传到尽头的地方，那头公牛也就过去了。

可是，公牛的背上和腹部都开了很深的口子，从胸部到臀部划开的道子血流如注。那头受惊的牲口一下子惊呆了，而且浑身哆嗦。他立刻缓步离开，弄得那根木桩满是鲜血，走了二十米远，才在一声低沉的哀叹中倒下了。

当午，波兰人去找他的公牛，在无动于衷的庄稼人面前假惺惺地哭了。那头牲口站起来了，而且还能走路。不过，他的主人明白，给他治伤（如果还能治的话）恐怕要花许多功夫，当天下午就把他宰了。第二天，碰巧让红毛白额马带回主人家去的那个手提箱里，装有两斤死牛的肉。

漂流

　　那汉子踩上了什么软东西，立刻感到脚上给咬了一口。他往前一跳，骂骂咧咧地转过身，看见盘绕着的一条亚拉拉库苏蝰蛇，正伺机再次进攻。

　　那汉子扫一眼脚上，只见那儿有两小滴血渐渐越流越多，便从腰间抽出砍刀。蝰蛇一见这种威胁，便在盘绕的圈中把头放得更低；但是，砍刀从它背上落下，砍断了它的脊梁骨。

那汉子弯身到蛇咬伤的地方，抹掉那两滴血，同时将伤口仔细审视了片刻。两个紫色小口子引起剧痛，而且开始扩散到整个脚部。他急忙用手帕把脚踝扎紧，然后沿山间小道走回茅屋去。

脚上的疼痛不断加剧，有绷紧的肿胀感，那汉子突然感到两三下剧烈的闪痛，由伤口扩散到小腿肚。他吃力地挪动那条腿，喉咙里干得像铁块，接着便渴得要冒烟，他突然又骂起街来。

他终于走到自己的茅屋，张开双臂扑向一台甘蔗榨汁机的轮子。在肿得很大的整只脚上，现在已经看不见那两个紫色小口子了。皮肤好像变薄，而且都快绷破了。他想叫他的妻子，从干涩的喉咙里发出来的是一种粗哑的声音。干渴弄得他筋疲力尽。

"多罗特亚！"他到底发出了一声粗重沙哑的喊声，"给我甘蔗酒！"

他妻子小跑着送来一满杯酒，那汉子喝了三口。可是，他没尝出什么味儿来。

"我要的是甘蔗酒，不是水！"他又吼叫起来，"给我甘蔗酒！"

"保利诺，本来就是甘蔗酒嘛！"他妻子怯生生地反驳道。

"不对，你给的是水！告诉你，我要的是酒！"

他妻子又跑开了，抱回来一只酒坛子。那汉子接连喝了两大杯，可喉咙里还是没有任何酒的感觉。

"得了，这酒实在不怎么样……"他一边嘟哝，一边看自己的脚，青紫的脚已经像坏疽那样肿得发亮了。在勒得很紧的手帕里，肿胀的肌肉有如一截奇形怪状的血肠。闪痛继续在一跳一跳地发作，现在已经达到腹股沟。喉咙里干得厉害，呼吸时似乎热得发烫，而且越来越热。他极力想起身，突然大口呕吐。他把前额靠在木轮子上有半分钟之久。

可是，那汉子不想死，便沿河岸往下走，上了他的独木船。他坐在船尾，开始把船划往巴拉那河河心。那儿是伊瓜苏瀑布周围区域，水流速度每小时六英里，河心的水流在五小时之内便可以把他的船带到塔库鲁－普库。

那汉子靠潜藏的力量，居然能够划到河心；可是在河心，他那双麻木的手却把桨弄掉在独木船里。接着他又是一阵呕吐，这次吐的是血；他举目望着已经落山的太阳。

他的腿直至整条大腿的中部，都已成为一根变了形的大肉块，十分坚硬，使他的裤子绷得紧极了。那汉子用小刀割开缝合的线，拆开裤腿，只见他的下腹部肿得老高，布满一大块一大块的紫斑，而且疼得揪心。那汉子想，他独自一人怕是永远到不了塔库鲁－普库，便决定求助于他的好友阿尔韦斯，虽然他们二人早已失和。

这条河的水流现在正向巴西一侧的河岸滚滚奔流，那汉子得以不费劲地把船靠岸。他顺着山间小道爬上山坡，可是爬了二十米之后，便感到筋疲力尽，直挺挺地趴在地上。

"阿尔韦斯！"他竭力大叫，可是没人听见。

"阿尔韦斯大哥，可别不来帮我！"他又喊叫，把头从地面仰起。在大森林的空寂中，没有传来任何声响。那汉子还有力气爬回到独木船上去，水流便又挟持着独木船飞速漂流。

在那一带，巴拉那河在一个很宽的深谷底部奔流，河谷两岸的峭壁高达百米，把该河引入一个阴沉沉的狭窄地带。布满黑玄武岩的河岸上，矗立起大片也是黑色的树林。前方以及河的上游，是连亘不断的阴森峭壁，河流在它底部奔腾而下，浑浊的河水在不停地翻滚。四周笼罩着死一样的寂静，景色令人胆战心惊。不过，黄昏时它那幽暗宁静的美，呈现出一种独特的壮丽。

太阳已经落山，这时那汉子半躺在独木船船底，身上大发寒战。他迟钝地抬起头来，突然吃惊觉得好了些。他的腿几乎不疼了，口渴已经缓解，胸口也感到轻松，能够敞开来轻轻呼吸了。

毒性开始消失，已然没有问题了。他觉得自己差不多好了，虽然还没有力气活动自己的手；他要靠落下的露水使自己完全康复。他估计，大概在三小时之内就可以到达塔库鲁－普库。

他觉得身体越来越好，在昏昏欲睡的状态中想起许多事。

他的腿和腹部都已没有任何痛感。在塔库鲁－普库，他的高纳大哥还健在吗？没准还能见到他以前的雇主杜格尔德先生和木材作坊的点收人。

马上就能到达吗？西边天空现在是金光万道，河流也呈现出金灿灿的色彩。巴拉圭那边河岸已经昏暗，岸边的山上洒下一股黄昏的清幽，弥漫着浓郁的野橘花和野蜂蜜的香味。一对鹨鹕飞过高空，静悄悄地飞向巴拉圭。

在金灿灿的河上，那条独木船飞速向下游漂去，遇到转得很急的漩涡便在漩涡处打转儿。躺在独木船上的那个汉子自我感觉越来越好，这时想起他与以前的雇主杜格尔德没见面的准确时间有多久了。有三年了吗？恐怕没有，没有那么久。有两年零九个月了？也许。是八个半月吗？对了，确是八个半月。

他突然觉得连胸膛都冰冰凉了。

怎么回事儿？连呼吸都……

他早就认识杜格尔德先生的木材点收人洛伦索·库维利亚了，是在艾斯佩兰萨港耶稣受难日那天认识的……是在星期五吗？对，也许是星期四……

"一个星期四……"

他想着想着便停止了呼吸。

雇工

卡耶塔诺·迈达纳和埃斯特万·波德莱是伐木场雇工。他们跟十五个一起伐木的伙伴，同乘"西莱克斯号"汽船返回波萨达斯。木材加工工人波德莱干了九个月的活，履行合同之后才回来，享有免费船票。领月薪的工人卡耶塔诺是在同样的条件下回来的，可他干活的时间是一年半，因为他得还清欠债。

他们跟大多数雇工一样，身材瘦削，头

发蓬乱，身穿裤衩，衬衫破了几个大洞，光着脚，也跟所有的雇工一样肮脏。这两个雇工急切盼望返回波萨达斯这个森林的首府，这个他们生命中的耶路撒冷和各各他。他们一个在山上熬了九个月，另一个熬了一年半哪！不过，他们终于返回了，伐木生活中抢斧头的活儿虽然使他们浑身酸痛，但是想到将可以在那里尽情享乐一番，相比之下那就只是小事一桩了。

上百个伐木工中，只有两个身上带了钱来到波萨达斯。他们为了这份七八天的享乐，被吸引到这条河的下游来，靠的是能拿到新合同的预付款。一群花枝招展的卖笑女郎像经纪人和向导那样等在河滩上，那些如饥似渴的雇工一见到她们，便急得发疯似的对她们大呼小叫起来。

卡耶塔诺和波德莱因尽情纵欲，走起路来晃晃悠悠。他们由三四个女郎簇拥着，来到一家酒馆，那儿有很多甘蔗酒，足够让一个渴望酒的雇工灌饱肚子。

过不久，他们俩都喝醉了，也都有了新签的合同。去干什么活儿？在哪儿干？他们都不知道，这对他们也无关紧要。不过他们确切知道，自己口袋里已经有了四十比索，而且可以花得更多。他们渴望休息，极想大喝一顿酒，便笨手笨脚地跟随那几个女郎去买衣服穿。那几个精明的女郎把他们引到跟她们有特殊关系的铺子去，在这种店里她们能拿到回扣；有时引他们到包公商自己家的商店去。不过，不管在哪一家，这些女郎都把与她们所穿衣服不般配的奢侈品趁机更新，在头上插上压发梳，系上丝带，把她们陪伴的醉汉身上所有的东西，不动声色地全抢到手，而这两个雇工真正要做的事，仅仅是大把大把花掉身上的钱。

卡耶塔诺买了许多香精、洗涤剂和润肤油，足以把他的新衣服熏到令人恶心的地步；波德莱没有那么糊涂，他挑的是一件浴衣。他们因为听不清报价，付了过多货款，扔到柜台上的是大把的钞票。但是无论如何，他们在一小时之后赶上一辆敞篷车时，都已浑身穿戴一新，脚登靴子，肩披套头斗篷（腰上当然还别了一支44型左轮手枪）；衣服口袋里装满香烟，嘴上还一支接一支地糟蹋不少香烟；每个口袋都露出五颜六色手帕的一角来。他们从早到晚在晒得很热的街上闲逛，到处落下黑烟草和香精，陪伴他们的两个女郎为这种富足感到骄傲，她们的富足程度就表现在两个雇工对她们厌恶的表情中。

夜晚终于来临，随之而来的是尽情欢乐。在寻欢作乐中，精明的女郎们极力怂恿雇工们饮酒，他们因为有合同预付款而神气活现，为一瓶啤酒可以甩出十比索，收回一个多比索的找头时，看也不看就装入口袋。

雇工们就这样把新拿到的合同预付款不歇手地花掉（这是以七天的阔佬生活补偿伐木的辛劳的不可抗拒的需要），然后重新乘坐"西莱克斯号"汽船溯流而上。卡耶塔诺带了女伴，跟别的雇工一样，他们三个都喝醉了，待在甲板上。甲板上已经有十头骡子同箱子、包裹、狗、女人和男人，紧紧挨挤在一起。

第二天，波德莱和卡耶塔诺头脑已然清醒，才细查他们的账目——这是他们签订合同以后头一次做这件事。卡耶塔诺收到现款一百二十比索，花掉了三十五比索；而波德莱收到现款一百三十比索，花掉的是七十五比索。

两人彼此对视，即使在酒后没有完全清醒的雇工脸上，其不快的表情大概也是吓人的。他们记得，花掉的钱无论如何到不了其中的五分之一。

"见鬼了！……"卡耶塔诺嘟哝道，"我决不履行合同……"

从这个时刻起，他没有细想便存了从那里逃跑的念头——这是对诱使他挥霍的公正惩罚。

他认为，他在波萨达斯的生活是正当的，然而他对波德莱得到更多的预付款心生嫉妒，却是一目了然的。

"你运气好……"他说，"你的预付款多……"

"你带了女伴。"波德莱反驳道，"你就得多花钱……"

卡耶塔诺看了看他的女人，感到很满意，因为在选择女人方面雇工们对姿色和道德品质是不甚在意的。这个女郎穿的是绸缎服装，绿裙子和黄上衣，着实令人眼花缭乱；一串绕了三圈的珍珠项链在她的脏脖子上闪光；脚上穿的是路易十五式鞋子；两腮擦得红不棱登；眯缝着双眼，嘴上神气地叼一支劣等雪茄。

卡耶塔诺估摸一下这个女郎和他的 44 型左轮手枪，认为在他带的东西中，只有这把枪才是唯一有价值的东西。他赌博的瘾头再小，也想在花掉预付款之后，再冒一下失去这支左轮手枪的危险。

离他两米处，确实有几个雇工在一只箱子上认真地拿他们所拥有的东西赌博。卡耶塔诺笑着看了片刻（雇工们凑在一起时总是无缘无故地这么笑着），就走到箱子跟前，在一张牌上押了五支雪茄。

这是很有节制的开端，有可能给他带来足够多的钱，以便补足花掉的预付款，然后乘坐汽船回波萨达斯，去挥霍这笔足额的预付款。

然而他赌输了。他不但输掉了其余的雪茄，还输掉五比索、套头斗篷、他女人的项链、他自己的靴子和左轮手枪。第二天赢回那双靴子，但是仅此而已。那个女郎只能拿到一支又一支不入眼的雪茄，作为他对她那被摘掉项链的脖子的补偿。

那串珍珠项链经过无数次易主之后，波德莱把它赢到手，他还设法用一盒赢得的香皂去赌一把砍刀和半打袜子，又赢了。他感到心满意足。

他们终于到达目的地。雇工们沿那条望不到尽头的红带子般的小径登上悬崖，从悬崖顶上望去，"西莱克斯号"汽船像沉在阴森的河中的一条小船。他们用瓜拉尼语发出呼喊和可怕的漫骂，向那条汽船告别，不过大家都很快活。那条汽船得花三小时冲洗，才能把四天溯流而上时船上的赃物、广藿香香料和病骡造成的令人恶心的气味冲洗干净。

　　木材加工工人波德莱的日工资可能增加到七比索，对他来说伐木生活不算太艰苦。他过惯了这种日子。他总想分毫不差地量好每一方木材，但他不得不把自己这种追求正义的心愿加以抑制，就这样，他以优秀雇工的特殊本领来抵御每日每时所遭受的盘剥。第二天，他的林区一经划定，他的生活新阶段便开始了。他用棕榈树叶搭了一个棚子——只有棚顶和南墙；八根平放的细木棍就算是床，一星期的粮食就挂在一根柱子上。他的伐木工作日自然而然地重新开始了：天不亮就起床，然后默默地接连喝马黛茶；检查去了皮的木材；八点钟早餐，吃的是面食、肉干和油脂；然后光着上身抡斧头，出的汗能把牛虻、迷幻蚊和蚊子冲走；接下去是午餐，这一餐吃的是加了必不可少的油脂的红花菜豆和玉米，随后又得卖力加工 8×30 规格的木材；晚上吃些中午的剩饭，这一天就结束了。

　　有时因一同伐木的工友侵入他的伐木区而闹点纠纷；有时因连日下雨，只能无所事事地蹲在棚子里饮茶；除此之外，活儿要一直干到星期六下午。那时他要洗衣服，星期天要去商店采购日用品。

　　这一天才是雇工们真正休息的日子，他们在用家乡话咒骂的骂声中忘却一切，以当地人的宿命论承受日用品价格的不断上涨，这时一把砍刀已经涨到五比索，一公斤饼干的要价是八十生太伏。这一切，他们都接受下来，顶多骂一声

"他妈的"，然后笑眯眯地看一眼一同做工的伙伴；他们为了得到解脱，只能在可能时从伐木工作中逃走。虽然不是所有的伐木工心中都有这样的意图，但是他们都明白，这种反不公正的行动只要有机会实现，那简直是在雇主心尖上咬一口。雇主方面则日夜加紧监视他们雇佣的工人，尤其是领月薪的雇工，从而使斗争极度尖锐化。

雇工们站在跳板上，在不停的喊声中把木材推下去，有时骡子正好往上爬，没力气拉住从高高的悬崖上飞快行驶下去的原木运输车，这时颠簸的运输车便一辆撞到另一辆上，檩条、牲口、大车滚作一团。每遇到这种情况，工人们的喊声升高。骡子受伤的不多，但是吵闹声却照样喧腾。

卡耶塔诺在喧闹声中不住地发笑，心里却一直在盘算逃跑的事，他早已吃够了剩饭，逃跑的欲望使得他对吃剩饭的生活更加难以忍受，因为没有左轮手枪，行动才拖了下来；面对工头的温彻斯特连发枪，当然更下不了决心，要是有一支左轮手枪就好了！……

这次他的运气来得相当意外。

已经失去值钱首饰的卡耶塔诺的女伴，就靠替伐木工洗衣服糊口。有一天换了住处。卡耶塔诺等了她两夜，第三天到取代他位置的那个人的茅屋里，把那个女郎狠揍一顿。两个雇工商定住在一起，那个勾引者便住到那对男女家去。这么办既经济又明智。不过，看来那个雇工真的喜爱这个女人

（这在这一行业的人中是罕见的），卡耶塔诺便甘愿让出她，以换取一支左轮手枪和子弹，他要亲自去商店挑选。这件事虽然简单，卡耶塔诺在最后一分钟又要求增加在一米长的绳子上穿满烟叶，那个雇工觉得这要求太过分，因而几乎使这个协议告吹。这笔买卖终于成交，而且新郎新娘就住在卡耶塔诺的棚屋里。卡耶塔诺认真地给自己的 44 型左轮手枪上好子弹，才去同他们一起喝马黛茶，度过那个阴雨连绵的下午。

到了秋末，一直只是偶尔下几分钟阵雨的干旱天气，现在终于变成了经常的坏天气，湿气使雇工们的肩膀肿胀起来。波德莱身体原本很好，有一天，他去加工檩条时感到浑身乏力，就停下活儿，环顾四周，不知怎么办才好。他干什么都提不起劲来，就回自己的棚子去，在路上感到背上微微发痒。

这种提不起劲和皮肤发痒，他很清楚是怎么回事。他满不在乎地坐下喝马黛茶，半小时后他穿着衬衫的脊背上感到一阵又深重又长久的寒战。

他什么也干不了啦。他躺在床上冷得发抖，盖上套头斗篷，身子缩作一团，牙齿忍不住捉对儿不停地打战。

第二天没等到傍晚，病提早在中午发作了，波德莱去管理处要奎宁。这个雇工的打摆子症状十分明显，管理处职员看都不看病人一眼，就给了他几包药，他满不在乎地把苦得要命的药倒在舌头上。他在返回山上的途中，遇到了工头。

"你也打摆子啦！"工头看着他说，"已经病了四个了。这四个都不要紧，小事一桩。你是守信用的人……你的账怎么样啦？"

"还欠一点儿……可是我干不了活啦……"

"噢，好好治治，这没什么……明天见。"

"明天见。"波德莱加快步伐走了，因为他刚刚觉得后脚跟有点儿痒。

一小时后，波德莱的病第三次开始发作，他倒在那里浑身无力，目光呆滞，黯然无神，似乎一两米远的地方都看不清了。

三天的绝对休息，对雇工来说是一种特殊药物，料想不到的是，这只能使他成为在茅草上缩成一团索索发抖的东西。波德莱先前总是定期间歇发烧，这种几乎不间断的迅速发作，对他预示情况不妙。发烧的情况各有不同。奎宁如果止不住第二次发作，留在山上就毫无用处，因为他会在山间小道的任何一个拐弯处缩成一团死去。于是，他又下山到商店去。

"你又来了！"工头接待了他，"你的病不见好……你没吃奎宁？"

"吃了……这么发烧我可受不了……我都拿不动斧子了。你要是给我一张船票，等我病好了，我一定来履行合同……"

工头冷眼看了看这个病垮了身体的雇工，对他残存的生命并不当回事儿。

"你的账怎么样啦？"他又问。

"还欠二十比索……星期六我交了……我病得很重……"

"你很清楚，你的账不还清，就得留下来……下山……你会死。在这里治吧，你的账马上就能还清。"

在染上这种恶性寒热病的地方，能把病治好吗？不能，当然不能；可是，这个雇工一走，可能就不回来了，工头宁要让人死，也不愿意让欠债人远走高飞。

波德莱从来没有不履行合同，这是一个雇工在雇主面前唯一可以骄傲的事情。

"你履行不履行合同无关紧要！"工头回答，"你把账先清了，我们再谈！"

对待他如此不公，他当然马上产生报复的强烈想法。他去和卡耶塔诺住在一起，卡耶塔诺的性格他太了解了，两人决定下一个星期天逃走。

"出事了！"就在当天下午，工头碰到波德莱时对他嚷嚷着说，"昨天夜里跑了三个……你就想这么干，不是吗？他们也是履行合同的人！跟你一样！不过，除非死在这里，你也别想离开！你和所有在这里的人都得注意！你们都听清啦？"

雇工决定要逃走，就必须用全部力量来对付面临的危险；但是，比起害一场恶性寒热病来，他们更有能力对付逃跑的危险。星期天到了，波德莱和卡耶塔诺一会儿假装洗衣服，一会儿假装在茅屋里弹吉他，混过警戒哨岗，很快就逃到离管理处千米远的地方。

他们只要没发现有人追踪，就继续走山间小道；波德莱走路很吃力。即使这样……

森林特有的回响给他们送来远处的恫吓声：

"瞄准脑袋打！瞄准他们两个！"

片刻之后，工头和三名雇工从山间小道的拐弯处跑来……追捕开始了。

卡耶塔诺一边打开他左轮手枪的保险，一边不停地逃跑。

"嘿，投降吧！"工头对他们喊道。

"咱们进丛林去。"波德莱说，"我连拿砍刀的力气都没有了。"

"回来，要不就开枪了！"又是一声喊。

"等他们走近些……"卡耶塔诺说，这时温彻斯特连发枪的一颗子弹从山间小道上呼啸飞过。

"快进丛林！"卡耶塔诺对他的伙伴喊道。说着躲在一棵树后，向追捕者射出他左轮手枪里的五发子弹。

回答他们的是一阵尖声喊叫，同时温彻斯特连发枪的又一颗子弹，把他躲藏的那棵树的树皮打飞了。

"投降吧，要不就叫你脑袋开花……"

"我不走了！"卡耶塔诺对波德莱说，"我要……"

他又打了几枪之后就钻进丛林。

听到枪声，追捕者们停下片刻然后朝逃跑的人可能遁逃的方向，用温彻斯特连发枪连续射击，同时疯狂地冲上前去。

在距山间小道一百米的地方，卡耶塔诺和波德莱沿着与之平行的路线逃跑，身子弯得贴近地面，以避开藤条。追捕者们料到这种花招；然而，因为是在丛林里，追击的人非常可能被侧面来的子弹打中，工头只想用温彻斯特连发枪射击和大声叫喊，以虚张声势。然而，今天这样打不准的枪法，在星期四那天夜里却是准确地中过靶。危险过去了，这两个逃跑的人精疲力竭地坐下，波德莱将套头斗篷裹紧身子，靠在伙伴背上；在惊险的摆子发作的两个小时里，他受尽了仓皇遁逃的苦头。然后他们继续逃走，总是注意着山间小道上的动静，走到夜色终于降临时才停下休息。卡耶塔诺带着几个玉米饼，波德莱点起火，虽然在除了孔雀之外有许多生物（他们两个人除外）都喜欢火光的地方生火，有许多不便。

第二天早晨太阳已经升得很高的时候，他们发现一条小河，这是逃跑的人最初的也是最后的希望。卡耶塔诺随意砍下十二根朱丝贵竹，波德莱费尽最后一点力气砍下菟丝子藤条，他还没来得及干完，就发起寒热，哆嗦缩成一团。

卡耶塔诺只得独自扎竹排，拿十根朱丝贵竹用藤条并排绑扎结实，两头各绑上一根横杆。

竹排一扎好，他们便乘上去。竹排顺流漂进巴拉那河。

在那个季节，夜里凉透了，两个雇工浑身冰凉，脚泡在河水里，彼此依偎着度过那个夜晚。巴拉那河因下大雨而河水猛涨，竹排在湍急的漩涡里打转，藤条打的结也慢慢松了。

第二天，他们一整天只吃两个玉米饼——这是最后的一点口粮，波德莱几乎没咽下几口。扎竹排的朱丝贵竹上有虫子蛀的洞，在渐渐下沉，到那天傍晚，竹排已经沉入水下一拃深。

在这条荒凉的河上，两岸矗立着阴森的树林，几乎听不到一点儿人声。那两个人在没膝的水中，一会儿在一个漩涡跟前短暂停下打转，一会儿又继续漂流。他们脚下的竹排几乎散开漂走，他们都快站不住了。在这漆黑的夜里，他们绝望的眼睛什么也看不见。

他们靠上陆地时，河水已经没及他们的胸口。是什么地方？他们不知道……是一片针茅地。可是一到岸边，他们就扑倒在地，一动不动了。

他们醒来时，已是阳光灿烂。针茅地是河与树林之间的沿岸地带，深入陆地有二十米远。往南六十多米处，有一条名叫巴拉奈的小河，他们决定等体力恢复后蹚水过河。不过，恢复体力并没有期望的那么快，因为草根和竹子蛀虫补充体力的效果很慢。暴雨下了二十小时，使巴拉那河变成一片白茫茫的汪洋，使巴拉奈小河变成湍湍激流。一切都不可能了。波德莱猛地坐起，身上水流如注，支着左轮手枪站起来，用枪瞄准了卡耶塔诺。发寒热发得他神志不清。

"鬼东西，过河去吧！……"

卡耶塔诺认为，对这个神志不清的人不能抱什么希望，便弯腰假装为他递根木棍。可是他的伙伴坚持说：

"下水去！是你带我来的！过河去！"

发青的手指按在扳机上直哆嗦。

卡耶塔诺只得依从，顺流漂去，消失在针茅地尽头。他费了好大力才得以上岸。

他从那个地方暗暗看着他的伙伴；大雨下个不停，波德莱又侧身倒下，双膝缩到胸前。卡耶塔诺走上前去，这时他抬起头，被雨水蒙住的眼睛几乎睁不开，嗫嗫地说：

"卡耶塔诺……见鬼……我冷极了……"

秋季那种白茫茫的、声音低沉的暴雨，一整夜淋在那个病得只剩一口气的人身上，到第二天拂晓时分，波德莱已经一动不动地永远留在他那水形成的坟墓中了。

就在那片针茅地上，幸存者被森林、寒冷和雨水围困了七天，吃光了能找到的草根和虫子，渐渐耗尽了体力。末了他坐在那里，被寒冷和饥饿折磨得要死，双眼直盯着巴拉那河。

那天傍晚，"西莱克斯号"汽船驶经那里，让那个快断气的雇工上了船。第二天，当他得知汽船正在向上游航行时，他的高兴变成了恐惧。

"求你行行好！"他啜泣着对船长说，"可别让我在 X 港下船！他们会宰了我！……真的……我求求你！"

"西莱克斯号"汽船带着那个浑身仍然湿透的雇工，回到了波萨达斯。

但是，他上岸只过了十分钟，又已喝得酩酊大醉，而且签了新合同，晃晃悠悠地走去买香精了。

一捆之仇

　　上巴拉那河上的"流星号"汽船每半个月向上游航行一次。阿科斯塔是这条船的管事，他对下述这种情况是心知肚明的：要是往伐木场带去大酒瓶甘蔗酒，很快就会惹出麻烦来，其速度之快，任何事情（连上巴拉那河的流速）都比不上。他同科纳之间发生的不快，就在他十分熟悉的一个地方解决了。

　　根据上巴拉那地区十分严格的法律规定

（但有一个例外），上巴拉那地区各伐木场都不许饮用甘蔗酒。商店里不许卖酒，连一瓶酒都不容许，不管这些酒来自何处。各伐木场都有不宜勾起雇工记忆的种种怨愤和痛苦。每人只需喝上100克酒精，过不了两个钟头就会把伐木场变成打斗闹事的场所。

这种规模的闹事，并不符合阿科斯塔的利益，因此他就在少量走私上想办法，在船上把酒零杯卖给从每个港口登船的雇工。船长知道这种事，所有的旅客也都知道，只有伐木场的主人和工头除外。这个狡猾的科连特斯人决不超过极有分寸的剂量，所以一切都进行得十分稳妥。

可是有一天，一群吵吵闹闹的雇工给他带来了不幸，在他们的要求下，阿科斯塔严守的分寸稍有放松。雇工之间如此快乐的一次聚会，结果却酿成无法控制的吵闹，他们的箱子和吉他都给抛上了天空。

这时吵闹情况严重。船长和几乎全体旅客都上了岸，因为他们认为需要一场新的"吵闹"，不过这次要用鞭子抽在闹得最凶的人头上。这一举措是个惯例，船长的鞭子抽得又快又狠。这场风暴立刻平息。虽然如此，船长还是让人把最不安分的一名雇工绑到主桅的脚上，于是一切都恢复了正常。

不过，现在轮到阿科斯塔遭殃了。汽船停靠的是伐木场主人科纳的港口，他拿阿科斯塔出气：

"这种事的过错在您，全在您一人身上！就为赚这么可怜的一点钱，您使雇工们堕落，还闹了这么一场乱子！"

这个管事是印欧混血人，听了都忍下来。科纳继续骂道：

"住口吧，您该感到羞耻！就为这么可怜的一角钱……我向您保证，汽船一到波萨达斯，我就向米塔因检举这种不正当行为。"

米塔因是"流星号"汽船船主，阿科斯塔并不怕他，后来终于忍不住了。

"说到底，"他答道，"这事跟您毫不相干……您要是不高兴，爱找谁就找谁告状去……可是，在我的办事处，我只干我想干的事。"

"咱们走着瞧！"科纳边嚷边准备上船。在舷梯上，他从铜栏杆上方看见了绑在主桅上的雇工。这个囚徒的眼里是含有讥讽的意思？科纳自认为有这种意思；他还认出，这个目光冷峻、长有小胡子的印第安人，就是三个月前跟他闹别扭的那个雇工。

他向主桅走去，气得脸更红了。对方一直面带微笑，看着他走到跟前。

"原来是你！"科纳对他说，"我在经过的地方老碰到你！老弟，我早已禁止你踏进我的伐木场，现在你竟敢从那里来！"

这雇工好像没听见他说话，继续略带微笑看着他。科纳气昏了头，左右开弓掴了他一通耳光。

"让你尝尝……老弟！像你这样的朋友，就该这么对待！"

这雇工脸色发青，眼睛盯着科纳。科纳听见了这么一句话："总有一天……"

科纳又感到一阵冲动，想让雇工把威胁收回，不过他克制住了，便一边往上走，一边痛骂把他的伐木场弄得一片混乱的那个管事。

现在采取攻势的，是阿科斯塔。怎么办才能使这个脸蛋红红的、爱出口伤人又拥有该死的伐木场的科纳，打心里感到不舒服呢？

不久他就想出了办法。从下一次向上游航行开始，他小心翼翼地偷偷向在深港（科纳的那个港口）登岸的雇工们，供应一两瓶甘蔗酒。这些雇工比平日闹得更凶，把酒藏在箱子里带上岸去，当天晚上伐木场就出了大事。

两个月期间，每次在"流星号"汽船向上游航行之后，每条顺流下行的汽船必定要在深港捎走四五个伤员。科纳感到绝望，他找不到酒的走私贩，也找不到煽风点火的人。不过，过了一段时间，阿科斯塔为了谨慎起见，不再供应火种，舞刀弄棒的事儿也就不再发生了。总之，这个科连特斯人想出的报仇和挣钱的好买卖，全部落实到科纳光秃秃的头上。

两年过去了。挨了耳光的那名雇工，在几个伐木场都干过活，却一次也没获准踏进深港一步。这个印第安人和科纳的旧怨和被绑在主桅上那件事，当然，使他成为不受伐木场管理处欢迎的人。同时，这个雇工受到土著人好逸恶劳习性的影响，长期在波萨达斯四处游荡，靠他能撩拨挣月薪女工的心的小胡子为生。他头上狮鬣一样的短发，本是极北地区最普通的发型，他抹上发油，洒上浓烈的香水，竟有极大魅力迷住姑娘们。

在晴朗的一天，他接受了不期而遇的一个合同，便沿巴拉那河溯流而上。因为他是个出色的劳力，很快就结清了他所支取的预付款。他到了一个港口，又到另一个港口去，摸清所有港口的底，想方设法到他想去的地方。除了深港之外，别的伐木场都乐于接受他；在深港，他成了多余的人。于是他又受到懒散和厌倦的感染，在小胡子上抹了许多香精，回波萨达斯消沉地打发日子。

又过了三年。在这段时间里，这个雇工只上行到巴拉那一次，几经斟酌终于得出结论，他现在的谋生方法，远没有丛林里的人们那么劳累。尽管从前他手臂上感到极度乏力，现在已经被腿上经常的疲劳所取代，他却从此找到了自己的乐趣。

除了斜坡区和港口区之外，他对波萨达斯并不熟悉，至少他不常去那里。他没有走出过工人居住区；他从一个女工的茅屋走到另一个女工的茅屋去混日子，接着就到小酒店去；然后，到港口去听每天上船的雇工们的叫嚷声作为消遣；到五分钱跳场舞的舞厅去过夜。

"喂，朋友！"雇工们叫他，"你不喜欢你的斧子啦！喂，朋友，你喜欢上跳舞啦！"

这个印第安人笑了，他对自己的小胡子和发亮的头发十分满意。

有一天，他听见招工的人在向一群刚上岸的雇工，以优厚的预付款出手招工，马上抬起头转过身去。来招工的是科纳领导的公司，他租赁的伐木场在卡夫里乌瓦港，几乎就在瓜伊拉瀑布附近。那边的峡谷里有许多木材，急需人手。日工资优厚，还供给少量甘蔗酒。

三天后，在伐木场干了九个月活儿，累得筋疲力尽的那些刚刚下山的雇工们，为寻欢作乐，拿二百比索预付款在两天两夜挥霍一空之后，又回到山上去了。

雇工们看见这个帅小子也在他们之中，多少有点儿惊奇。

"喂，朋友，不去参加晚会啦！"他们对他喊道，"又拿起斧子啦！是不是……！"

他们到了卡夫里乌瓦港，从当天下午起，这群雇工就被分送去放木排。

他们就这样在炎炎烈日之下，干了两个月活儿。排成一列的七个雇工，用撬杠使出吃奶的力气，把脖子的肌肉绷得又硬又直，将木材从峡谷高处推往河里。

后来，因为脚下水深达二十米，他们要泅水在河里干活，把木材集拢，整整几个小时把木材的小头捆紧；他们只有肩膀和手臂露在水面。每天干五六小时，他们就须上木排，准确地说，就须被拉上木排；长时间浸在水里，人都冻僵了。

所以伐木场管理处总是藏点儿甘蔗酒，为干这种活儿时使用，这是仅有的违反法律的情况。工人们上木排喝上一杯酒，再下到水里去。

这个雇工干的是这种苦活，然后把一列大木排顺流放到深港去。我们这个小伙子指望因此能允许他到这个港口去。事实上，伐木场管理处若不是没认出他来，就是因为急需劳动人手佯作不知。可以肯定的是，木排一经验收，这个雇工同另外三个雇工一起，就受托送一群骡子到几西班牙里的卡雷里亚内地去。这个雇工没提出别的要求，次日早晨就赶着一小群骡子从山间大路出发了。

这天天气奇热。在两侧矗立的树林之间，那条红土路在阳光下发出耀眼的光。这时大森林的寂静，似乎加剧了空气在火山形成的沙地上令人目眩的颤动。没有一丝儿风，也没有一声鸟鸣。在直晒的烈日下，蝉不作声了；头顶盘旋着牛虻的骡群，在大路上单调地往前走，因昏睡和灼人的阳光而耷拉着脑袋。

一点钟时，雇工们停下喝马黛茶。不久之后，他们远远看见他们的主人正在大路上向他们走来。他独自骑在马上，头戴龙舌兰纤维制成的大盔帽。科纳停下向靠得最近的雇工问了几个问题，这才认出正俯身在茶壶上的那个印第安人。

科纳汗珠滚滚的脸变得更红了，在马镫上挺直了身子。

"喂，你！你在这儿干什么？"他对印第安人怒喊道。

印第安人不慌不忙地直起上身。

"您好像还不知道该怎样跟人打招呼。"印第安人一边回答，一边慢慢朝他主人走去。

科纳拔出左轮手枪，开了一枪。枪打得很及时，可是没有打中，因为食指刚扣到扳机上，砍刀刀背一下子就打飞了左轮手枪。刹那间科纳落到地上，身上压着那个印第安人。

雇工们一动不动地站着，显然被伙伴的勇气吓呆了。

"你们迈步啊！"印第安人没有回头，用憋着劲的声音朝他们叫喊。雇工们按照命令，继续执行他们赶骡的任务，骡群渐渐消失在大路上。

一直把科纳按在地上的那名雇工，把科纳的刀子扔在远处，身子一跃就站起来。这时他已把主人那根用鹿皮做的鞭子拿在手里。

"站起来。"他对科纳说。

科纳站起来，浑身血污，嘴里骂骂咧咧，还企图进攻。可是，鞭子狠狠抽在他脸上，把他摞倒在地。

"站起来。"雇工又说。

科纳又站起来。

"现在走吧。"

科纳气疯了，又想发动进攻，鞭子马上抽在他背上，发出干巴巴的可怕声响。

"走啊。"

科纳走了。他感到丢脸，几乎要中风，他的手一直在流血，他累垮了，但他还在走。不过，他时不时停下来，大肆威胁，极力羞辱雇工。鞭子又狠狠抽在他的脖子上。

"走啊。"

在这条大路上，只有他们两人一声不响地向巴拉那河走去，雇工略为靠后一点儿。太阳热辣辣地晒在他们头上，靴子上，脚上。同早晨一样的寂静，融化在昏睡的大森林那样模糊的嗡嗡声里。只听得见时不时在科纳背上响起的鞭子的噼啪声。

"走啊。"

科纳在五个钟头里走了一公里又一公里，他把自己目前处境中大大小小的羞辱和痛苦，统统咽进肚里。身上的伤，中风短暂发作而感到的憋闷，几乎使他打算停下，但都做不到。那个雇工一句话不说，只是时不时把鞭子抽过来。科纳只好走。

太阳落山时，为了躲开伐木场管理处，这两人离开大路，走上也通往巴拉那河的一条林中小道。科纳因为换路走而失去了最后的求援机会，便直挺挺地躺在地上，一步路都不想走了。可是，抡惯了斧子的手臂又开始把鞭子抽过来。

"走啊。"

抽了五鞭，科纳就爬起来了，在最后的一刻钟里，每走二十步，那根不知疲倦的鞭子便抽在科纳的背上和脖子上，他像梦游者一样摇摇晃晃地走着。

他们终于走到巴拉那河，走到河边那个木排跟前。科纳不得不上了木排，被迫走到木排另一头，在那儿，他因力气使尽而扑倒，两臂护住了脑袋。

雇工走上前去。

"现在，"他终于说，"这就是你应该跟人打招呼的样子……这也是你打人耳光的报应……"

鞭子一个劲地狠抽在科纳头上和脖子上，扯下一绺绺血淋淋的头发。

科纳没有再动一动。那个雇工于是砍断木排的缆绳，登上系在大木排末尾的独木船，便使出浑身的力气划起桨来。

拖拽一大堆大木材并不费事，开头使劲一拉就成。木排不知不觉就转了方向，进入水流，印第安人这时把系小船的绳子也砍断。

太阳落山有一会儿了。两小时前还热烘烘的大气，现在像死人一样冰冷和安静。在仍然绿幽幽的天空之下，木排旋转着漂进巴拉圭河岸的透明阴影里，当它重新出现在远方时，已经像一根黑线了。

这个雇工也斜着漂流到巴西去，他必须在那里待到老死的那天。

"我要失去那个老伙计了。"他喃喃低语，同时给自己疲乏的手腕系上一根线。他朝那个漂向不可避免的灾难的木排冷冷地望了一眼，最后在牙缝里说了一句："不过，这家伙再也不会打人耳光了，这该死的美国佬！"

爱情季节

春

那是狂欢节期间的星期二。内韦尔刚刚进入狂欢者行列，天就黑下来了；他打开一个彩色纸带卷，看一眼前面的马车。在那辆马车上，有一张面孔使他惊奇，前一天傍晚他可没见过，便问他的同伴：

"那是谁？长相不赖。"

"一个精灵！绝色美女。我认为大概是阿里萨瓦拉加博士的侄女之类的人物。看样子，她是昨天来的……"

内韦尔这时两眼紧盯着这个标致女子。她是个还很年轻的少女，也许只有十四岁，然而已经到了待字之年。在她乌黑头发底下，是一张白皙无比、柔嫩、平滑的脸，天生的细皮嫩肉。掩映在黑睫毛之间的蓝眼睛，长及太阳穴。两眼的间距略嫌大些，在光洁的前额下倒使她显得异乎寻常的高贵或固执。但是，她这双眼睛也使她娇艳的脸上增添了俏丽的光彩。内韦尔看到这双眼睛向他投来的一瞥，不禁眼迷心乱。

"多迷人哪！"他一动不动地单腿跪在马车的垫子上喃喃低语。过了一会儿，彩色纸带飞向那辆马车，两辆马车就被这彩色纸带形成的吊桥连接起来了；这种举动引得少女不时向这个献殷勤的小伙子莞尔一笑。

这种举动对车上的人，对车夫，甚至对那辆马车，都是失礼的，可是，彩色纸带仍在纷纷落到马车上。这么一来，坐在后排的两个人便转过身来，虽然面带笑意，却在留神审视这个滥用彩色纸带的人。

"他们是谁？"内韦尔低声问。

"阿里萨瓦拉加博士……你当然不认识他。另外那个女的，是你看上的那个姑娘的妈……是博士的嫂子。"

　　阿里萨瓦拉加和那位夫人经过仔细观察，对年轻人热情奔放的行为爽朗地笑了。内韦尔觉得应该向他们打招呼，他们三人也高兴而友善地还了礼。

　　这是持续了三个月的一次爱情经历的开端，内韦尔为这段恋情献出了热情洋溢的青春期的全部爱慕之情。狂欢节在继续进行，康科迪亚城中的狂欢活动也在延长到难以置信的时刻；在这段时间里，内韦尔兴高采烈，不停地把手臂伸向前方，从衬衣上垂下来的那片袖口花边，在他手上不停摇晃。

　　第二天，这种场景又出现；这次的狂欢活动，是在夜间开始打花仗，内韦尔在一刻钟之内就抛光了四大筐鲜花。阿里萨瓦拉加和那位夫人笑容可掬，时时回过头去，而那个少女的眼睛几乎没有离开过内韦尔。内韦尔绝望地看一眼自己那几个空花筐。不过，马车的垫子上还有一束花，是很差劲的一束当地的千日红和素馨。内韦尔拿起这束花跳下行进中的马车，差点儿崴了一只脚；他向少女坐的那辆马车跑去，跑得气喘吁吁。大汗淋漓，双眼脉脉含情地把那束花递给那个少女。少女心慌意乱，也要找一束花，可是没找到。她同车的两个人都笑了。

　　"真是个疯丫头！"她母亲指着她的胸口对她说，"你那儿有一束！"

　　这辆马车突然小跑起来。已经难过地跳下马车踏板的内韦尔，紧跑几步才拿到少女几乎探身车外递给他的那束鲜花。

内韦尔已经中学毕业，三天前才从布宜诺斯艾利斯来到康科迪亚城。他在布宜诺斯艾利斯生活了七年，因此对这座城目前社会状况的了解十分有限。他本来还应当在家乡逗留十五天，如果得不到身体上的安宁，也要尽情享受一下精神上的绝对安宁。可是，第二天起，他就完全无法平静了。可不是吗，那位少女的眼睛多迷人哪！

"多迷人哪！"他一再想起从马车上传给他的那道秋波、那束鲜花和那次与女人肌肤的接触。他承认自己是真实而又深切地眼迷心乱，当然也已情有所属。

她要是也爱……会爱他吗？内韦尔为了弄明白这一点，不仅相信少女胸前的那束花，更相信她在找点儿什么送他时流露出来的那种慌乱神情。他清清楚楚地记得，她怀着不安的希望在等他，看见他跑到，眼里随即光彩焕发。另外，他还记得，她把花束递给他时，他所见到的少女娇柔的胸部。

如今，一切都结束了！明天她要到蒙德维的亚去。其余的事物——康科迪亚城、往日的朋友、他父亲——同他有什么关系呢？他至少要跟她一起到布宜诺斯艾利斯去。

他们果然一起上路了，在旅途中，内韦尔自以为被爱上了，他的激情达到一个十八岁浪漫小子所能达到的最强烈程度。那位母亲以亲切的迁就态度，对待那种近乎幼稚的恋爱关系。她看见他们很少说话，不停地微笑，而且没完没了地彼此凝视，就不时开心地笑了。

　　告别是简短的，因为内韦尔不愿失去自己还存留的最后那点儿理智，便中止了追随她的旅行。

　　她们将在冬天再来康科迪亚城，要停留将近一个季度。她要来吗？我可不来了！内韦尔慢慢离开码头时，不时回过头去，她呢，俯身在船舷上，低头目送他；这时站在跳板上的船员们都满脸含笑地瞧着这一段恋爱经历，瞧着那个柔情无限的未婚女子身上的短上衣。

夏

一

　　六月十三日，内韦尔回到康科迪亚城，尽管一到达就知道莉迪亚已在城里，过了一周也完全没有为她感到心神不宁。一次闪电般的激情，有四个月也足够了。激情的最后一道闪光，在他静如止水的心灵上掀起了几道涟漪。他确是很想见她。直到一件不相干的小事触动了他的虚荣心，才又一次拖住他。第一个星期日，内韦尔像城里所有的帅小伙子一样，在街角等待做完弥撒出来的人。莉迪亚和她母亲终于在最后几拨人里出来，差不多是挺直身子，眼睛看着前方，从小伙子们的行列之间走了过去。

内韦尔又见到她时，眼睛大睁，恨不得把突然使他爱上的这个女子，整个地收入眼里。他怀着几乎是痛苦的渴望，等待她的眼睛刹那间突然出现幸福的光芒，在人群中认出他来。

但是，她走过去了，冷漠的目光直盯着前方。

"她好像不再记得你了。"站在他身旁、参与过那个恋爱事件的一位朋友对他说。

"不会的！"他笑了，"很遗憾，因为我确实很喜欢这个女孩。"

但是，当一人独处时，他为自己的不幸落泪。现在他又见到她了！他一直多么、多么爱她呀！他觉得不再记得她了！一切都结束了！不知不觉中他的心就怦、怦、怦地跳起来！怦！一切都结束了！！！

他忽然想到：他们是不是没看见我呢？……当然！当然是的！他又喜上眉梢，对这种不确定的可能性，竟深信不疑。

下午三点钟，他摁响了阿里萨瓦拉加博士家的门铃。他的想法很简单：随便找个不值一提的借口去征询这位律师，也许就能见到她。

他就这么办了。随着铃声，院子里突然传来跑步声，莉迪亚为了刹住冲力，不得不使劲抓住那扇玻璃门。看见是内韦尔，她惊叫一声，用双臂护住身上的薄衣衫，更迅速地逃走了。过了一会儿，她母亲来打开咨询处的门，比四个月前更加高兴地接待了她的旧熟人。内韦尔乐得心花怒放；这位夫人并没有为内韦尔的法律问题显出不耐烦的样子，内韦尔也就乐得千百次地到律师家来。

尽管如此，他心中过分强烈的幸福感如同炭火一样在燃烧。因为他已经十八岁，他渴望一下子就能轻松愉快和圆满地享受自己的无限幸福。

"哟，这么快就走！"那位夫人对他说，"希望我们能很愉快地再次见面……不是吗？"

"是呀，夫人！"

"您来，我们全家都会很高兴……我想全家都会很高兴！您愿意这就开始咨询吗？"她以母亲的调侃口吻微笑着说。

"啊，非常愿意！"内韦尔回答。

"莉迪亚！来一下，有一位你认识的人来了。"

莉迪亚来到时，他已经站起来了。她迎着内韦尔走去，两眼闪着幸福的光芒，而且带着笨手笨脚的可爱神态，捧给他一大束紫罗兰。

"您要是方便，"母亲接着说，"每星期一都可以来……您看如何？"

"太少了，夫人！"小伙子反对道，"每星期五也来……行吗？"

那位夫人放声大笑。

"太叫人为难了！我不知道……看莉迪亚怎么说吧。莉迪亚，你说呢？"

那位姑娘笑盈盈的眼睛没有离开过内韦尔，既然必须回答他，她脸上表露的意思整个儿是对他说："行啊！"

"很好，内韦尔，那就星期一见。"

内韦尔反驳道：

"不许我今晚来吗？今天是个特别的日子……"

"好吧！今晚也让来！莉迪亚，你陪他。"

可是，内韦尔这时一心只想走动，连忙告辞，拿上花束就溜了；那束花的顶端差不多已被折断，内韦尔的心简直飞到了极乐天堂。

二

在两个月期间，无论是在会面的全部时刻，还是在分离的全部时刻，内韦尔和莉迪亚都相亲相爱。对于他这么个仅仅因为院子里细雨蒙蒙就感到郁郁寡欢的浪漫青年来说，那个有天使般面孔、蓝眼睛和过分早熟的少女，简直就是他心目中理想典型的化身。对于她来说，内韦尔就是有阳刚之气的美男子，而且很聪明。在他们的相爱中，除内韦尔未到法定年龄之外，再没有令人不快的阴影。小伙子把学习、职业和其他诸事置诸脑后，一心只想结婚。事情明摆着，他想的就两件事：其一是他生活中绝不可能没有莉迪亚；其二是这件事不管有多少阻力，他都要勇往直前。他预感到（更确切地说是感觉到），他会遭到惨重失败。

内韦尔在狂欢节中闹一次恋爱而白白浪费的这一年时间，确实让他父亲深感不快，是该直截了当地向他指出来了。在八月末的一天，他父亲终于对儿子说：

"有人对我说，你还经常到阿里萨瓦拉加家去。对不对？你还不屑于告诉我一声。"

在这样咄咄逼人的形势下，内韦尔看出要大祸临头，回答时把声调放缓和些。

"爸爸，我什么事都没告诉你，是因为我知道，要是跟你说这事儿，会惹你不高兴。"

"得了！如果要我高兴，你很该省了这种事儿……不过我想了解，你已经到什么地步了。你可是以未婚夫的身份到他们家去的？"

"是。"

"他们正式接纳你了吗？"

"我认为是的……"

父亲狠狠盯着他，还用手指敲着桌子。

"好哇！好极了！……你听着，我有责任给你指明该走的路。你很清楚你在做的事情吗？你想过会出什么事吗？"

"出事？……会出什么事？"

"你就得跟这个姑娘结婚。你可得注意，至少你已经到了会思考的年龄了。你知道她是什么人？她是哪里来的？你向人了解过她在蒙得维的亚是怎么生活的吗？"

"爸爸！"

"对，她们在那儿是干什么的！得了！别摆出这么一副面孔……我不是指你的……未婚妻。她是个女孩子，这么大的人并不知道做的是什么。可是，你知道她们靠什么度日吗？"

"不知道！跟我没关系，既然你是我父亲……"

"算了，算了，算了！这事以后再说。我不是以父亲的身份，而是以任何一个可以跟你说话的正直人的身份跟你说话。尽管我问你的事会使你十分愤慨，你还是找人调查一下吧，你未婚妻的母亲跟她大伯是什么关系。你问去吧！"

"我问过了！我早就知道他曾经是……"

"啊！你知道她早已是阿里萨瓦拉加的情妇了？你也知道在蒙得维的亚供养这一家的是他或别的男人吗？你也太冷静了！"

"……！"

"对！我知道！你的未婚妻跟这种事没关系，我知道！除了你长得英俊，没有别的推动力……但是，你走路要留神，因为有可能迟到……不，不，别激动！我丝毫没有伤害你的未婚妻的意思，我认为，像我对你说过的那样，她还没沾染上她周围的那种腐化恶习。但是，即使她母亲愿意在这桩婚事中卖给你，或者更确切地说，是在我去世时你将要继承的财产，你告诉她，我这个老内韦尔不打算做这笔买卖，宁可让魔鬼把你带走，也不同意这桩婚事。我不想跟你多说什么了。"

　　虽然父亲是这个脾气，小伙子还是很爱他。由于胸中的怒火没法发泄，他憋着一肚子气出去了；他越是火气大，越是明白自己不对。父亲说的那件事，他早已知道。莉迪亚的母亲在丈夫在世时就已经是阿里萨瓦拉加的情妇了，她丈夫去世后，这种关系又维持了四五年。他们偶尔幽会一次，但是这个病病歪歪的好色老光棍现在浑身关节痛，远不能满足他弟媳妇的求欢要求。他之所以维持母女二人的阔绰生活，大概是出于对前情妇的某种感激之情，尤其是为了证实使他虚荣心极为膨胀的当时流行的一些闲话。

　　内韦尔回想起莉迪亚的母亲，被已婚女人弄得狂乱不堪的小伙子不免感到震惊。他记得一天夜里，他和这个母亲紧挨在一起翻阅一本画报，她丰满的身体蹭到他，使他感到自己因为心底涌现的一种欲望而神经突然紧张起来。内韦尔一抬眼就看见她心醉神迷的目光，正扎扎实实地盯住他的目光。

　　是自己弄错了吗？她患起歇斯底里来很吓人，不过只是偶尔发作；错乱的神经连续冲击她的内心，病态的固执发展成荒唐的行为，而且突然失去信念；这一类发作的前驱症状是越来越固执，浑身抽搐，而且长篇大论地胡言乱语。她为了减轻痛苦，又为了保持文雅的外表，就滥用吗啡。她年已三十七岁，身材颀长，嘴唇又厚又红，终日保持润泽。她的眼睛不大，犀利的目光和长长的睫毛使之显得很大；但是，她眼里显露出的忧郁和热情却令人惊叹。她很会化妆，衣着和女儿一样，十分风雅，显然这正是她最富魅力之处。作为女人，她想必有其奥妙的动人力量；现在，歇斯底里大大损耗了她的身体——当然她得的是腹部的疾病。吗啡引起的快感消失时，她的眼睛便会黯然无神，她的嘴角上和浮肿的眼角随即出现纤细的网状皱纹。尽管如此，损坏她神经的歇斯底里这种病，竟是维持她肌肉张力的稍具魔力的养分。

她深爱莉迪亚。为使女儿幸福，她早就用歇斯底里的资产阶级道德标准使她女儿堕落，这就是：为女儿提供了她为自己营造过的那种幸福。

这一来，内韦尔父亲为这种问题所产生的忧虑，触动了他深陷情网的儿子。如何摆脱莉迪亚呢？她皮肤光洁的脸庞，她那双明眸以其火辣辣表情所直白流露出来的少女情愫，已经不是纯洁的证明，而是高贵享乐的进身阶梯，内韦尔顺利登上这个阶梯，就能从腐化树上一把扯下他要的那朵花。

内韦尔的这种信念十分强烈，所以从未吻过她。一天下午午饭后，他路过阿里萨瓦拉加家，心里极想去看她。他运气极好，因为她独自在家，身穿便服，鬓发耷拉在面颊上。内韦尔把她拦在墙跟前，她笑吟吟而且羞答答，背靠着墙。小伙子站在她面前，差不多紧挨着她，他觉得握在自己迟钝手中的，是纯洁爱情铸成的幸福，把它玷污轻而易举。

等以后成了他的妻子再说！内韦尔尽可能加速筹办婚事。在那些日子里获得的法定年龄自主资格，使他得以依靠母方继承的法定财产支付结婚费用。他父亲还没有同意，莉迪亚的母亲就已经在催问这事的细节了。

莉迪亚的母亲在康科迪亚有太多暧昧可疑之处，她的境况需要社会的认可，当然这首先要取得她女儿未来公公的认可。她一向对世俗偏见毫不在意，而且有一种强烈的愿望支持着她，那就是：践踏小市民的伦理道德，并使之就范。

她跟未来的女婿几次谈及这一点，还提到"我的亲家"……"我的新家庭"……"我女儿的小姑"。内韦尔沉默不语，那个母亲的目光总是显得更加忧郁。

直到有一天，这场烈火烧起来了。内韦尔曾把婚期定在十月十八日。时间还差一个多月，可是莉迪亚的母亲使小伙子明确地知道，她希望他父亲那天晚上能出席婚礼。

"怕是难哪。"内韦尔在一阵令人难堪的沉默之后说，"他夜里难得出门……从来不出门。"

"啊！"这个母亲只是叫了一声，马上咬紧嘴唇。接着是一阵沉默，不过她早有预感。

"您不是秘密结婚，对不对？"

"啊！"内韦尔勉强笑笑，"家父也不这么认为。"

"那又是怎么回事儿？"

又一次沉默，每次都显得更加强烈。

"是因为我，令尊不愿意参加婚礼吗？"

"不是，不是，夫人！"内韦尔终于不耐烦地大声说，

"他的脾气就这样……要是您愿意，我再跟他谈谈。"

"我？要是愿意？"这个母亲拖长鼻音微笑说，"您要怎么办就怎么办吧……内韦尔，现在您想走了吗？我觉得不舒服。"

内韦尔走了，心中十分不快。他父亲会说什么呢？他始终持断然反对这门婚事的态度，做儿子的已多方设法，使他放弃这种态度。

"你可以干这事儿，你爱干什么我都让。可是，叫我同意让这个破鞋当你的岳母，绝不可能！"

三天后，内韦尔决心一举结束这种状况，趁莉迪亚不在的时候对她摊牌。

"我跟家父谈过了，"内韦尔开始说，"他对我说，他根本不能参加婚礼。"

这个母亲的脸色有点儿苍白，同时眼睛突然闪闪发亮，睁得很大。

"哈！为什么？"

"不知道。"内韦尔低声回答。

"就是说……令尊大人是怕到这儿来有失身份。"

"不知道！"内韦尔又坚决说。

"难道这位先生能这么随随便便欺负我们吗？他以为自己是什么人？"她又说，嗓音都变了，嘴唇抖个不停，"他算什么？摆这样的谱。"

内韦尔作出的强烈反应，正是根深蒂固的家庭传统使然。

"他算什么，我可不知道！"他急忙回答，"但是，他不仅拒绝参加婚礼，也不同意这门婚事。"

"什么？他拒绝什么？为什么？他算什么？在这件事情上，他的权力未免太大了！"

内韦尔站起来说：

"您别……"

但是，她也站起来了。

"是吗？是的！您还是个孩子！您问他，他的财产是哪儿来的，是抢夺顾客得来的！还摆出那么一副架势！他的家庭无可指责，清白无瑕，他满嘴都是这种话！他的家庭！……您让他告诉您，婚前为了去跟他老婆睡觉，他跳了多少次墙！是呀，他居然跟我谈他的家庭！……很好，快滚；现在我对伪君子厌烦透了！愿您过得好！"

三

内韦尔在极度绝望中过了四天。在发生这种事情之后，他还能有什么希望呢？第五天傍晚时分，他收到一封短简：

奥克塔维奥：莉迪亚病得相当严重，只有你来才能减轻她的痛苦。

玛丽亚·S.德·阿里萨瓦拉加

说不定是个诡计。可是，要是他的莉迪亚果真……

那天夜里内韦尔去了，那个母亲小心翼翼地接待他，使他感到惊讶；她既不过分殷勤，也没有罪犯请求饶恕的那种神态。

"您要是想见她……"

内韦尔同那个母亲一起进去，看见他的心上人躺在床上，只有十四岁才有的那种清新的脸上未施脂粉，两腿蜷缩着。

他坐到她身旁，那个母亲徒然希望他们会交谈点什么；他们却只是相视而笑。

内韦尔突然发觉在一起的只有他们两人，随即明白了那个母亲的意图："她走开，是为了让我在重新赢得爱情时的心旌摇荡中丧失理智，婚姻将因此而躲不掉。"但是，她们预先提供给他短暂的最后欢乐，他就得付出结婚的代价，这个十八岁的小伙子就像上次靠在墙上那样，由于全身心笼罩在充满诗意的牧歌光环中，感受到纯洁爱情所享有的那种白璧无瑕的欢愉。

只有内韦尔说得出他那天失而复得的幸福是何等珍贵。他也忘记了这个母亲的肆意诽谤，忘记了受到没来由的种种侮辱所感到的莫大苦恼。不过，他有一个十分冷酷的决定，那就是一旦结婚，就把这个母亲从他的生活中赶出去。他想起他那温柔、纯洁的未婚妻，笑吟吟地躺在床上，对纯洁的爱情所作出的热辣辣的允诺，差点儿使他不能自持，然而他并没有提前夺走她那颗幼小的钻石。

次日夜里，内韦尔来到阿里萨瓦拉加家，发现门厅暗无灯光。过了好久，女仆才打开半扇窗子。

"他们都出门了？"他惊讶地问。

"不是，他们要去蒙得维的亚……他们已经到萨尔托去，在船上过夜。"

"啊！"内韦尔忧心忡忡地低声说。他还心存一线希望。

"博士呢？我能跟他谈谈吗？"

"他不在。他吃过饭就去俱乐部了……"

内韦尔一走到黑黢黢的街上，就举起双臂，然后又十分扫兴地把手臂放下来。全完了！他前一天重新得到的幸福和运气又失去了，而且永远失去了！他预料这次已经无可挽回。这个母亲的精神已然像琴键般地突然错乱，他已无能为力了。

他走到街的拐角处，一动不动地站在路灯下，从那里呆呆地凝望那座玫瑰色房子。他绕着那个街区走了一圈，又在那盏路灯脚下停住脚步。再也无可挽回了！

他一直到十一点半都在绕圈，停下，停下，又绕圈。最后他回到家里，给左轮手枪上了子弹。不过，他想起的一件事阻止了他：几个月前，内韦尔答应过一位德国制图员，有朝一日要自杀的话，要先去看他——因为内韦尔已经是个青年了。他与这位老军人吉列尔莫的深厚友谊，是长期谈论哲学建立起来的。

第二天一大早，内韦尔敲了敲那位制图员陋室的门。他脸上的表情是再清楚不过了。

"是现在吗？"这位慈父般的朋友问他，使劲握他的手。

"嘻！无论如何都得……！"小伙子眼睛看着别处回答。

制图员于是极其平静地对他讲了自己的恋爱悲剧。

"您回家去吧，"最后制图员说，"要是咱们够交情，到十一点钟还不改变主意的话，就回来跟我一起吃午饭。然后您爱干什么就干什么去。您对我发誓吗？"

"我发誓。"内韦尔回答，同时紧紧拥抱他，心里只想大哭一场。

莉迪亚寄的明信片在他家里等他。

我崇拜的奥克塔维奥：我绝望极了，但是妈妈已经看出，我要是和您结婚，留给我的会是巨大的痛苦。我跟她一样已经明白，我们最好分手，我向您发誓，我永远不会忘记您。

您的

莉迪亚

"唔，早该这样！"小伙子大声说，同时惊恐地看见镜子里自己突然变了色的脸。出主意写这封信的准是那个母亲，准是她和她那该死的疯狂！莉迪亚不能不写，可怜的少女心烦意乱，为写在明信片上的全部爱情痛哭流涕。唔！要是有朝一日能见到她，我得告诉她我曾经是怎样爱她，现在是多么爱她，我心爱的人儿！

他颤抖着走到独腿小圆桌跟前，拿起左轮手枪；但是，他记起刚许的诺言，在那里站了很久很久，同时坚持不懈地用指甲弄干净左轮手枪圆形枪膛上的一片污迹。

秋

一天下午在布宜诺斯艾利斯，内韦尔刚刚登上有轨电车；当电车比该停的时间停得更久的时候，正在看书的内韦尔终于也转过头去。一位妇女迈着蹒跚的步子，在座位之间往前挪动。这个女人坐到他旁边，一坐下就端详起她的邻座来了。内韦尔虽然不时感到有陌生的目光停留在自己身上，仍继续看书；他终于看累了，一抬头不禁感到惊奇。

"我觉得好像是您，"这个女人大声说，"虽然还拿不准……您不记得我了，不会吧？"

"记得。"内韦尔睁大眼睛回答，"阿里萨瓦拉加夫人……"

她看见内韦尔吃惊的样子便笑了，那神态就像还想赢得小伙子好感的老妓女。

自从十一年前内韦尔认识她以来，她身上只剩下眼睛还是那么深邃，却已黯淡无神。她脸上皮肤发黄，在阴暗处略呈绿色，满是污浊的皱纹。她的颧骨现在很突出，一向很厚的嘴唇力图把满嘴的龋齿掩盖起来。她那瘦弱的躯体，看来是靠流淌在疲惫的神经和她供血不足的动脉里的吗啡来维持活力的，这使得曾经有一天坐在内韦尔身旁翻阅画报的这个漂亮女人，变成了这样一副骨头架子。

"是啊，我老多了……而且病病歪歪；我害过肾病……而您呢，"她温存地瞅着他又说，"始终是老样子！说实话，您还不到三十岁吧……莉迪亚也一样。"

内韦尔抬起眼睛问道：

"她还没结婚？"

"是啊……告诉您这件事，您该感到高兴了吧！为什么这可怜的女孩引不起您的兴趣？您不想来看我们吗？"

"很乐意去……"内韦尔喃喃地说。

"好哇，那就快点儿来吧；您都知道了，我们是为了您才……告诉您吧，我们住在伯多街 1483 号 12 室……我们的境况很艰难……"

"嗯！"他一边起身离去，一边说。他答应得很快。

过十二天，内韦尔该回甘蔗园去了，在此之前他要履行自己的诺言。他去了她们的住处——那是郊区的一所简陋住房。阿里萨瓦拉加夫人迎接他的时候，莉迪亚去稍微打扮了一番。

"说来都十一年了！"这个母亲又在察言观色，"时间过得多快！要是跟莉迪亚一起过，您准有一大群孩子了。"

"很有可能。"内韦尔笑着说，扫视一眼周围。

"哎！我们身体都不太好！您真该安个家了……老听人说到您的甘蔗园……那是您仅有的产业吗？"

"嗯……在恩特雷里奥斯还……"

"多有福气！要是有可能……总想到乡下去住几个月，永远只能这么想想罢了！"

她不作声了，飞快地瞥了内韦尔一眼。内韦尔的心一阵抽搐，十一年来埋藏心里的种种感受，都清晰地再现出来。

"这一切都因为失去联系……找到一个那种境况的男朋友太难了！"

内韦尔的心抽缩得越来越紧，这时莉迪亚进来了。

她也变了许多，在这个二十六岁女人身上，再也找不到十四岁时那种纯洁和清新的魅力了。但是，她永远是美丽的。他那男人的洞察力感受到她柔软的脖子，她平静目光的温柔，还感受到她向享受过爱情的男子所显示的无法确定的一切；他必须把自己对曾经认识的莉迪亚的记忆，永远保藏起来。

他们以成年人所具有的十分谨慎的态度，谈了些琐琐碎碎的事情。她又出去一会儿，这时她母亲说：

"是的，她有点儿虚弱……想到她在乡下也许马上就能康复，我就……您瞧，奥克塔维奥，允许我对您坦白直说吗？您早就知道，我像喜欢儿子一样喜欢您……我们可不可以在您的甘蔗园里住一阵子？这对莉迪亚太有益了！"

"我已经结婚了。"内韦尔回答。

这位夫人一脸的不高兴，马上流露出明显的失望。但是，她立刻很滑稽地交叉双手说：

"结婚了，您！多不幸，多不幸啊！请原谅，她早知道了！我不知道我都说了什么……您太太跟您一起住在甘蔗园里吗？"

"通常是这样……现在她在欧洲。"

"多不幸！就是说……奥克塔维奥！"她张开双臂，眼里含着泪花加上一句，"我可以对您说，您曾经几乎成为我的儿子……我们穷，有点儿不如人！您为什么不愿意跟莉迪亚一块儿过呢？我身为母亲，要坦白对您说，"最后她和颜悦色笑眯眯地压低声音说，"您十分了解莉迪亚的心，对不对？"

她等待回答，可是内韦尔沉默不语。

"是的，您了解她。而且您认为，莉迪亚是个能把您爱过她的时刻忘记的女人吗？"

现在她着力缓缓地使眼色，以加强她的暗示。这时内韦尔突然感到，他已面临从前他可能掉下去的那个深渊。她永远是那同一个母亲；但是，她那独特而衰老的心，还有吗啡和贫穷，使她更卑劣了。而莉迪亚……当他再看她一眼时，眼前这个嗓音圆润而发颤的女人引发的欲念，向他突然袭来。面对她们献给他的交易条件，他投进了命运为他提供的那个稀罕猎物的怀抱里。

"莉迪亚，你还不知道吧？"这个母亲突然兴高采烈起来，向她女儿转过身去，"奥克塔维奥邀请我们到他的甘蔗园去住一阵子。你看怎么样？"

莉迪亚皱了皱眉头，很快就恢复了平静。

"很好，妈妈……"

"唉！你不知道他说的事吧？他结婚了。他还这么年轻！我们差不多是他家的人了。"

莉迪亚这时把目光转向内韦尔，以痛苦而严肃的神情凝视了他片刻。

"结婚很久了？"她喃喃地问。

"四年了。"他低声回答。无论如何，他再也没有勇气看她了。

冬

一

这次旅行，他们没有一起走，因为这条路上认识内韦尔的人很多，他不得不有所顾忌；但是一出火车站，他们都登上了他家那辆布雷克马车。那时内韦尔独自住在甘蔗园，只留一名印第安老女仆为他料理家务——因为，除了他饮食俭朴，他妻子把所有的仆人都带走了。这一来，他把旅伴介绍给忠实的土著女仆时，就说是他年老的姨妈母女，她们身体欠佳，是来疗养的。

对方只有相信的份儿，因为那位夫人体弱得厉害。她到达时疲乏不堪，步履蹒跚，举步维艰，一脸吗啡瘾发作的痛苦神情；她按内韦尔的请求，已经忍受四小时了，正嚷嚷着请求给她行尸走肉般的身体打上一针。

随着父亲去世而中断学业的内韦尔，早已具备预见一场突发灾难的能力；他父亲的肾脏难以察觉的病变，有时引起危险的肾机能衰竭，吗啡只能使之加剧。

早在车上时，这位夫人就已忍受不住，用受痛苦折磨的目光瞧着内韦尔说：

"奥克塔维奥，您要是允许……我受不了啦！莉迪亚，你往前挪挪。"

莉迪亚平静地为母亲挡住一点儿，内韦尔便听见使劲撩起衣服以进行肌肉注射所发出的窸窣声。

那位夫人双眼放光，生命的蓬勃活力，像面具一样罩在她那死人般的脸上。

"现在好了……多幸福！我觉得很好。"

"恐怕您得放弃这种东西。"内韦尔严厉地说，侧目看着她，"到达的时候，您会更糟。"

"啊，不会的！——我巴不得就死在这儿。"

内韦尔一整天都不开心，决心尽可能不去看莉迪亚和她母亲，虽然她们二人都是可怜的病人。但是，等到暮色降临，男人的情欲就像野兽在这时刻开始磨快爪子那样，开始在迟缓的颤抖中使他的腰带松开来。

他们晚饭吃得很早，因为身体衰弱的母亲想马上就寝。她只能喝一点儿牛奶。

"哎哟！多讨厌啊！我过不下去了。我真想把我的余年贡献出来，现在可以让我痛痛快快死去吗？"

莉迪亚一声不响。她和内韦尔没说过几句话，他只在喝完咖啡时才凝视她的眼睛；可是，莉迪亚立刻低下自己的眼睛。

过了四小时，内韦尔悄悄推开莉迪亚的房门。

"谁呀！"马上听到惊慌的声音。

"是我。"内韦尔的声音轻得几乎听不见。

他的话音刚落，就听到脱衣服的声音，以及一个人突然坐到床上的声音，然后是一片寂静。当内韦尔的手在黑暗中触摸到一只发凉的手臂，身体就在一阵剧烈的战栗中晃动起来。

后来，他瘫软地躺在那个在他到来之前早已了解爱情滋味的女人身旁。内韦尔那从未被看着他的少女以光彩夺目的纯洁触犯过的、从未被任何亲吻偷盗过的年轻男子的神圣骄傲，从他内心最隐蔽的角落升起。他想起了直到那时他仍不

明白的陀思妥耶夫斯基说过的话："生活中没有比纯洁的回忆
更美好更牢靠的事物了。"内韦尔记住了这句话，记住了那段
没有污点的回忆，记住了自己白璧无瑕的十八岁；而现在，
他竟躺在一张女仆的床上，连最神圣的东西都玷污了。

这时，他感到有两滴眼泪沉重地悄然落在他脖子上。莉
迪亚大概也记起了……她的泪珠儿一滴接着一滴毫无声息地
滚落下来，这是她唯一幸福之梦的令人憎恶的结局。

二

在十天期间，生活照常进行，虽然内韦尔几乎天天都不
在家。按彼此的默契，莉迪亚和他极少单独会面；然而到了
夜里，他们还是要见面，这时他们一起默不作声地度过更长
的时间。

照料终于病得虚弱不堪的母亲，已够莉迪亚忙碌的了。
已经朽烂的东西不可能复原，因此内韦尔不顾会造成立竿见
影的危险，想不让她使用吗啡。但是，在禁用吗啡后的一天
早晨，他突然走进饭厅，这使莉迪亚吃了一惊，赶忙放下衣
服的下摆。她手里拿着注射器，惊慌地注视着内韦尔。

"你使用这东西很久了？"他终于问她。

"嗯。"莉迪亚含糊地说，慌乱中把针弄弯了。

内韦尔仍然看着她，耸了耸肩膀。

可是，那个母亲为了止住肾痛，一再频频注射，到了过量的地步，吗啡终将置她于死地。内韦尔决心拯救这个不幸的妇女，便拿走她的毒品。

"奥克塔维奥！您要杀死我了！"她用嘶哑的声音吵吵嚷嚷地请求道，"我的女儿！奥克塔维奥！我怕是一天都活不成啦！"

"我要是把这东西给你们，您两个钟头都活不了。"内韦尔回答。

"没关系，我的奥克塔维奥！给我，快给我吗啡！"

内韦尔不理睬向他伸过来的两只手臂，同莉迪亚一起走了。

"你知道你母亲的病情有多严重吗？"

"嗯……医生对我讲过……"

他凝视着她。

"病情比你想象的糟得多。"

莉迪亚脸色变得苍白，望着外面，咬住嘴唇，强忍着不让自己哭出声来。

"这儿没有医生吗？"她喃喃地说。

"这儿没有，方圆十西班牙里之内也没有；不过，我们可以去找。"

这天下午，他们单独在饭厅时邮差来了，内韦尔打开一封信。

"有消息？"莉迪亚不安地问，抬眼看他。

"对。"内韦尔一边回答，一边继续看信。

"是医生的？"过了片刻莉迪亚又问，她更焦急了。

"不，是我妻子的。"他用冷冰冰的声音回答，眼睛抬也不抬。

夜里十点钟时，莉迪亚跑到内韦尔房里。

"奥克塔维奥！妈妈死了！……"

他们跑到病人房里。死者的脸僵滞煞白，嘴唇肿得很大，呈青紫色，嘴像是发着喉音在说话，说得直截了当：

"灾……灾……灾……"

内韦尔立刻看见独腿小圆桌上那只装吗啡的小瓶子，它差不多空了。

"显然她死了！这东西是谁给她的？"他问。

"我不知道，奥克塔维奥！我刚才听到响声……一定是您不在的时候，她到您房里去找到的……妈妈，可怜的妈妈！"莉迪亚哭着扑到那只垂到地上的可怜的手臂上。

内韦尔按了按脉，心脏不再跳动了，体温也已下降。不一会儿她嘴里"灾……灾……"的声音不响了，皮肤上出现了大片大片的紫斑。

她死于凌晨一点钟。这天下午安葬之后，内韦尔等着莉迪亚穿好衣服，这时杂工在把手提箱搬上马车。

"拿着。"莉迪亚走到内韦尔身边时，他对她说，同时把一张一万比索的支票递给她。

莉迪亚猛地颤抖起来，她有点儿发红的眼睛张得大大地盯着内韦尔的眼睛。但是，他承受了她的目光。

"还是拿着吧！"他吃惊地又说。

莉迪亚接过支票，便俯身去提她的手提箱。内韦尔这时低头对她说：

"原谅我。"他对她说，"别把我看得太坏。"

在火车站，他们在车厢的踏板边上等了一会儿，没有说话，因为火车还没有开动。钟声一响，莉迪亚把手伸给内韦尔，他默默地握住片刻，没有放开，揽住莉迪亚的腰，使劲吻了吻她的嘴唇。

火车开了。内韦尔一动不动，继续望着渐渐模糊的车窗。

可是，莉迪亚没有探出头来。

伊索尔德之死

　　《特里斯坦和伊索尔德》[①]第一幕演完了。这一整日的烦扰令我厌倦，一坐到剧场的座位上，我便对自己的孤独感到十分满意。我把头转向正厅，目光立刻在下边的一个包厢

[①]　德国著名作曲家瓦格纳所作三幕歌剧，于 1865 年 6 月 10 日在慕尼黑歌剧院首映。歌剧描写爱尔兰公主伊索尔德在嫁给国王马可时，爱上了国王的侄儿特里斯坦。国王发觉他们的恋情后，命臣子与特里斯坦决斗，并将他刺伤致死。伊索尔德悲愤欲绝，终于以死殉情。

里停下。

那里坐的显然是一对夫妇。男的是个不起眼的丈夫，也许他由于身上那种商人的俗气，也由于年龄上与他妻子过于悬殊，更显得相当差劲。女的年轻、苍白，具有比俏丽外表更强烈的一种美，它存在于目光、嘴、脖子、似睁还闭的眼睛的完美配合中。尤其是在男人看来，她的美就在于毫无挑逗性，这恰恰是女人永远弄不明白之处。

我毫不掩饰地久久盯着她，因为用肉眼看得很真切，又因为当男人在如此专注于一个美丽的躯体时，是不必借助望远镜这种女人所使用的工具的。

歌剧的第二幕开场了。我还是把头转向那个包厢，我们四目相接了。她在正厅毫无目的地四处扫视的目光，我已看出其动人之处，当我感到她的目光直截了当地投在我身上时，我那从未有过的有关爱情的梦，使我一下子活了。

她的眼睛避开去，然而有两三次在我长久盯视下，她还是飞快地向我瞥了一眼——这种情况发生得极其神速。

我倏然间梦想成为她丈夫所产生的飘飘然感觉，随着一种柔情蜜意的消失而同样神速地消失了。她的眼睛又转过来了，这时我发觉，我左边的邻座正看着她，他们彼此一动不动地凝视片刻之后，互相打了招呼。

既然如此，我毫无权利自认为是个幸福男人，便观察起我的邻座来了。他是个三十五岁开外的男子，亚麻色胡子，蓝眼睛，目光澄澈而略含威严，显出毫不含糊的意志力。

"他们认识，"我自忖，"而且不是泛泛之交。"

果然，我那位原本目不旁视地看着舞台的邻座，在这一幕演过一半之后，便直盯着那个包厢。她的头略向后仰，在昏暗中也看着他。我觉得她的脸色更苍白了。他们久久互相凝望，那对把心灵与心灵连在一起的笔直的平行线一动不动，旁若无人。

在第三幕演出中，我邻座的头一点儿都没转动。但是，在这一幕结束之前，他已从旁边的过道出去。我向那个包厢望去，看见那个女人也离开了。

"爱情插曲告终了。"我郁闷地自言自语。

我的邻座再没有回来，那个包厢一直空着。

"是的，再现了。"他摇了半天头说，"一切戏剧性情景都可能再现，连最难以置信的情景都会再现。要活下去，您还很年轻，您那特里斯坦的情况也一样，它不会阻碍人类心灵发出过的最持久的激情呼喊……我跟您同样喜欢这出戏，也许比您更喜欢……但愿您相信，我不是说特里斯坦的悲剧，在那出戏里，他受到三十二条戏剧定理的制约，据此一切都能重演。不过，那种场景不会像噩梦那样重现，那些人物不会受到已消失的幸福幻觉的折磨，这是另一回事儿……您出席观看过一次重演的序幕……是的，我知道您记得……那时我还不认识您……我恰恰应该把这件事告诉您！不过，您对您所看见并认为是我的幸福的一幕判断错了……喂，我说的是幸福！那条船马上就要开走，而且这次不再回来……我告诉您这件事——好像您能把它写出来——是由于两个原因：第一，因为您同我当时的模样，有惊人的相似之处（幸好只是在好的方面）；第二，因为您——我的年轻朋友，在您听了就要听到的事情之后，绝对不会去追她了。是吧。

“我认识她有十年了，而且在半年前成了她的未婚夫，我下了许多功夫要使她成为我的人。我非常爱她，她也非常爱我。为此有一天我让步同意了，就从那一瞬间起，紧迫感一减弱，我热烈的爱情就淡下来了。

“我们的社会境况不同，当她陶醉于以我的名字为幸福时（当时我被认为是个好青年），我生活在一种社交环境中，难免与有名望、有财产，而且往往是绝色的姑娘调情。

“这些姑娘之一，在游园会的遮阳伞下和我调情，竟使我无法自制，就认真地追起她来。不过，就算我本人对这类游戏有兴趣，我的财力也满足不了她的奢侈要求，而我的女朋友已明白无误地让我了解了这一点。

“说得对，很对。所以，我同她的一个比她丑得多的女友调情，又十分缺乏在相距仅十厘米的亲密情况下受折磨的能耐；这个丑姑娘特有的本领是既能在调情中使人发疯，又能把持住自己。而这次，发疯的可不是我。

　　"既然胜券在握，我就谋划与伊内斯分手的方式。我仍然与她见面，她虽然不可能误解我对她的激情已经减弱，可是她爱得太深，每次看见我进门，她那双幸福的眼睛都不能看清真相。

　　"她母亲让我们单独在一起；尽管她也许知道发生的情况，只顾装聋作哑，以免失去那十分渺茫的可能性，也就是让她女儿爬上高得多的社会地位。

　　"一天夜里，我去她们家准备分手，因而显然心绪不佳。伊内斯跑过来拥抱我，可是突然脸色苍白地停住了。

　　"'你怎么啦？'她问我。

　　"'没什么。'我一边勉强笑着回答，一边抚摸她的前额。她任凭我抚摸，毫不注意我的手，只是目不转睛地看着我。那双专注的眼睛终于移开了，我们这才走进客厅。

　　"她母亲来了，感到大事不妙，待了片刻就走了。

　　"分手只要说几句话，是轻而易举的事；可是，总得有个开头……

　　"我们坐下，没有说话。伊内斯的身子斜向一边，把我的手从她脸上推开，盯着我看，自己痛苦也让人苦恼地审视着。

　　"'很明显！……'她喃喃地说。

　　"'什么？'我冷冷地问她。

　　"我那无动于衷的目光，比我的声音给她造成更大的伤害，她脸色都变了。

　　"'你已经不爱我了！'她绝望地说，并且缓缓摇着头。

　　"'同样的话你都说几十遍了。'我答道。

　　"这是我再严厉不过的回答了；然而，我总算开了个头。

　　"伊内斯看了我一会儿，像是看一个陌生人，突然猛地推开我的手和手上夹着的香烟，说道：

　　"'埃斯特万！'

　　"'什么事？'我又说。

　　"这就够了。她慢慢放下我的手，往后靠到沙发上，让自己发青的脸一动不动地对着灯。过了片刻，她的脸侧着靠到放在沙发靠背上那只抽动的手臂上去。

　　"又过了片刻。我的不公正态度（她只认为是不公正）更加深了我自己的不快。因此，当我听见（或者更确切地说是感觉到）她的眼泪终于涌出来时，就使劲喷了一声站起身来。

　　"'我以为，我们不会再演戏了。'我边踱步边对她说。

　　"她没有回答，我又说：

　　"'不过，但愿这是最后一次。'

　　"我觉得她的眼泪止住了，过了一会儿，她噙着泪水答道：

　　"'随你的便。'

　　"不过，她立刻抽抽搭搭地跌坐在沙发上说：

　　"'可是，我怎么得罪你啦！'

　　"'什么也没得罪！'我回答，'可我也没得罪你什么呀……

我认为，这种事我们都明白。这些事让我厌烦透了！'

"我的声音可能比我说的话生硬得多，伊内斯欠起上身，支在沙发扶手上冷冷地又说一句：

"'随你的便。'

"这是一声逐客令。我本想分手，倒被她抢了先。自尊心，丑陋的自尊心被触到了痛处，我于是回答：

"'太好了……我这就走。愿你幸福……再次幸福。'

"她听不明白，惊异地看着我。这也许是我干的头一件卑鄙勾当；在这种情况下，我竟昏了头，做了更多错事。

"'很清楚，'我有根有据而又残忍地说，'因为你没有可以抱怨我的地方……不是吗？我成为你的情人使你感到光荣，你该感谢我。'

"她明白我说的话，更明白我的微笑，就在我去找我放在走廊的帽子时，她的身体和心灵都颓然倒在沙发上。

"那时，就在我穿过走廊时，我强烈地感到我是多么喜爱她，为我刚刚做的事而深感不安。对奢侈生活、对攀龙附凤婚姻的追求，都像我心灵深处的烂疮一样开裂了。向丑恶而富有的社交名流拍卖自己、推销自己的我，刚刚伤害了曾经十分爱我的女人……在圣地橄榄山上表现软弱，或者一个并不卑劣的人一时有过卑劣时刻，其结果都一样，或是渴望献身，或是渴望重新赢得更高的自我价值。所以，我要极力显示温柔，要极力用连续的亲吻，把宠爱的女人的泪水吻干，因为她在受伤害之后发出的第一个微笑，是能够照亮男人心灵的最美的光。

"现在都结束了！我自己不可能再去接受我刚刚以这种方式践踏过的东西：因为我已经配不上她，她也不再需要我了。一个刹那间就玷污了十分纯洁的爱情的男人也许已经感到痛心，所以在终于失去伊内斯的时候，也失去本属于深情相爱的人所拥有的难以寻觅的幸福。

"我绝望、屈辱地从那扇门前走过，看见她跌坐在沙发上，把头埋在手臂上伤心痛哭。伊内斯！已经失去的伊内斯！在她的肉体和真挚爱情面前，我深感悲痛，为她失去幸福而哭泣感到震惊。我不知不觉停下脚步。

"'伊内斯！'我喊她。

"我的声音跟以前不一样了。她准是明白无误地觉察到了，就因为她的心感受到，绝望的呼喊向她表达了我的爱情，从而哭得更伤心了。这次是深情的爱！

"'不，不……'她回答，'太迟了！'"

帕迪利亚停住不说了。歌剧结束时她眼中流露的冷漠和平静的悲痛，我很少见过。至于我，无法把包厢中那个靠在沙发上哭泣的、招人喜爱的头颅形象，从我心头挥去。

"要是我告诉您，"帕迪利亚继续说，"我这个不满自己的单身汉在睡不着的时候，她总会出现在我眼前，您务必要相信我……我几乎谁也不看，更不去看我那富有的调情对象，马上离开布宜诺斯艾利斯……八年后我回来，得知在我走后六个月，她就嫁人了。我又走了，一个月前才心平气和地回来，情绪也很平静。

"我没有再看见她。对我来说，那有如一次初恋，对于爱过上百次的成年人，一种纯真的恋爱关系具有崇高的全部魅力……如果您有那么一次像我一样爱过，而且像我一样进行过伤害，您也许会了解这次恋爱保存在我记忆中的男人的全部贞洁。

"直到那天晚上，我才遇到了他。是的，就在戏院看戏的那天晚上……看到她丈夫——那个富有的批发商时，我就明白，他像我奔向乌卡亚利河游泳那样，急忙去跟她结婚……可是，这次再见到她在离我二十米处看我时，我那静若止水的心，因失去她而突然悲从中来，而且如同受伤一样在流血，似乎这十年一天都还没有过去。伊内斯哟！她的美貌，她那女人中绝无仅有的目光，都曾经是我的，确实是我的，因为它们都曾怀着敬慕听命于我。总有一天，您也会对此作出评价。

"我尽可能要忘掉这件事，咬紧牙关力图把自己的思想集中在舞台上。可是，瓦格纳那奇妙的乐曲，那病态的激情呼喊，使我本想忘记的事情燃起熊熊烈火。这出歌剧演到第二幕或第三幕时，我看不下去，便转过头去。她受瓦格纳音乐的影响，也感到痛苦，也在看我。我的心肝伊内斯哟！在刹那之间，我似乎吻遍了也看遍了她的嘴、她的手。就在那短短的时间里，十年前失去的幸福感也都显现在她苍白的脸上。永不变心的特里斯坦啊，你以超人的激情为我们僵死的幸福发出了呼喊！

"于是我站起来，像个梦游者那样穿过座位，在靠近她的那条通道上向前走去，看都不看她一眼；她也没有看我，似乎十年间我从来不是一个卑鄙的人。

"仿佛十年前，我在幻梦中手里拿着帽子走过她面前。

"我走过去，包厢的门开着，我着迷地停住了。仿佛还是十年前那张沙发，伊内斯现在平躺在包厢后边休息室的长沙发上，为瓦格纳的激情，也为她破碎的幸福而哭泣。

"伊内斯！……我觉得，命运已经把我置于决定性时刻。十年了！……可是，一切都过去了吗？没有，没有，我的伊内斯哟！

"仿佛当初那样，看到她那令人怜爱的身体，被哭泣震得发抖时，我喊她：

"'伊内斯！'

"仿佛十年前那样，她哭得更厉害了，又仿佛当初那样，她靠在手臂上回答我：

"'不，不……已经太迟了！……'"

独粒钻石饰针

卡西姆是个体弱多病的男人，职业是首饰匠，不过他没有开店。他为几家大商号干活，擅长镶嵌宝石。他那双精于镶嵌的巧手，世上少有。他要是胆量大些，多点儿做生意的手腕，恐怕早就发财了。可是，他都三十五岁了，仍在他充作工场的房间里，坐在窗下干活。

卡西姆身材瘦小，面无血色，阴郁

的脸上稀稀拉拉地长着一些黑胡子。他有个感情浓烈奔放的标致妻子。这个年轻女人出身市井小民，曾盼望靠自己的姿色，利用婚姻来攀龙附凤。她以自己的肉体勾引男人，因而激怒了女邻居，一直等到二十岁才担心起来，终于忐忑不安地接受了卡西姆。

可是，她已不再梦想过豪华生活了。她丈夫很灵巧，甚至是个镶嵌能手，却完全没有发财致富的想头。因此，每当首饰匠拿着镊子伏案干活的时候，她就支着胳膊肘，用呆滞、厌烦的目光久久盯着丈夫，然后猛地把目光移开，投向窗外有地位的行人身上，那人也许本该成为她的丈夫。

但是，卡西姆挣多少钱，都悉数交给她。他每个星期日还要干活，为的是能给她献上一笔额外收入。玛丽亚想要一件珠宝首饰，其心情何等热切，卡西姆就连夜干活。后来，他累得咳嗽和胁痛，玛丽亚却得到了她想要的亮闪闪的钻石首饰。每日与各种宝石打交道，渐渐使玛丽亚喜欢上这个首饰匠的活儿，热切地关注着镶嵌品的许多精巧之处。可是，每当一件珠宝首饰完工，就得送走，而不是给她，她因而对自己的婚姻更加失望。她曾经站在镜子前面，试戴首饰。最后，她得把首饰搁在那里，回自己房间去。卡西姆听见她的啜泣声，就会站起身来，却发现她躺在床上，不愿理睬他。

"可是，我是在尽力为你做到一切的呀。"他终于伤心地说。

听了这句话，她哭得更响了，首饰匠只好慢慢坐回到他的凳子上去。

这种事情一再重复，闹得卡西姆已经不起身安慰她了。安慰她！为什么？心里这么想，却并不妨碍卡西姆为了挣更多钱而熬夜熬得更长久。

他是个犹豫不决、沉默寡言的人。他妻子见他不哼不哈，一副神闲气定的样子，显得更加厌烦了。

"亏你是个男子汉！"她嘟囔着说。

卡西姆正在镶嵌，手指忙个不停。

"玛丽亚，你跟着我不幸福。"过了片刻他说。

"幸福！你竟敢提什么幸福！谁跟着你能幸福？……没有哪个女人能幸福！……穷鬼！"她说完讪笑着走了。

那天夜里，卡西姆干活干到凌晨三点钟，他的妻子随即得到镶着几颗小钻石的首饰，她抿嘴把这首饰仔细看了一会儿。

"唔……这可不是什么惊人的冠状头饰！……你是什么时候镶的？"

"是星期二开始镶的。"他以不那么温柔的目光看着她说，"在夜里，在你睡觉的时候……"

"嘻，你真该早些睡下！……好大啊，这些钻石！"

因为，她真心喜欢的是卡西姆镶嵌过的那些大钻石首饰。她如饥似渴地盯着他干的活，他一干完，还没来得及把那枚首饰修饰一下，她就拿着跑到镜子前面去。随即突然哭起来。

"所有的丈夫，不论是谁，连最不济的，恐怕也会做出牺牲，去满足自己妻子的要求！而你……而你……我连一件穿得出去的像样衣服都没有！"

一旦越过男人应有的自尊界限，女人就会对自己的丈夫说出一些不该说的话来。

卡西姆的妻子已经越过了这条界限，其过分程度至少与她热爱钻石的程度相等。一天下午，卡西姆在收拾珠宝首饰时，发现少了一枚别针——价值五千比索的镶有两颗独粒钻石的首饰。他在抽屉里找了又找。

"玛丽亚，你看见那枚别针了吗？我是把它放在这儿的。"

"嗯，我见过。"

"在哪儿？"他转身吃惊地问。

"在这儿！"

他妻子的眼睛射出火辣辣的光，嘴上露出嘲弄的表情，挺直了戴着钻石别针的身子。

"你戴着很好看。"过了一会儿卡西姆说，"咱们把它收起来吧。"

玛丽亚笑了。

"啊，不行！是我的。"

"你是闹着玩儿吧？"

"对，是闹着玩儿！闹着玩儿，对！想到它会是我的，你多心疼！……我明天给你。今天我要戴着它上戏院去。"

卡西姆脸色都变了。

"你会惹麻烦的……人家会看到你。人家看到就会完全不信任我了。"

"哼！"她恼怒万分，猛然把门砰地一下关上。

从戏院回来后，她把那枚钻石别针放在独腿小圆桌上，卡西姆起身把它收起，锁到他的工作间里去。回到卧室时，他妻子已经坐在床上了。

"就是说，你怕我从你手里抢走它！你当我是强盗！"

"你可别这么看……没别的，只是让你谨慎些。"

"哟！人家把这枚别针托付给你！托付的是你，是你！你妻子只求你给她一点儿欢乐，而且希望……你就把我叫作强盗！坏蛋！"

她终于睡着了。可是，卡西姆未能入眠。

后来有人让卡西姆镶嵌一枚独粒钻石首饰，这颗钻石比他以往经手过的更加令人惊叹。

"瞧啊，玛丽亚，多好的钻石。这样的钻石我可没见过。"

他妻子什么话都没说；可是，卡西姆听见她见到那颗独粒钻石时，连呼吸都粗了。

"是颗有美妙光泽的钻石……"他继续说，"不值一万比索，恐怕也值九千比索。"

"是镶指环的吧？"玛丽亚终于喃喃地说。

"不对，是镶男人用的……一枚饰针。"

在镶嵌那颗独粒钻石的进程中，卡西姆越是忙碌，越是听见背后他妻子恼怒的话语和失望的埋怨。一天里她不下十次打断她丈夫干活，拿着那颗钻石到镜子跟前去；然后穿上不同的衣服，试那颗钻石。

"你要是喜欢，以后再试……"一天，卡西姆大胆地说，"这是件急活儿。"

他徒然地等她的回答。他妻子打开了阳台的门。

"玛丽亚，人家会看见你的！"

"接着！你的钻石来了！"

那颗独粒钻石被猛揪下来，在地上滚动。

卡西姆吓得脸都青了，从地上捡起那颗钻石仔细看了又看，然后抬头望着他妻子。

"得了，你干吗这么看我？你的钻石出事啦？"

"没有。"卡西姆回答。随即继续干他的活儿，而他的手还在发抖，看了都令人同情。

他终于不得不起身去看看他在卧室里的妻子，她正在歇斯底里大发作。她蓬头散发，两眼瞪得眼珠子都快从眼眶里凸出来了。

"把那颗钻石给我！"她嚷道，"快给我！咱们逃走吧！为了我！快给我！"

"玛丽亚……"卡西姆结结巴巴地说，极力想脱身。

"啊！"他妻子发疯似的吼叫起来，"你是强盗，是卑鄙小人！你把我的命给抢走了，强盗，强盗！你别以为我不会报复……王八！哎哟！"说着就用双手掐住喉咙，要憋死自己。可是，卡西姆一走开，她就从床上跳起来，抢上一步扑过去抓住他的一只短靴。

"没关系！快把那颗钻石给我！我只要那颗钻石！卡西姆，你这个卑鄙小人，它是我的！"

卡西姆脸色发青，把她扶起来。

"你病了，玛丽亚。咱们以后再谈……你躺下吧。"

"我的钻石！"

"行，咱们看看是不是有可能……你躺下吧。"

"把它给我。"

她又歇斯底里大发作了。

卡西姆又去镶嵌那颗独粒钻石。他那双手极有准头，分毫不差，只消几个钟头就把这件活儿干完。

玛丽亚起床吃饭，卡西姆待她跟往常一样殷勤。吃完晚饭，他妻子面对面瞧着他。

"卡西姆，我是骗你。"她对他说。

"啊！"卡西姆笑着回答，"没什么。"

"我向你发誓，我是骗你！"她坚持说。

卡西姆又笑了，笨拙而温存地拍拍她的手，就起身去继续干活儿。他妻子两手托腮，仍然紧盯着他。

"你只会跟我说那种话……"她嘟囔地说，对他丈夫那拖泥带水的、松松垮垮的、呆滞的样子，打心眼里感到恶心，就回卧室去了。

她没睡好，醒来时夜已深了，看见工作室里还有灯光；她丈夫仍在干活儿。过了一个小时，卡西姆听见一声叫喊。

"把它给我！"

"行，是要给你的！就差一点儿了，玛丽亚。"他急促地边回答边站起身来。他妻子在这声做噩梦般的叫喊之后，又睡着了。

凌晨两点钟，卡西姆总算把手上的活儿干完了；那颗独粒钻石已经牢固而安稳地在镶嵌底座上闪闪发光。他轻轻迈步走进卧室，点亮小圆桌上的灯。玛丽亚身穿白睡衣，仰卧在白床单上睡着了。

他到工作室去，接着又回来。他凝视了片刻他妻子几乎袒露的胸脯，面带浅浅的微笑把敞开的睡衣拉得更大些。

他妻子对此毫无感觉。

灯光不太亮。卡西姆脸上突然出现石头般冷酷的神情，把那枚饰针在袒露的胸脯上停了片刻，随即猛然把它像钉子那样深深地直插进他妻子的心脏。

她的眼睛突然睁开，眼睑立刻慢慢垂下。她的手指弯曲起来，然后再也不动了。

随受伤的神经节的抖动而颤动的那枚饰针，不平衡地抖动了片刻。卡西姆等了一会儿，一直等到那枚独粒钻石饰针终于一动不动钉在那儿才走开，把身后的门悄然无声地关上。

自杀的船

　　说起来，很少有比在海上遇到一条被抛弃的船更可怕的事情了。要是在白天，危险就小些；要是在夜里，那船看不见，也不能发出警告，两条船就会相撞。

　　被某些人抛弃的船会一个劲儿地顺流漂行；如果张着帆，就会顺风漂行。这种船就这么在海上到处漂流，任意改变航向。

　　不少轮船大晴天没有到港，一定是在其航

线上撞上了一条这种无声无息任意漂流的船。总是每分钟都可能遇到这种船。幸亏在有马尾藻的海上，海流时常把这种船缠住；在这种水的荒野上，被缠住的船终于在这里那里永远停下不动；就这样停着，一直停到它一点儿一点儿地逐渐毁坏。不过，每天都有别的船到来，悄然占据它的位置，使得这种宁静、阴郁的港口永远是船只经常停靠的地方。

造成这种船只被抛弃的主要原因，无疑是风暴和失火——大火把船烧成黢黑的骨架到处漂流。不过，也有其他奇特的原因，其中可能包括"玛丽·玛格丽特号"轮船发生的情况；这艘轮船在1903年8月24日从纽约起航，28日早上与一艘小护航舰通过话，并没告知有什么新情况。四小时后，一艘邮轮因为没有得到回应，放出一条小艇靠上"玛丽·玛格丽特号"。轮船上空无一人；水手的汗衫还晾在船头；厨房里炉火还燃着；一台缝纫机的针悬停在缝活上，它似乎是不久前刚刚被人抛弃的。没有一丝儿搏斗的痕迹，也没有一点儿引起恐慌的迹象，一切都井然有序。可所有的人都不见了。出什么事了？

听说这件怪事的那天夜里，我们都聚集在甲板上。我们在前往欧洲途中，船长给我们讲了他的航海故事，讲得活灵活现。

一群妇女受哗哗响的海浪的影响，听故事听得心惊胆战。精神紧张的小姑娘们听见船头几位水手沙哑的说话声，不免感到不安。一位很年轻的新婚太太大胆问道：

"不会是老鹰造成的吧？……"

船长和蔼地笑着说：

"什么，太太？弄走全体船上人员的会是老鹰吗？"

大家都发笑，这位年轻太太也笑了，只是有点儿难为情。

幸亏有位旅客知道点儿这件事。我们好奇地瞧着他。在旅途中，他是一位很出色的旅伴，由于他说的故事，他冒的险，和他少言寡语，大家都对他另眼相看。

"哟！先生，您也讲点儿给我们听多好！"提及老鹰的那位年轻太太请求道。

"我随便讲讲。"这个谨慎的家伙同意了，"说几句吧：在北海，有一次我们遇上一条帆船，跟船长讲的那艘'玛丽·玛格丽特号'轮船一样。我们也张帆航行，我们的航向几乎使我们驶到它旁边。就一条船而言，这种被人抛弃的情形，一眼就能看出来，我们便减低航速观察它。最后，我们放出一条小艇；那条帆船空无一人，而船上的一切也都井然有序。但是，航海日志上最后记载的是四天前的日期，所以我们没留下很深印象。对传闻甚广的突然失踪，我们也没太重视。

"我们的人留下八个，以便驾驶这条刚遇到的船。我们保持距离一起航行，傍晚时我们相距并不远。第二天我们追上这条船，可是看不见船楼上有人。我们又放过去一条小艇，派去的人白费力气在帆船上寻找：所有的人都不见了。所有的东西都在原处。整个大海一平如镜。厨房里还煮着一锅土豆。

"正如你所了解的那样，我们那些人因迷信而害怕极了。最后，有六个人鼓起勇气去填补空缺，我要跟他们一起去。刚到船上，我的新伙伴就说要喝两口酒壮胆。大家坐成一圈。大多数人马上唱起歌来。

"到中午，又经过午休时间。下午四点钟时风停了，船帆也落下。一名水手走近船舷，望着油亮的大海。大家都站起来，溜达着，已经不想说话，一名水手坐在盘起来的缆绳上，脱下汗衫来缝补。他默默地缝了一会儿，突然站起，吹了长长的一声口哨。他的伙伴们都转过身去，他茫然地看着他们，也感到惊讶，接着又坐下。过一会儿，他把汗衫扔在缆绳上，走向船舷，跳进海里。其余的人听见响声都转过头去，微微皱起眉头。他们立刻忘记了发生的事情，恢复了共同的冷漠。

"又过了一会儿，另一个人伸了伸懒腰，边走边揉眼睛，也跳进海里。半个小时过去了；太阳渐渐西沉。我突然觉得有人拍拍我的肩膀。

"'几点钟了？'

"'五点。'我回答。问我时间的这位老水手不相信地看着我，双手插在口袋里，斜靠在我对面。他心不在焉地看着我的裤子，看了很久，最后，跳进了海里。

"剩下的三个人迅速走上前去，注意看着漩涡。他们都坐在船舷上，缓缓吹着口哨，目光迷惘地投向远方。一名水手从船舷上下来，直挺挺地躺到甲板上，显得很疲乏。另外两名水手一个接着一个不见了。六点钟时，最后那名水手起身穿上衣服，拨开额前的头发，做梦似的走去跳进海里。

"这时只剩下我一个了，傻呆呆地望着荒漠的大海。所有的人都不知道自己所干的事，他们患上了游荡在船上的病态梦游症，一个个都跳进了大海。每当有人跳入海中，其余的人马上担心地转过身来，仿佛记起什么，又马上忘掉一切。就这样，所有的人都消失了，我料想前一天的那些人、别的那些人以及别的船上的那些人，一定都遇到了同样的情况。这就是一切。"

我们都看着这位讲述难以理解的怪事的怪人。

"您什么感觉都没有吗？"我邻舱的旅客问他。

"有，我一点劲儿都没有了，而且老是萦绕着同样的想法，此外什么都没有。我不知道为什么没有别的感觉。我想原因大概是：我不愿不惜任何代价在一场毫无指望的挣扎中消耗自己的精力，这本是常人（包括水手）在这种情况下一定会不知不觉地这样做的。我当时只是听任这种昏睡般死亡的摆布，好像我本人已经不存在了。天天夜里有哨兵吊死的那支著名警卫队所发生的事，与此无疑是十分相似的。"

这种评述相当复杂，所以没人回应。过不久，讲故事的人回自己寝舱去。船长斜视了他一会儿。

"装腔作势的家伙！"他低声说。

"正相反。"一位生了病要回故乡去等死的旅客说，"如果他是个装腔作势的人，他也许就会去想那件事，也早就跳进海里去了。"

脑膜炎及其影子

我无法从惊讶中回过神来。富内斯那封邀请信，以及后来那位医生说的话，都是些什么鬼话？坦白说，所有这些，我丝毫也不明白。

事情是这样的：四个钟头前，也就是早晨七点钟时，我收到富内斯的一封请柬，内容如下：

尊敬的朋友：

　　若无不便，今晚务请移尊舍下。如有时间，我将先行趋府拜望。顺致

亲切问候！

路易斯·玛丽亚·富内斯

这使我开始感到奇怪。据我所知，若没有重大原因，没有人会在早晨七点钟请人当晚去赴一次费人猜测的约会。富内斯要我去干什么呢？我和他只是泛泛之交，他的家我也只去过一次。顺便说一句，他倒是有两个十分标致的妹妹。

所以，我极想了解富内斯其人。一小时过后，就在我出门时，阿耶斯塔赖因医生来了，他也是我上国立学校时的同学；总之，我和他的关系，跟与富内斯的关系同样疏远。

此君对我谈了些无关紧要的话，最后才说：

"听我说，杜兰，您一定很明白，我这时候来见您，绝不是为了跟您说废话，对不对？"

"看来是对的。"我只好这么回答。

"明白了。既然如此，请允许我问个问题，只问一个。凡有冒失之处，我马上加以解释。您允许吗？"

"请便。"我率直回答他，虽然我同时显得很警惕。

这时，阿耶斯塔赖因微笑着（如同他们那种人之间的相互微笑）问了我这么一个荒唐的问题：

"您对玛丽亚·埃尔维拉·富内斯有某种爱慕之情吗？"

哈哈！这才说到了关键问题！玛丽亚·埃尔维拉·富内斯是路易斯·玛丽亚·富内斯的妹妹，一切都出在玛丽亚身上！可是，我几乎不认识这个女子呀！因此毫不奇怪，我就像看疯子一样，看着这个医生。

"玛丽亚·埃尔维拉·富内斯？"我重复说，"丝毫没有爱慕之情。我几乎不认识她。而现在……"

"别忙，请允许我说下去。"他打断我的话，"我对你说，这肯定是件相当严肃的事……您能不能坦白告诉我，你们两人之间有何瓜葛？"

"您疯了！"我终于对他说，"什么瓜葛也没有，绝对没有！我差不多不认识她，我再对您说，我不相信她会记得见过我。我跟她只说过一分钟，至多两三分钟话，而且是在她家里，仅此而已。所以，我第十次对你说，我对她绝没有特殊的爱慕之心。"

"奇怪，太奇怪了……"此君喃喃低语，目不转睛地盯着我。

我开始讨厌这位医生了，尽管他很杰出，也确是如此，竟闯进与阿司匹林毫不相干的领域。

"我认为，现在我有权……"

可是，他又打断我的话：

"对，您有充分权利……您愿意等到今天晚上吗？也许三言两语您就能明白全部底细，绝不是开玩笑……我们谈到的这位女子病得很重，都快死了……您明白点儿了吗？"他直盯着我的眼睛说完这句话。

我也盯着他看了一会儿。

"我一点儿也不明白。"我回答他。

"我也不明白。"他耸耸肩膀说，"所以我才对您说，这是件很严肃的事……今天晚上我们终究会知道点儿什么。您去吗？您是推不掉的。"

"我去。"我对他说，这次轮到我耸耸肩膀了。

就因为这件事，我一整天都像个傻子那样问自己，富内斯的妹妹几乎不认识我，我也差不多不认识她，她生重病跟我能有什么关系。

我从富内斯家回来了。这是我生平所遇到的最出奇的一件事。轮回转生、招魂术、心灵感应，还有精神世界的其他荒唐事，比起这件将我牵扯进去的荒唐事来，都算不了什么。这是一桩小事，却让人发疯。请看事实。

我去了富内斯家。路易斯·玛丽亚带我到书房。我们都尽力像两个傻子那样说些不着边际的话——因为我们心里都明白，就这么着回避对方的目光。阿耶斯塔赖因终于进来了，路易斯·玛丽亚随即出去，出去时在桌上给我留下一包香烟，因为我带的烟已经抽完。于是，我的老同学便扼要地对我讲了如下的事：

"四五天前的夜里，玛丽亚·埃尔维拉在家会客之后感到不适，据她母亲的看法，问题出在当天下午她用很凉的水洗澡。当天夜里她确实觉得很累了，头疼得厉害。第二天早上，她病情加重，发烧了。这天夜间，由一切症状看，她患了脑膜炎。同时，病人感到痛苦、焦虑，无法平息。据说，她说胡话所反映的心理活动，从第一夜起就围绕着一件事，只是一件事，可是这件事却耗损着她的全部生命。"阿耶斯塔赖因继续说，"这是她在发烧到四十一度时产生的一种摆脱不了的烦恼，这是一个简单的烦心事。病人不停地盯着房门，可是谁也不叫。她精神紧张，这种致命的无言焦虑，使她愈见衰弱，昨天起我和我的同事就想缓解这种症状……不能再这样下去了。您可知道，她在昏睡时叫的是谁的名字？"他最后问道。

"不知道……"我回答，同时觉得我的心率突然变了。

"叫的是您。"他对我说，同时向我要火点香烟。

我十分明白，然而我们都沉默了片刻。

"您还不明白吗？"他终于说。

"一点儿也不明白……"我茫然喃喃低语，茫然得像个年轻人，在剧院大门口看见一流的女演员在半明半暗的汽车里，正为这个年轻人打开车门……可是，我已经快三十岁了，便问医生，这种情况应当作何解释。

"解释？没有解释。没有丝毫可解释的。这件事您还想知道什么？唔，好吧……如果您一定要一种解释，那就请设想一下，在一片土地上，跟在任何地方一样，有一百万粒、两百万粒不同的种子。发生了地震，像恶魔一样把那里整个翻一遍，弄碎其余的种子，却让其中一粒种子存活下来，不管是落在地上还是落入地下而且发出芽来，长成一棵挺秀的植物……您觉得这种解释够吗？我恐怕连一句话都不能多说了。您几乎不认识她，病人也差不多对您没有更多的认识，为什么恰好是您成为她神志不清的脑子里特别关注的那粒种子呢？这是您要知道的情况吗？"

"当然……"我看着他那始终充满疑问的目光答道。看到自己先是成为她脑海里胡思乱想的没来由的主体，后来又成为她的治疗剂，我不禁感到浑身发冷。

这时路易斯·玛丽亚进来了。

"家母请您去。"他对医生说，同时对我转过身来，面带勉强的微笑说：

"阿耶斯塔赖因把发生的事情告诉您了吗？……要是别人，这件事准会让他气疯的……"

这个"别人"，该有个说法。富内斯一家，尤其是这个开始使我成为如此可笑的一部分的家庭，非常骄傲。我料想，这是由于他们有显赫的祖辈，也由于他们广有财富——我觉得这一点更加可能。正因如此，他们对美丽幼女爱情幻想的对象不是判定随便哪个没有社会地位的人，而是属意于我，卡洛斯·杜兰工程师，才勉强感到满意。因此，这位名门闺秀对我这种非比寻常的垂青，我打心里感谢她。

"真是罕见……"路易斯·玛丽亚又开始说，同时不高兴地把桌上的火柴拨来拨去。过了片刻，他脸上又堆起勉强的微笑：

"陪我们一会儿，您没有什么不便吧？您都知道了，对吗？……我想，是阿耶斯塔赖因回来了。"

进来的果然是这位老兄。

"她又发作了……"他只是看着路易斯·玛丽亚摇摇头。这时，路易斯·玛丽亚面带当夜第三次强装出来的微笑，转身对我说：

"咱们去看看，好吗？"

"很愿意。"我对他说。我们便去了。

医生默不作声地进去，路易斯·玛丽亚跟在他后面，最后进去的是我，我们都保持一些间隔。首先使我不快的是卧室里光线昏暗，尽管早该料到这种情况。路易斯·玛丽亚的母亲和另一个妹妹站在那儿，目不转睛地盯着我，同时对我的致意只是略为点头作答，我认为我不应有更多表示。我觉得她们两人都很高。我看了看床上，看见冰袋下边有两只睁大的眼睛在看我。我看了看医生，心里犹豫不决，但是他对我使了一个难以觉察的眼色，我便走近那张床。

我跟所有的男人一样，在慢慢走近那双使我们相爱的眼睛时，对这双眼睛有了某种印象。我走近时，这双眼睛的目光渐渐充满幸福感，当我向这双眼睛俯下身去，它们便发出炯炯的闪光，连眼梢的余光也是如此，在三十七度正常体温的情侣中，这种表情是永远也看不到的。

她结结巴巴说了几句话，但是由于嘴唇发干，说话十分困难，我什么也没听清。我认为，我准是像个傻子那样微笑着（但愿有人能告诉我，我该怎么办），那时她向我伸出手臂。她的意图很明确，是要我拉住她的手。

"请这儿坐。"她低声说。

路易斯·玛丽亚把椅子挪到床前，我坐下了。

请看，有哪个人处于比这更奇怪更荒唐的境地。

我坐在最前边，因为我已经成为主角，握着一只发烧的和由于完全误会的爱情而发烫的手。医生站在对面。路易斯·玛丽亚坐在床尾。他的母亲和妹妹坐在后边，靠在椅背上。他们都没有说话，皱紧眉头看着我们。

该怎么办？该说什么？这正是大家都要考虑的问题。至于病人，不时地不盯我的眼睛，而十分不安地逐个扫视在场的人的脸，她认不得他们，便又把视线投在我身上，流露出无比的幸福。

我们这样持续了多久？我不知道；也许半小时，也许更长得多。我一度想把手抽回，可是病人却把手握得更紧。

"别松手……"她低声说，同时想把头摆得更舒服些。大家走上前，拉了拉床单，换过冰袋，她的眼睛再次坚定不移地盯着幸福。不过，她时而又把眼睛不安地移开，去扫视那些陌生的脸。有两三次，我特地看了看医生；医生却低下眼睑，示意我等着。最后证明他是对的，因为睡意似乎突然降临，病人闭上眼睛，很快就入睡了。

除了那另一个妹妹，大家都走出卧室，她坐到我坐过的那张椅子上。要说点什么很不容易——至少我是如此。那位母亲终于悲伤而勉强地微笑着对我说：

"有更可怕的事儿吗，没有吧？真叫人难过！"

可怕啊，太可怕了！他们觉得可怕的不是那种病，而是那种处境。我已经看出，他们一家对我十分客气周到。首先是哥哥，其次是母亲……阿耶斯塔赖因离开我们片刻，回来时对病人的状况十分满意；她睡着了，睡得从未见过的那么安静。母亲看着别处，我看着医生：我大概可以走了？当然可以。我就告辞了。

我睡得很不好，做了许多梦，梦中尽是与我平日生活毫无关系的事。睡眠不好的过错在于富内斯一家，其中有路易斯·玛丽亚、母亲、妹妹、医生以及他们的旁系亲戚。因为，如果把当时境况很具体地说说，那就会是：

有个十九岁的姑娘，无疑长得很美，她几乎不认识我，我对她也完全无动于衷。这个姑娘就是玛丽亚·埃尔维拉。另外，有个年轻家伙（若要说明，他是个工程师），他不记得曾经连续两次想到过那位有关的姑娘。所有这一切都是合情合理的，可以理解的和正常的。

可是，这位姑娘正好病了，得的是脑膜炎之类的病，在发烧的谵妄中受到爱情的折磨。她爱的是一个表兄弟，是一个他们朋友的兄弟，是一个她很熟悉的上流社会的年轻人吗？都不是，先生，她爱上了我。

这不是太愚蠢了吗？于是，我决定要把这个想法告知这个神圣家庭最先来我家的人。

当然，当然！不出所料，那天中午，阿耶斯塔赖因来访。我不禁向他问起病人及其脑膜炎的情况。

"脑膜炎吗？"他对我说，"天晓得是不是！起初很像，昨晚也像……今天我们已经觉得，恐怕不是那么回事儿。"

"不过，"我提出不同看法，"毕竟是一种脑子的毛病……"

"脊椎也显然有……点儿小损伤，谁知道伤在哪儿……您也懂点儿医学？"

"略知皮毛……"

"好吧，她患有弛张热，我们不知道这病是怎么得的……这种病发展迅速，会致人死亡……现在她的热度在下降，像钟表一样，每秒钟都有进展……"

"那么，谵妄的症状还存在吗？"我着重问道。

"当然！所有的症状都存在……对了，今天晚上我们等您。"

现在轮到按我的方式行医了。我对他说，头天晚上，我这个特殊物质已经发挥了治疗作用，不想再去了。

阿耶斯塔赖因盯着我说：

"为什么？您出什么事啦？"

"没事，然而我真的认为没有必要去那儿……请告诉我：您认不认为这是一种丢人现眼的可笑境况？"

"不是这么回事儿……"

"是的，就是这么回事儿，我扮演的是个愚蠢的角色……您不明白就怪了！"

"我明白得很……不过，我觉得您这么说，好像是（您别生气）自尊心的问题。"

"说得太妙了！"我跳了起来，"自尊心！你们怎么没想到别的！像个傻子那样坐在她眉头紧锁的全体亲人面前，让她整夜握住我的手，你们竟认为这是什么自尊心问题；你们自己对付去吧，我有别的事要办。"

看来，阿耶斯塔赖因明白我前面说的是实话，因为他不再坚持，直到辞别都没有再提这件事。

这件事一切都很顺当。不十分顺当的是，十分钟前我刚刚收到医生的一封短简，其内容如下：

杜兰友：

　　您虽有一肚子怨气，今天晚上我们仍然需要您。请再当一次氯醛、巴比妥，这类催眠药会使她的神经少受刺激，务请光临。

我刚说过，糟糕的是上述这封短信。我是有理由的，因为从今天早上起，我就一直在等这封信……

连续七夜（从十一时到凌晨一时，是病人热度下降和谵妄症状减轻的时候），我一直守在玛丽亚·埃尔维拉·富内斯床边，我们挨得很近，好像真的是一对恋人。她像头一夜那样，有时把手伸给我，有时又忧心忡忡地看着我，一字一字地呼唤我的名字。我确实知道，她在这种状态下是深深爱我的；然而，我并不是不知道，她在神志清醒时，无论是现在还是将来，对我的存在都丝毫不会关心。这只能认为是一个罕见的心理病例，小说家也许能从中得到某种好处。至于我，我只能说，这种双重的感情生活，强有力地打动了我的心。情况是这样的：也许我还没有说过，玛丽亚·埃尔维拉有一双世上最动人的眼睛。不错，头一夜我从她的眼神中，仅仅看到自己作为无害药物所起的可笑的作用。第二夜，我感到自己并非真正不起作用。第三夜，我没费什么事就觉得自己是个幸运者，而原先只是假装如此；而且，从此以后，因发烧而形成的这种活生生的和如梦似幻的爱情，把她的心和我的心连在一起了。

怎么办？我十分明白，整个这段爱情是暂时的，到了白天，她就不知道我是谁了；而我自己，见到她病体康复时，也许就不爱她了。但是，这些爱的梦想，虽然是在发烧四十度的症状下持续两小时，在白天却使我感到心满意足；我十分担心，世上是否有那么个女子，我在大白天爱上了，晚上也不会使我的爱情化为镜花水月……我爱的只是一个影子，我却痛苦地想到，有朝一日阿耶斯塔赖因会认为他的病人已经脱离危险，因而不再需要我了。

对于热恋中的人（不管爱的是不是影子）来说，即使完全出于热切的同情而作出这样的判断，这也是冷酷无情的。

阿耶斯塔赖因刚刚出去。他对我说过，病人在继续见好，如果他的判断无误，这几天里我总有一天不用到玛丽亚·埃尔维拉那里去了。

"是的，老同学。"他对我说，"您就不用可笑地去守夜，不用精神恋爱，也不用皱眉头了……记住啦？"

我脸上大概没有显出十分高兴的神色，因为狡黠的医生哈哈大笑起来，接着说道：

"我们要换个方式给您补偿……这半个月来，富内斯一家过的是提心吊胆的日子，忘了许多事情，特别是忘了关于您的事儿，恐怕也是不奇怪的……咱们今天马上上他们家去吃晚饭。顺便说说，要是没有您这个好心人和前一段日子所发生的爱情，我还真不知道这件事怎么了结……您说呢？"

"我说，"我回答他，"对于富内斯一家邀请我吃饭的盛情，我差不多要考虑谢绝。"

阿耶斯塔赖因放声大笑起来。

"别逗我了！……我对您再说一遍，他们那时候真是无所适从……"

"可是，他们只是为了给小姐找鸦片、吗啡之类镇静剂，对不对？为了这一点，他们才没有忘记我！"

我这个老同学郑重其事、目不转睛看着我说：

"老同学，您知道我在想什么？"

"讲吧。"

"您可是世上最幸福的人了。"

"我，幸福？"

"或者说是最走运的人。现在明白了吧？"

说完盯着我看。"咳！"我心里想，"或者说我是个傻子——这是最有可能的事；或者说，这个医生值得我拥抱，要抱得他口袋里的体温计被挤碎。这个不怀好意的家伙知道的事，比表面看起来的要多，也许，也许……不过，我还是当傻子更稳妥。"

"幸福？……"我又说，"是由于您用您的脑膜炎制造出来的那种荒唐爱情吗？"

阿耶斯塔赖因又盯着我看，不过，这次我却从眼里看出一丝模糊不清的苦涩。

"就算是这么回事吧，您这个最了不起的傻子……"他低声说着，便挽起我的手臂出门。

在路上（我们去过阿吉拉酒店，去喝苦艾酒），他十分坦率地向我解释了三件事：第一件，由于病人在谵妄状态中极度激动，又十分虚弱，我守在她身边是绝对必要的；第二件，富内斯一家一下子就认准了，尽管这么做有偷偷摸摸之嫌，不很合适，但他们看得很清楚，这种爱情太不自然了；第三件，富内斯一家坦然相信我的教养，是要我知道（十分清楚地知道），我面对病人以及病人面对我所具有的治疗意义。

"尤其是最后一件，是吗？"我像是发表评论似的补充说，"这一席谈话的目的无非是：我绝对不要认为，玛丽亚·埃尔维拉对我会有丝毫真正的倾心。是这个意思吧？"

"当然！"医生耸耸肩膀，"您要是处于他们的地位……"

这个好人说得有理。因为，唯一可能的是，她……

昨晚我在富内斯家吃饭。这顿饭吃得不太愉快，虽然路易斯·玛丽亚待我还算诚恳。我想说，他母亲待我也一样，可是，尽管她极力要让我吃得愉快，显然她只不过把我看作是她女儿在某几个小时里万分喜爱的外人而已。她心存疑忌，我们不应该责怪她。此外，她和她女儿还要轮流去看护病人。病人今天平平安安过了一天，十五天来第一次过得这么好，晚上她的热度没有大幅度上升。应阿耶斯塔赖因之请，我一直待到午夜一点钟，虽然如此，我没看上病人一眼就回家了。明白吗？整整一天没有见到她！要是上帝赐福，今天夜里她该发烧到四十度，八十度，一百二十度，发烧到随便多少度……

果然如此！好人阿耶斯塔赖因写来了这么一行字：

又发谵妄，请即来。

无论多么谨慎的人，上述一切情况就足以使之失去理智。现在请看事实：

昨夜，当我进卧室时，玛丽亚·埃尔维拉又像第一次那样把手臂伸给我。她左面颊朝下很舒服地躺着，两眼盯着我。我不知道她的眼睛在向我说什么；可能是要把她沉浸在无限幸福中的生命和心灵，全部交给我。她的嘴在对我说些什么，我不得不俯身去听。

"我很幸福。"她说着笑了。

过了片刻，她的眼睛又在叫我，我又俯下身去。

"以后……"她吃力地低声说，同时慢慢闭上眼睛。我认为，她的脑海里有一个念头一闪即逝。不过，她眼睛里又充满了那种光芒——那种使目光在幸福的闪光中显得迷惘的放肆光芒。这次我听得很清楚，听见她当面清清楚楚问我：

"等我病好了，不再说胡话了……你还爱我吗？"

确是正中下怀的疯话！"以后"！等我"不再"说胡话了！要么是房子里的人都疯了，要么是我内心深处对"以后"有过不间断的思考，因而从心里发出了回响。她怎么可能说这种话呢？她到底患过脑膜炎没有？她是否说过胡话？所以，我的玛丽亚·埃尔维拉……

我不知道我回答了什么；我料想，不管我说了什么，要是她家的人听见了，全都会发火的。幸而我只是低声回答了几句；她也只是微笑着低声说了几句……就进入了梦乡。

回到家里，我心潮起伏，一时冲动得狂蹦乱跳，还发出幸福的呼喊。我们之中有谁敢发誓说不曾有过同感呢？为了弄个明白，事情应该这样提出：这个谵妄病人由于某种心理失常，"只是"在谵妄发作时爱上某君。这是事情的一个方面。另一方面，不幸的是这位某君没有尽力使自己仅仅局限于起药物作用。于是，这个病人在身患脑膜炎和神志不清（确凿是神志不清）的状况下，低声对我们的朋友说：

"等我不再说胡话了……你还爱我吗？"

这种情况，我把它叫作一个微不足道的疯癫病例，这是明确无误的。昨夜回到家里，我一度以为已经找到了答案，这个答案可能是：玛丽亚·埃尔维拉在发烧时幻想自己是清醒的。谁在梦中会认为自己是在做梦呢？显然没有比这种解释更简单的了。

可是，在这虚假的爱情场景中看到两只大大的眼睛时，我们充满了幸福感，那两只眼睛也充满了不可能是骗人的爱情；当这双眼睛冷漠而又惊奇地扫过家人的脸上，最终怀着欣喜若狂的幸福感落到你身上时，尽管她处于谵妄状态中，你就有权通宵渴望那份爱情——或者我们说得更明确些，那就是：渴望得到玛丽亚·埃尔维拉·富内斯的那份爱情。

做梦，做梦，做梦！过去两个月了，有时我觉得还在做梦。当发烧使她对家里最亲近人的面孔都反感时，感谢上帝，她把手和裸露到肘部的手臂对之伸去的那个人是不是我呢？在长时间的无数分分秒秒中，使玛丽亚·埃尔维拉受爱情困扰的目光平静下来的人是不是我呢？

是的，就是我。但是，这件事儿已经成为过去，已经结束，已经终结，已经死亡，已经不复存在，似乎从来没有发生过。然而……

过了二十天，我又见到了她。她已经康复，我同他们一家一起吃晚饭。饭局开始时，一家人显然都尽力试探着提到病人在谵妄发作时说过的那些情意绵绵的话，我尽可能给予合作，因为在过去二十天里，我一点没有思考到在这头一次会面中应该谨言慎行。

不过，一切都尽如人意。

"我们让您受累了，您休息过来了吗？"那位母亲笑着对我说。

"啊，小事一桩！……"我也笑着说，"我还愿意再受一次累呢……"

玛丽亚·埃尔维拉这次也笑了。

"您愿意，我可不愿意，我向您保证！"

母亲忧愁不安地看着她说：

"我可怜的闺女！一想起你说过的那些胡话……总算结束了。"她转过身子，亲切地对我说，"您现在可以说是我们家的人了，我向您保证，路易斯·玛丽亚会十分敬重您。"

路易斯·玛丽亚把手放在我肩上，还递给我一支烟。

"抽烟，抽烟，请别介意。"

"可是，路易斯·玛丽亚，"母亲半真半假地责备他说，"听你的话，谁都会认为我们在欺骗杜兰！"

"不会的，妈妈；您刚才说的话非常对；不过，杜兰理解我。"

我理解路易斯·玛丽亚之所以说这番话，是想打断这种有点儿乏味的表面亲切的谈话。可是，我丝毫不想因此感谢他。

与此同时，只要有可能，我就不引人注意地把眼睛盯住玛丽亚·埃尔维拉。她终于在我面前了，身体健康，十分健康。我热切地期待过这个时刻，但又极其害怕这一时刻的到来。我爱过的是一个影子，更确切地说，我爱过的是一双眼睛和三十厘米长的手臂，其余的则是一块长长的白斑。而且从那样的昏暗中，如同从沉默的花蕾中，站起的一个女子，她光彩照人，清新平淡无奇而又快乐，但她并不认识我。她看我有如在看他们家的一个朋友，这个朋友说到什么，或者评论一个绝妙的警句时，她必定会注视他片刻。不过，仅此而已；既没有往事的丝毫痕迹，也没有假装不理睬我的意思，我曾为此费心费力。对她来说，我完全是个陌生家伙——我们即使不说陌生家伙，也该说是陌生人。看见她时，便想到那次使我记忆犹新的恩宠，那天夜里同样是现已变得毫无意义的那双眼睛，离我很近，看着我对我说：

"等我病好了……你还爱我吗？"

消逝了的幸福磷火，已被热情之火封存在拥挤匣子似的发烧头脑里，又何必去搜寻它的亮光呢？忘了她吧……我虽有这样的愿望，却恰恰做不到。

后来在客厅里，我找到利用路易斯·玛丽亚来隔开的方法，那就是让他站在玛丽亚·埃尔维拉和我中间；这样我就可以借与路易斯·玛丽亚交谈的机会，把视线自然而然地投向更远的地方，从而得以不受谴责地注视她。她的身姿何等超凡脱俗，从头顶的秀发到脚跟，都会勾魂摄魄。她穿过客厅向内室走去时，她的裙子拍打着鞋子的漆皮面，每一下都把我的心像纸片那样给卷走了。

她笑吟吟地回来了，挨着我身边走过，勉强微笑着，因为我站在她经过的地方；而我还像傻子似的继续梦想她会突然停在我身旁，不是把一只手，而是把双手按住我的两鬓说：

"好啦，现在你已经看见我康复了，还爱我吗？"

咳！我沮丧得要命地告辞了，匆匆握了握她那冰凉而又亲切的手。

不过，有一件事是绝对真实的，那就是：玛丽亚·埃尔维拉可能不记得她在发烧的那些日子里的感受了。我承认这一点。不过，从事后的追述里，她对发生过的事情该是一清二楚的。因此，她对我绝不可能毫无兴趣。至于魅力（上帝饶恕！），那她爱怎说都可以。可是说到兴趣，是她连续想望了二十个夜晚的男人，那就不能说没兴趣了。所以，她对我完全无动于衷是没有道理的。证实这一点对我有什么好处呢？有可能给我带来前途未卜的幸福吗？依我看，毫无可能。玛丽亚·埃尔维拉的这种表示，正是提防我对此提出可能的要求；这就是一切。

　　这是没有道理的。让她死去活来地爱我，那完全可以。可是，让我去要求兑现记载在脑膜炎病例上的爱情诺言，见鬼！那绝对不行。

　　上午九点钟。绝对不是合适的就寝时间，可我就这么睡下了。我在罗德里格斯·佩尼亚家跳完舞，就去了巴勒莫处，然后去了酒吧。完全是独自一人。现在，我躺到床上。

　　不过，在睡意到来之前，我得先抽完这盒香烟。原因是昨晚我同玛丽亚·埃尔维拉跳舞了。跳舞之后，我们进行了如下的交谈。

　　"眼珠子上的这些小点，"她对我说，我们面对面坐在一张放小吃的桌旁，"还没有消退，我不知道将会怎么样……我生病前没有这些小点。"

　　刚刚提醒她这一细节的，恰好是我们桌上邻座的一位女客。这么一提醒，她的眼睛显得更亮了。

我刚一开口回答，就发现事情不妙；可是，已经迟了……

"是呀，"我察看着她的眼睛对她说，"我记得以前您没有这些小点……"

说着我便把目光转到另一边去。玛丽亚·埃尔维拉却笑着说：

"对呀，您应该比谁都清楚。"

啊！我只觉得压在我胸口的一块大石头，终于落地了！终于可以谈这件事了！

"这一点我信。"我回答，"我并不知道是否比谁都清楚……可也对，在说到的那个时候，我确是比谁都清楚！"

我停下话头，开始把声音压得很低。

"对呀！"玛丽亚·埃尔维拉笑了。她一本正经地把眼睛移开，抬眼看着那一对对经过我们身边的舞伴。

过了一会儿，我料想她早已完全忘了我们刚才的谈话，而我却十分苦恼。可是她没有低下眼睛，仿佛使她感兴趣的永远是那些放电影般不停地一晃而过的面孔；过了一会儿她侧身说：

"您那时好像是我的恋人。"

"您说得非常对。"我对她说，"好像是您的恋人。"

于是，她正视着我，"不……"

她不作声了。"不……不什么？把话说完啊。"

"为什么？是句蠢话。"

"没关系，说完它。"

她放声笑起来说：

"为什么？总之……您没想到这不是什么好像吗？"

"这是没来由的侮辱。"我回答她，"当我好像是……您的恋人时，我是第一个证实这件事的真实性的人。"

"得了！……"她低声说。可我呢，她那句讽刺性的"得了"说出之后，疯狂的魔鬼使我提出一个也许永远不该提出的问题：

"玛丽亚·埃尔维拉，请告诉我，"我俯身说，"您什么都想不起来了吗？对那段可笑的经历，真的什么都想不起来了吗？"

她十分严肃地看着我，似乎有意透着高傲，同时还很专注，好像我们当时正准备倾听无论如何都不会使我们感到不快的事情。

"是什么事？"她说。

"是我生活在您身边时的那段经历……"我十分明白地向她指明。

"想不起来了……什么都想不起来了。"

"这样吧，您看我一眼……"

"就是看您一眼，也想不起来！……"她哈哈大笑。

"不，不是那件事！……在我不知道为什么之前，您早已经看够我了……我想对您说的是：您想不起来曾经对我说过什么……两三句话，就这些……在您发烧的最后一夜。"

玛丽亚·埃尔维拉皱了好一会儿眉头，然后把眉毛挑得比正常的更高。她注视着我，摇摇头。

"不，想不起来……"

"哎！"我不作声了。

过了片刻。我斜瞥一眼，看见她仍在看我。

"什么？"她喃喃低语。

"什么……什么？"我重复说。

"我对您说什么了？"

"我也记不起来了……"

"不，您记得……我对您说什么了？"

"我不知道，我向您保证……"

"您一定记得……我对您说什么了？"

"算了！"我又挪近她，"如果您什么都想不起来了，既然一切都是发烧造成的幻觉，那么在谵妄状态中对我说没说过什么，跟您有什么关系呢？"

这个打击是沉重的。但是，玛丽亚·埃尔维拉不想回答这件事，只满足于多看我一会儿，然后稍稍耸了耸肩膀就把视线移开了。

"咱们去吧。"她突然对我说，"我想跳这一曲圆舞。"

"巧了，"我站起来说，"我们跳圆舞的那个梦，一点儿意思都没有。"

　　她没有回答我。我们向大厅走去时，她似乎在用眼睛寻找一位平日跳圆舞的伙伴。

　　"使您感到不快的是跳圆舞的那个梦？"她突然对我说，目光仍在扫视大厅。

　　"是一种谵妄的圆舞……与这个毫无关系。"这次是我耸了耸肩膀。

　　我以为，那天晚上我们不可能再谈下去了。不过，虽然玛丽亚·埃尔维拉一句话也没有回答，似乎也没找到她想找的理想伙伴。因此，她踌躇着面带勉强的微笑（这种无可回避的勉强的微笑，突出了整个那次经历）对我说：

　　"您要是愿意，那就和您的恋人……跳这一曲圆舞吧。"

　　"……跟好像的恋人跳。我不多说一个字。"我边说边伸手搂她的腰。

　　又过了一个月。现在我觉得，那位母亲、安赫莉卡和路易斯·玛丽亚都充满了诗一般的神秘感！那位母亲当然是玛丽亚·埃尔维拉与之尔汝相称并且可以热情亲吻的人；她的妹妹见过她赤裸的身体。至于路易斯·玛丽亚，他走进屋里，当她背对着他坐着时，可以伸手抚摸她的下巴。三个人显然都很幸福，然而他们却不珍惜他们所拥有的这种幸福。

　　至于我，坐卧不宁地给自己算命，不断把香烟叼到嘴上，心里问：她爱我吗？她不爱我吗？

　　参加过佩尼亚家的舞会以后，我与她有过多次交往——当然是每周三在她家里。

她交往的仍是那些朋友，她对他们全都笑脸相迎，凡是他们要与她笑闹，她都巧妙周旋。不过，她总是想方设法使我不离开她的视野。当她和别人在一起时总是这样。可是，当她和我在一起时，她的目光总是盯着别人。

这种情况合乎情理吗？不，不合情理。因此，一个月来我如鲠在喉，像患了重喉炎般难受。

但是，昨夜我得到片刻安宁。那是星期三。阿耶斯塔赖因正与我交谈，玛丽亚·埃尔维拉越过围着她说笑的那些人的肩膀，向我们投来一瞥，这一瞥把她光彩照人的形象带进了我们的谈话。我们谈起她，还短暂地提到那段旧事。过了一会儿，玛丽亚·埃尔维拉来到我们面前。

"你们在谈什么呀？"

"谈了许多事情，首先谈到您。"医生回答。

"啊，我早就料到了……"她挪过一把罗马式扶手椅坐下，架起二郎腿，上身前倾，把脸托在手上。

"说下去，我听着。"

"我对杜兰说，"阿耶斯塔赖因说，"像您生病时发生的那种情况，虽很罕见，但还是有过一些。一位英国作家（我记不得是谁了）提到过一个病例，只是它比您的例子要幸福得多。"

"幸福得多？为什么？"

"因为那个病例没有发烧，两个人是在梦中相爱。而您这个病例中，在恋爱的人只有您……"

我曾经说过，我觉得阿耶斯塔赖因对我的态度，总是那么拐弯抹角。即使我当时没有明说我的心事，一定是我不仅仅用眼神表现出来的急切愿望让他感觉到了。他准是有了这种感悟，这才笑着站起来说：

"我走了，你们在这儿讲和吧。"

"坏家伙！"他走远了，我低声说。

"为什么？他对您怎么啦？"

"告诉我，玛丽亚·埃尔维拉，"我大声说，"他爱过您吗？"

"谁，是阿耶斯塔赖因吗？"

"对，是他。"

起初，她犹犹豫豫地看着我；后来，严肃地正眼看着我答道：

"爱过。"

"唔！我早料到了！……至少他很走运……"我低声说，感到十分痛苦。

"为什么？"她问我。

我没有回答她，使劲耸了耸肩膀，便朝一旁看去。她随着我也朝一旁看去。就这样过了一会儿。

"为什么？"她执着地问，这是一个女人完完全全爱上一个男人才会有的过分执着和漫不经心。现在就在这短暂的时间里，她一条腿继续站着，另一条腿跪在扶手椅上，嘴里嚼着一片纸（我根本不知道这片纸是哪里来的），而且看着我，两条眉毛难以觉察地上下跳动。

"为什么？"我终于回答，"因为他很走运，至少不用在别人床边充当可笑的傀儡，而且可以正经地谈话，用不着看别人好像听不懂我说的话似的上下跳动眉毛……您现在明白了吧？"

玛丽亚·埃尔维拉沉思着看了我好一会儿，然后摇摇头，嘴上仍然叼着那片纸。

"对不对？"我固执地问，不过心脏却在狂跳不已。

她又摇摇头说：

"不，不对……"

"玛丽亚·埃尔维拉！"安赫莉卡在远处叫她。

大家都知道，兄弟姐妹的叫声往往十分不合时宜。不过，从来还没有一声兄弟姐妹的叫声像这次这么不合时宜，如同兜头泼来的一瓢冰水。

玛丽亚·埃尔维拉扔掉纸片，把跪着的那条腿放下来。

"我走了。"她笑着对我说，她的笑容是我在面对她与人笑闹时早已熟悉了的。

"等一会儿！"我对她说。

"一会儿也不等！"她一边回答，一边走开，还摇着手。

我还有什么可干的？没有，除非咽下那张湿漉漉的小纸片，或者把嘴埋在她的膝盖压出的坑里，并把那扶手椅往墙上撞，还有就是因痛恨自己愚蠢而向一面镜子撞去。尤其是我特别生自己的气，气得痛苦不堪。这是男子汉的直觉！这是受屈辱的男人的心理！这个头号娇美女子的膝盖印还留在那儿，满不在乎地嘲笑这一切。

我再也忍受不下去了。我爱她爱得发狂，却不知道她是不是真的也爱我，这是更痛苦的事。此外，我还做梦，做许多梦，梦见的都是如下的情景：我们挽着手走过一个大厅，她穿一身白衣服，我像一团模糊的黑影跟在她身旁。大厅里全是上了岁数的人，都坐在那里看着我们走过去。那是个舞厅。他们都在说我们是脑膜炎及其影子。我惊醒过来，接着又做起梦来：那是个每天死于时疫的人常来的舞厅。玛丽亚·埃尔维拉穿的那件白衣服是件裹尸布，我仍是前面说过的那个影子，不过现在头上有一支体温计。我们永远是脑膜炎及其影子。

对这一类幻梦我该怎么办？我再也忍受不下去了。我要到欧洲去，到北美去，到可以忘掉她的任何地方去。

为什么留下来呢？是为了重新开始以往的经历，像个小丑那样独自折磨自己；或者是为了我们感到相亲相近时，每次都要彼此背离？啊，不！让我们结束这种状态吧。我不知道，我这种感情上背离的计划，对她能有什么好处（确是感情上的！虽然我并不情愿）；但是，留下来将是可笑和愚蠢的，也再没有什么必要去取悦玛丽亚·埃尔维拉了。

我本可以在这里写下一些与我刚刚记述的多少有点儿不同的事情，然而，我宁愿简述一下最近一天我见到玛丽亚·埃尔维拉所经历的事情。

不知道是为了逞强，为了向自己挑战，还是出于企图自杀者的绝无可能的希望，我在动身的前一天下午去向富内斯一家辞行。船票在我口袋里已经揣了十天——由此可见，我是缺乏自信的。

当时玛丽亚·埃尔维拉身体不适，无非是嗓子疼或偏头痛之类的小病，但症状却很明显。我到前厅去了一会儿，去问候她。她见到我有点儿意外，不过她还是有时间匆匆照了一下镜子。她神色萎靡，嘴唇苍白，眼窝深陷。但是，因为我即将离开她，倒觉得她一切如常，甚至更美了。

我简单地告诉她我要走了，并且祝愿她无限幸福。

起初她没明白我的话。

"您要走？去哪儿？"

"去北美……我刚才对您说过。"

"啊！"她低声说，十分明显地抿了抿嘴。但是，立刻不安地看着我。

"您病了？"

"哪儿啊！……不全是……我是不舒服。"

"啊！"她又低声说。她眼睛大睁，透过玻璃窗望着窗外，好像陷入了沉思。

此外，外面在下雨，前厅不明亮。

她朝我转过身来。"您为什么要走？"她问我。

"嗯！"我笑了，"说来话长，太长了……总之，我要走了。"

玛丽亚·埃尔维拉的眼睛仍然盯着我，她那关切、专注的神情变得忧伤了。我们了结了吧，我心中暗想。我上前对她说：

"好了，玛丽亚·埃尔维拉……"

她缓缓把手伸给我，那是一只因偏头痛而变得又凉又湿的手。

"走之前，"她对我说，"您不愿意告诉我为什么要走吗？"

她的嗓音已经放低了。我的心狂跳不已，而她就像那天晚上一样，闪电似的从我面前笑哈哈地走开去，还摇着手说："不，我已经满足了。"……啊，不，我也满足了！那次事情让我受够了！

"我之所以要走，"我明明白白对她说，"是因为我在这儿感到痛苦、可笑和羞耻！您现在满意了吧？"

我仍然握着她的手。她把手抽回，慢慢转过身去，从谱架上抽出乐谱，把它放到钢琴上，全部动作都显得缓慢有分寸，而且又面带着勉强和痛苦的笑意看着我说：

"如果我……求您别走呢？"

"可是，求上帝赐福！"我大声说，"难道您没有发现，这些事情一直在把我折磨得要死吗？我受够了痛苦，也诅咒够了自己的幸福！从这些事情里我们得到了什么，您又得到了什么？没有，够了！"我上前一步又说，"您知道您在生病的最后一夜对我说的话吗？您要我说出来吗？要不要？"

她一动不动，两眼大睁。

"要，您说吧……"

"那好！在那个该死的夜里，我听见您清清楚楚地对我说的话是这样的：'等——我——不——再——说——胡——话——了，你——还——爱——我——吗？'我知道，您当时在说胡话……可是，您现在要我怎么办？就因为我像傻子似的爱上您，您就要我留在这里，留在您身边，用您的方式把我活活整死？……这也是明摆的事，对不对？哎，我向您肯定地说，我过的不是人的生活！是的，那简直不是生活！"

我把前额贴在玻璃窗上，全身无力，觉得说完以上的话以后，我也就永远崩溃了。

可是，该有个结局了，我便转过身去。她就在我身边，在她眼里（这次像是在一道幸福的闪光中），在她眸子里，我看到原以为早已熄灭了的满含幸福的光芒，它们正在熠熠生辉，正在陶醉，正在抽泣。

"玛丽亚·埃尔维拉！"我大声说，我觉得我是在呼喊，"我亲爱的恋人！我的心肝宝贝！"

得胜的、专心专意的、幸福的她，落下了痛苦结束后静默无声的泪水，终于将她的头舒适地靠在我的胸口上。

　　再没有什么可写的了。难道有比这一切更简单的事情吗？我遭受过痛苦，很可能还痛苦得哭泣过，吼叫过；我应当相信这一点，因为我就是这么写的。然而，这一切都已是很久远的事情了！而且，更加久远的是因为（这是我们这段经历中最有趣的事）她就在这儿，就在我身边，把头支在铅笔上，正在读我写的东西。当然，她对我的许多看法提出异议。然而，为了尊重我这部无拘无束的、悉心创作的文学作品，她作为通情达理的好妻子，表示了容忍。此外，她和我一样，认为分几次创作的这部故事，相当准确地反映了我们当时共同感受过和经历过的生活。可以说，这部出自一个工程师之手的作品，并非一无是处。

　　这时玛丽亚·埃尔维拉打断我，对我说最后一行字写得不真实；她认为我的故事不仅写得好，而且是非常好。她用手臂搂住我的脖子，不容我分辩，并且看着我，我不知道我们相距是否超过五厘米。

　　"是吗？"她低声说，更确切地说她是柔声地说。

　　"可以把'柔声地说'写上吗？"我问她。

　　"写上，我是在柔声地，是在柔声地！"说着给了我一个吻。

　　我还能补充什么呢？

阿纳孔达 ①

一

已是夜间十点钟，天气热得令人喘不过气来。闷热的天气沉重地笼罩着大森林，没有一丝风。在地平线之上，无声的闪电时不时从一端到另一端划破乌黑的天空；不过，暴雨还在遥远的南方呼啸。

———————————

① 西班牙语"蚺蛇"的音译。

在一片白茫茫的针茅地上，兰塞奥拉达^①正以蜷蛇共有的迟缓速度，在牛群走的一条小道上向前爬行。她是一条一米半长、非常美丽的洞蛇，体侧的黑色尖角由一片片整齐的鳞片连成两条锯齿。她一边向前爬行，一边用舌头试探路面的安全——蛇类用舌头完美地代替了人的指头。

她是去打猎的。她走到小道的十字路口就停下来，慢慢把自己仔细盘绕起来，随后又折腾了一会儿，把自己安顿得更舒服些，然后把头放到盘成圈的身体上，下颚贴着身体，这才一动不动地守候着。

她一分钟一分钟地守了五个小时，仍像起初那样一动不动。倒霉的夜晚！天已开始破晓，快要撤退时，她改变了主意。这时东方青灰色的空中，出现了一个巨大的阴影。

"我真想从那座房子边上过去。"洞蛇心里想，"几天前我就听到了喧闹声，得当心点儿……"

她小心翼翼地向那个阴影爬去。

兰塞奥拉达所说的房子，是一座四周有走廊的旧木板房，通体刷成白色。周围有两三间棚屋。很久以来，那座房子就已无人居住。现在，从那里传来不常有的喧闹声，铁器的撞击声，马的嘶鸣声；这些混杂在一起的声音透露出，一西班牙里开外的地方有人出现。情况不妙……

不过必须弄明情况，兰塞奥拉达刚想到这件要办的事，

---

① 西班牙语"矛铁蛇"的音译。

马上迅速行动起来。

一阵真切的响声从敞开的大门里传出来，传到她耳朵里。她抬起头，发现地平线上初露一片冷漠的光，预示黎明的来临。这时，她看见一团高大结实的黑影，正朝她走来。她还听到脚步声，这坚定有力、遥远的噔噔噔的足音也显示，敌人还在一西班牙里开外的地方。

"有人！"兰塞奥拉达低声说。

说着她快如闪电，警惕地把自己盘绕起来。

那团黑影已经到了她眼前。一只大脚踩在她身旁，她全力进攻这个拿她生命开玩笑的人，用头猛击之后便缩回到原先的位置。

那个人停下脚步，因为他觉得有什么东西撞了他的靴子一下。他没有挪脚，观察一下周围的杂草；可是在晨曦初露的昏暗中，什么也看不清，便继续前进。

但是，兰塞奥拉达看到那座房子开始有动静，这次是真真实实地见到有人住在那里。洞蛇动身撤回自己洞里去，心中确信，夜里的那一幕不过是立刻要上演的一出大戏的序幕。

二

第二天，兰塞奥拉达第一件担心的事，就是随着人的到来而降临全蛇族的危险。在整个动物王国，自古以来人和破坏就是同义语。尤其是对于蟒蛇，灾难体现在两件可怕的事物上：一是在大森林内探寻并翻搅的砍刀；二是顷刻毁灭森林及隐蔽于森林中洞穴的大火。

于是，防止这场灾难就成了当务之急。等到那天晚上，兰塞奥拉达就出去活动。她没费多少事就找到两个朋友，向她们发出警告。为此，她在十二点钟之前一直在寻找最适合集会的地点，这样一来，到凌晨两三点钟的时候，来参加这次代表大会的蛇类即使不是全部，至少也是绝大部分，以便决定怎么办。

在森林深处，一堵五米高的毛石大墙墙角，有个隐蔽的洞穴，洞口几乎被羊齿草挡住。这个洞穴早就成为特里菲卡[①]的藏身所，她是一条有三十二个角质环的响尾蛇，在老蛇中也算是一条老蛇了。她的长度没有超过一百四十厘米，可腰身却有瓶子粗。她是出色的典型，身上交织着黄色菱形花纹，健壮，坚韧，能一动不动与敌人对峙达七小时之久，迅速用内有管子的毒牙（众所周知，这种毒牙即使不是毒蛇中最大的，也是结构最巧妙的）对准敌人。

因此，在危险迫在眉睫的时候，在这条响尾蛇主持下，蟒蛇代表大会就在那里召开了。除兰塞奥拉达和特里菲卡之外，参加代表大会的当地其他洞蛇，有蛇族中受宠的小字辈小科阿蒂亚里塔[②]，她的体侧有鲜艳的红线和特别的尖头；有

---

① 西班牙语"可怕的（蟒蛇）"的音译。
② 以下均为各种蟒蛇的西班牙语音译。这些蟒蛇还没有确定的汉译名称。

大大咧咧地伸开身子的、细长的纽维德，她这么做仅仅是要让人对其背部橙红色带纹上的白色和褐色曲线感到惊讶，她是美的典范，而且保留着博物学家未确定其种属所定下的名字；有强壮、勇敢的克鲁萨达（这是南方对十字蝰蛇的叫法），她身上的美丽花纹可以和纽维德媲美；有名字十分不祥的阿特罗斯①；最后，有金乌鲁图（一种亚拉拉库苏蝰蛇），她总是把自己一百七十厘米长、交叉着金色带纹的黑丝绒般的身体，小心翼翼地隐藏在洞穴深处。

值得注意的是属于巨型拉刻西斯类的多种洞蛇，除特里菲卡外，所有与会代表都属于这一类，她们在花纹和色彩方面的美丽，向来不分轩轾。具有她们这样优秀天赋的生物，确实不多。

按蝰蛇的法规，任何数目不多的种类和没能真正统治该地区的种类，都不能主持蛇类帝国的各次代表大会。金乌鲁图这种致命的优秀动物，就因其物种的数量十分稀少而不能谋求主持大会的荣誉，只得心甘情愿地让位给比自己弱得多、其数量却多得出奇的响尾蛇。

出席代表大会的代表已达法定多数，特里菲卡便宣布开会。

"朋友们！"她说，"我们都得到兰塞奥拉达关于人类不祥出现的通知。我想表达我们大家力图对抗敌人入侵、拯救

---

① 西班牙语"残暴的，极坏的（蝰蛇）"的音译。

我们帝国的愿望。经验告诉我们，放弃领土将于事无补。你们都很清楚，只有一种措施可以采用，就是不间断地向人类展开殊死的战争，从今夜开始，各种蛇都要在这场战争中尽其所能。在这种情况下，我很高兴忘掉人类对我所作的分类说明：我现在不是响尾蛇，而跟你们一样是洞蛇。洞蛇们要高举起死神的黑旗。朋友们，我们就是死神！同时，与会代表应该提出一个作战方案。"

至少在蝰蛇王国里，大家都知道特里菲卡虽有毒牙这一长处，在智力方面却有所欠缺。她自己也知道这一点，因此尽管想不出什么方案，可由于是一条老蛇后，十分精明地保持着沉默。

克鲁萨达这时伸着懒腰说：

"我同意特里菲卡的意见，我还认为，在没有制定出方案的时候，我们不能也不应该采取行动。我感到遗憾，我们的表姐妹无毒蛇没有出席这次代表大会。"

长时间的沉默。这个建议显然使蝰蛇们感到不快。克鲁萨达茫然地笑了，继续说道：

"我对发生的事感到遗憾……不过，我只想提醒大家：我们之中如果有人企图制伏无毒蛇，是绝对不能成功的！我不想再说什么了。"

"如果是因为她们抗毒，"金乌鲁图从洞穴深处懒洋洋地反驳说，"我认为，我能独自负责让她们不抱幻想……"

"这可不是什么抗毒问题。"克鲁萨达轻蔑地答道，"我自己也足够了……"说着斜瞥了金乌鲁图一眼，"这说的是她的力气，她的灵活，她的神经质，你爱叫什么都行。我们表姐妹的战斗本领，谁也不会试图予以否定。我坚决认为，在我们要发动的战争中，无毒蛇对我们一定非常有用；何止有用，简直是绝对必要！"

可是，这个提议毕竟还是招来不快。

"为什么那么看重无毒蛇？"阿特罗斯大声说，"她们是微不足道的。"

"她们长着鱼一样的眼睛。"自负的科阿蒂亚里塔加上一句。

"她们叫我厌恶！"兰塞奥拉达轻蔑地表示不满。

"也许是别的事让你……"克鲁萨达低声说着斜看她一眼。

"让我什么？"兰塞奥拉达挺直身子发着嘘声说，"我提醒你，你在这儿为这些跑得很快的虫子辩护，扮演的可是不体面的角色！"

"要是'猎手'们听到你的话……"克鲁萨达挖苦地低声说。

可是，一听到"猎手"这个名字，全代表大会都激动起来。

"叫她们这个名字毫无道理！"她们闹闹嚷嚷地说，"她们不过是些无毒蛇，如此而已！"

"'猎手'这个名字是她们自己叫的！"克鲁萨达不留情面地反驳道，"咱们这是在开代表大会。"

兰塞奥拉达是生长在最北部的雌蛇，克鲁萨达的居住地却分布在更靠南部的地方；这两条洞蛇之间这种特殊的敌对关系，在蝰蛇中也是老早就出了名的。据无毒蛇说，这是个关于她们谁美谁丑的争风吃醋的问题。

"算了，算了！"特里菲卡劝道，"让克鲁萨达解释为什么要帮无毒蛇，这是因为她们跟我们一样，并不代表死神。"

"就是这个缘故嘛！"克鲁萨达解释道，心情已经平静下来，"必须知道人类在那座房子里干什么，所以有必要到房子那里去。唔，这事儿可不容易，因为如果说我们蛇类的旗帜是死神的旗帜，那么人类的旗帜也是死神的旗帜，而且致死比我们要快得多！无毒蛇比我们敏捷多了。我们任何一个都可以去走走，可以去观察。可是有谁回得来？谁也不如尼亚卡尼纳①更适合这个任务了。这一类侦查是她的日常习惯，爬上屋顶，她就可以去观察，去探听，而且天亮前就能回来告诉我们发生的事情。"

这个提议十分合情合理，全体代表都同意了，虽然脸上还是显得不愉快。

"谁去找她？"几条蛇发问。

克鲁萨达把尾巴从一棵树干上松开，向洞外滑去。

"我去。"她说，"马上就回来。"

"这就对了！"兰塞奥拉达从她背后喊道，"你是她的保

_____

① 阿根廷的一种无毒的大蛇。这是这种蛇的西班牙语名称的音译。

护人，准能马上找到她！"

克鲁萨达当即朝她回过头来，对她伸出舌头，发出长期的挑战。

三

克鲁萨达找到尼亚卡尼纳时，她正在爬上一棵树。

"喂，尼亚卡尼纳！"她发着轻微的嘘声喊道。

尼亚卡尼纳听见叫她的名字，但是她很谨慎，到第二遍听见叫她名字才回答。

"尼亚卡尼纳！"克鲁萨达把表姐的嘘声提高了半个调门，又喊了一声。

"谁叫我呀！"那条蛇答道。

"是我，克鲁萨达……"

"哟，表姐……有事儿吗，亲爱的表姐？"

"我可不是来开玩笑的，尼亚卡尼纳……你知道那座房子里发生了什么事情吗？"

"知道，有人来了……还有什么事儿？"

"你知道我们在开代表大会吗？"

"哟，不知道；这事儿我还真不知道！"尼亚卡尼纳一边回答，一边头朝下从树上滑下，稳当得如履平地。"这肯定出了什么大事……会出什么事儿呢？"

"眼下没事；我们召开代表大会，就是为了避免出事。简单说，已经知道有几个人在那座房子里，他们终于要留下了。对我们来说，这就是死神。"

"我认为，你们自己就是死神……你们老是不厌其烦地一再这么说！"这条大蛇挖苦地低声说。

"别说了吧！尼亚卡尼纳，我们需要你的帮助。"

"为什么？这跟我毫无关系！"

"谁知道！你的厄运跟我们毒蛇太相像了。捍卫我们的利益，也是在捍卫你们的利益。"

"我懂！"过了片刻尼亚卡尼纳回答，其间她估计了一下与毒蛇相像会对自己造成多少不利。

"得，我们能指望你吗？"

"我该干什么？"

"该干的不多。你马上到那座房子去，在那里安顿下来，这样你就能看到和听到发生的事。"

"该干的事不多，确实不多！"尼亚卡尼纳大大咧咧地回答，同时在树干上蹭自己的头。她又说："不过我在这里准能饱餐一顿……一只野火鸡前天起就打算在这屋顶筑巢了……"

"没准你在那里也能找到什么吃的。"克鲁萨达柔声安慰道。

她表妹斜看了她一眼。

"得，走吧，"克鲁萨达继续说，"咱们先到代表大会去。"

"啊，不！"尼亚卡尼纳反对道，"不去！我一定帮你们的忙，但要有安宁的心情！回来时我再到大会去……要是我回得来的话。可是，事先去看特里菲卡皱巴巴的皮，兰塞奥拉达凶神恶煞的眼睛，科拉利纳傻乎乎的脸，我可不干！"

"科拉利纳没参加大会。"

"这无关紧要！有别的蛇，我就够了。"

"行了，行了！"克鲁萨达回答，她不想争论，"不过，你要是不走慢点儿，我可赶不上你。"

确实，这条洞蛇即使全速行进，也跟不上尼亚卡尼纳的滑行——这在她几乎算是慢的了。

"留下吧，你的速度跟别的蛇也差不多。"尼亚卡尼纳答道。

说着便全速奔驰，一会儿工夫就把她的毒蛇表姐远远抛到后边。

四

过了一刻钟，那条"猎手"到达她的目的地。有人守在屋里。门都敞开着，射出一道灯光，尼亚卡尼纳远远就看见有四个人坐在桌子周围。

只要避免跟狗发生成问题的争斗，就能平安到达。他们有狗吗？尼亚卡尼纳很担心出这种事。因此，她小心翼翼往前滑行，来到走廊前边时，她更加小心了。

到了那里，她仔细观察一番。无论前后左右，都没有狗。

只有对面走廊上，尼亚卡尼纳才能看见在那四个人的腿下，有一只黑狗侧身躺着睡觉。

空地上倒是可以自由来往。因为从她待的地方，能听见却看不见在聊天的人的全部情况，尼亚卡尼纳向上边瞥了一眼，马上有了一个主意。她在走廊底下爬上靠墙的一架梯子，在墙和屋顶之间一个没有遮拦的地方，伸直身子伏在一根系梁上。可是，尽管在滑行中十分小心，一枚旧钉子还是被碰落地上，有个人因而抬起头来。

"糟了！"尼亚卡尼纳心里想，大气都不敢出。

另一个人也看了看上面。

"什么东西？"他问。

"没什么。"第一个人回答，"我好像看见那儿有个黑东西。"

"是只老鼠。"

"这个人搞错了。"尼亚卡尼纳低声自语。

"也许是条蛇。"

"另一个人说对了。"被说中的蛇又低声说，同时准备战斗。

不过，那两个人低下头，尼亚卡尼纳于是在半个小时里看见了也听见了一切。

五

引起大森林里的动物们担心的这座房子，已经成为非常重要的科学机构。前不久人们得知，当地那个角落蝰蛇极多，那个国家的政府便决定成立蝰蛇血清疗法研究所，将在这里配制抗蛇毒血清。蝰蛇来源充足，乃是大量、可靠地配制血清的根本，因为谁都知道，取得蛇毒的主要困难是缺少蝰蛇。

这个新机构差不多马上可以开始工作，因为他们有两头牲口（一匹马和一头骡子），差不多都具有全面的抗蛇毒能力。他们设立了研究室和养蛇场。养蛇场有希望用惊人的方法繁殖，研究所就能拥有不少毒蛇——这些毒蛇可以用来使上述骡马等牲口具有抗蛇毒能力。但是，考虑到使每匹马获得抗蛇毒能力，每次注射至少需六克蛇毒制成的血清（这一剂量足以杀死两百匹马），就会明白这种研究所需用的蝰蛇的数量该有多大。

在大森林中建所初期的艰难日子里，研究所的领导人为制定研究室等的规划而熬到半夜。

"那些马，今天怎样啦？"一个戴黑边眼镜的人问，他像是研究所所长。

"特蔫。"另一位回答，"这几天我们要是不能有大收获……"

瞪大眼睛、竖起耳朵在系梁上一动不动的尼亚卡尼纳，这才放了心。

"我觉得，"她心里想，"我那些毒蛇表姐妹太过大惊小怪了。这些人没什么了不得，不值得担心……"

她把头往前伸去，鼻子已然探出系梁，更加仔细地进行观察。

另一个人想起了一件不幸的事。

"今天我们赶上一个倒霉日子。"有人加了一句，"有五支试管碎了……"

尼亚卡尼纳越来越同情他们了。

"可怜的人们！"她喃喃自语，"他们弄碎了五支试管……"

她正打算离开为了侦查那座无害的房子而藏身的地方时听到：

"然而，那些蟒蛇好极了……这地方看来很适合她们。"

"什么？"尼亚卡尼纳浑身颤抖一下，飞快地伸了伸舌头，"那个穿白衣服的秃子说的什么呀？"

那个人继续说：

"是的，我觉得这地方对她们很理想……我们和马匹都迫切需要这种蛇。"

"幸运的是，我们就要在这个地区进行一次令人瞩目的捕蛇行动了。这里是个多蟒蛇地区。"

"唔……唔……唔！"尼亚卡尼纳低声说，同时尽可能把身子盘在系梁上，"事情开始有点儿不同了……我得跟这些好人在一起多待会儿……能学会好多新鲜事儿。"

她听到那么多新鲜事儿，半小时之后想到该走了，可是脑子里装的知识太多，倒使她做了一个错误动作，身体的三分之一坠下去，撞在板壁上。因为是头朝下落下去，刹那间头部对准了桌子，舌头也闪动了一下。

尼亚卡尼纳这种蛇，身长可达三米，很勇敢，肯定是我们无毒蛇中最勇敢的。对于比她大得多的人类的猛烈打击，她们总是以进攻来回应。她们特有的勇敢，使之深信自己会令人十分畏惧，可是，看到人类得知他们面对的只不过是一条尼亚卡尼纳蛇，都镇静地发出笑声，这时我们的尼亚卡尼纳有点儿感到惊讶。

"是一条尼亚卡尼纳蛇……很好，她会替我们捉光房子里的老鼠。"

"老鼠……？"她嘘声说。因为她继续采取挑衅的姿态，有个人终于站起来。

"尽管她有用，还是有害的动物……总有一天夜里我会发现它在我床上捉老鼠……"

他说着抄起近旁一根棍子，飞快地向尼亚卡尼纳掷去。棍子呼地挨着入侵者头部飞过，撞在板壁上，发出一声吓人的巨响。

进攻接连不断。在大森林外边受四个人围攻，尼亚卡尼纳感到难以招架。她且退且逃，逃跑与勇敢本是她两种出色本领，现在她把全部力量集中在奔跑的速度上。

追踪而来的是狂吠的狗，而且跟踪了很长一段路（那几个人还打开更多的灯），尽管如此，尼亚卡尼纳还是逃到了洞里。她累得要命，顾不上搭理兰塞奥拉达和阿特罗斯，就盘起身子休息了。

六

"到底回来了！"她们都围着这个侦查员大声嚷道，"我们都以为你要留下，跟你的人类朋友在一起……"

"唔……"尼亚卡尼纳低声说。

"你给我们带什么消息来啦？"特里菲卡问道。

"我们是必须等待一场进攻，还是不必提防那些人？"

"也许最好是……搬到河对岸去。"她回答。

"说什么……？怎么回事儿……？"大家跳脚说，"你疯了？"

"你们先听我说。"

"那就讲吧！"

尼亚卡尼纳于是把她看到和听到的情况全说了：抗蛇毒血清研究所的建立，它的规划，它的目标，以及那些人要猎捕当地全部蝰蛇的决定。

"要捉我们！"金乌鲁图、克鲁萨达和兰塞奥拉达跳脚道，她们的骄傲受到触及痛处的伤害，"你是说，要杀害我们！"

"不是！只是捉你们！把你们关起来，好好喂养你们，每隔二十天取你们一次毒液。你们想过更美好的生活吗？"

参加代表大会的蛇们全惊呆了。尼亚卡尼纳详细说明了这种采集毒液的目的；不过，并没有说明获取血清的办法。

"一种抗蛇毒血清！就是说，这是很可靠的药物，人和牲口被咬后能抗毒，我们全蛇族就会在土生土长的大森林里被判定活活饿死！"

"对呀！"尼亚卡尼纳赞成道，"说的就是这么回事。"

对尼亚卡尼纳来说，可以预见的危险要小得多。跟她和她的"猎手"姐妹有什么相干——她们捕猎靠的是没有毒液的牙齿和肌肉的力量，管他牲口抗不抗毒！她看到的唯一不妙之处，就在于无毒蛇和蝰蛇太相像了，这会造成致命的混淆。因此，她也关心铲除那个研究所。

"我要竭尽全力开展这个运动。"克鲁萨达说。

"你有计划吗？"特里菲卡焦急地问，她总是拿不定主意。

"没有，我要在明天下午碰上人就咬。"

"你可要当心！"尼亚卡尼纳用很有说服力的声音对她说，"那儿有几个笼子还空着……"

"哎呀，我忘记说了！"尼亚卡尼纳大声对克鲁萨达说，"刚才我离开那里时……有一只毛烘烘的黑狗……我认为他会追踪蝰蛇……你可得当心！"

"我们得去那儿看看！不过，我请求明晚召开全体大会。要是我不能到会，那就更糟了……"

于是，代表大会又陷入惊讶中。

"有追踪我们的狗……？你能肯定吗？"

"差不多吧！留神这只狗，因为狗给我们造成的伤害，比所有的人加在一起还要大！"

"我负责对付他。"特里菲卡大声说，没有多费思索，就为能使毒腺发挥作用而感到心满意足，她只要神经稍一收缩，毒液就会从毒牙管喷射出来。

每一条蟒蛇都准备把这话传播到她们的区域去，尼亚卡尼纳这位攀爬能手受到特别委托，让她把警告带到树上去，那里是无毒蛇偏爱的地方。

凌晨三点，代表大会散会了。蟒蛇们恢复了正常生活，向彼此都不了解的安静而黑暗的不同地方四散而去，这时那条响尾蛇已在她的洞穴深处一动不动地盘好身子，她那双冷峻的玻璃般的眼睛，正凝视着千百只狗瘫痪的幻景。

七

那时是下午一点钟。克鲁萨达在针茅丛的掩护下，从火热的旷野向那座房子爬去。她除了要杀死头一个碰到的人，没有别的想法，她认为也不需要别的想法。她爬到走廊上，盘在那里守着。这样守候了半个小时。三天来令人喘不过气的炎热，开始使这条洞蛇感到眼皮发沉，这时一阵难以察觉的颤动从房间里向前移来。门开着，离她头部三十厘米的地方出现了那只狗，那只毛烘烘的黑狗，半睁着睡意蒙眬的眼睛。

"该死的畜生……！"克鲁萨达心想，"我宁愿碰到的是个人……"

这时那只狗停步闻了闻，随即回过头去……已经迟了！他抑制住一声吃惊的号叫，怒气冲冲地晃了晃被咬一口的口鼻部。

"这家伙已经遭到为他准备好的结局……"克鲁萨达低声自语，同时又把身子缩回去。

那只狗正要扑向蝰蛇时，听见他主人的脚步声，便弓起背，朝那条蛇狂吠起来。那个戴黑框眼镜的人来到克鲁萨达跟前。

"是什么？"另一个走廊上有人问道。

"是一条十字蝰蛇……一个好样本。"那人回答。

蝰蛇还没来得及进行自卫，就觉得自己的脖子被固定在棍子末端的一种套子给卡住了。

蝰蛇眼看自己落到这种境地，仍骄傲地发出咯咯咯的响声；她把身子向四处乱甩，徒然地力图蜷缩起来，并且缠绕在棍子上。她办不到，因为她尾巴上没有了支点，缺了这个著名的支点，一条强有力的蛇便处于十分丢脸的无能为力的境地。那人把吊着的蝰蛇带走，随即扔进养蛇场。

这个养蛇场只是用光滑的白铁板围起来的一块空地，放着几个铁笼子，笼里关着三四十条蝰蛇。克鲁萨达摔到地上，盘起身子待了一会儿，被灼人的太阳晒得满脸通红。

这个设施显然是临时性的；几个大而浅的涂了柏油的箱子，用来给蝰蛇当澡盆；几个棚子和石堆，成为这个临时乐园里的客人的庇护所。

过了一会儿，克鲁萨达发现自己周围和上方，有五六个同伴来辨认同类。

　　她们全体克鲁萨达都认得；在顶上蒙着铁丝网的笼子里洗澡的一条大蜷蛇，她却不认识。这蜷蛇是谁？她根本不认识。她感到好奇，便缓缓爬上前去。

　　她爬到很近的地方，对方猛地直起身子。克鲁萨达强忍住没让自己发出吃惊的嘘声，同时退于守势，把身子盘起来。那条大蜷蛇刚把脖子鼓起来，鼓得很可怕，克鲁萨达从没见过有谁弄成那副模样。大蜷蛇那副模样确是很特别。

　　"你是谁？"克鲁萨达低声问，"你是我们的同类吗？"

　　她所说的同类，也就是问她是不是毒蛇。对方相信，这条爬到跟前的洞蛇并没有进攻的意图，便把原来鼓得大大的耳朵弄扁了。

　　"对。不过我不是本地的……是远方的……来自印度。"

　　"你叫什么？"

　　"哈玛德里耶……又叫铜冠王蛇。"

　　"我叫克鲁萨达。"

　　"对了，你不必告诉我。我早已见过许多你的姐妹……你是什么时候给捉住的？"

　　"刚才……他们杀不了我。"

　　"杀了你恐怕对你更好些。"

　　"不过，我杀了那只狗。"

　　"什么狗，是这儿的狗吗？"

　　"对。"

铜冠王蛇放声大笑起来，这时克鲁萨达浑身又颤抖起来，因为她以为已被她咬死的那只毛烘烘的狗，正在吠个不停。

"你感到惊奇了吧，对不？"哈玛德里耶又说，"你们很多蛇都有过同样的经历吗？"

"可我是在他头上咬了一口……"克鲁萨达答道，越来越惶惑不解。"我一滴毒液也没留下！"她终于说，"因为洞蛇一向在一咬之间便几乎把毒腺里的毒液全部射光。"

"你射没射光毒液，对他都一样……"

"他不会死吗？"

"对，不过，问题不在我们……他能抗毒。不过，这是你所不知道的事……"

"我知道！"克鲁萨达马上回答，"尼亚卡尼纳告诉过我们……"

铜冠王蛇于是专心地思考起来。

"我觉得你很聪明……"

"至少……跟你一样聪明。"克鲁萨达答道。

这条亚洲蛇的脖子又突然鼓起来，克鲁萨达也再次退居守势。

两条蟒蛇彼此对视了很久，铜冠王蛇鼓起的脖子慢慢瘪了下去。

"你聪明又勇敢。"哈玛德里耶低声说，"我跟你还可以说说……你知道我这个种类的名称吗？"

"我猜是哈玛德里耶类。"

"又叫孟加拉眼镜蛇……铜冠王蛇。我们跟普通印度铜冠蛇的关系，就跟你们与那些科阿蒂亚里塔蛇的关系一样……你知道我们吃什么吗？"

"不知道。"

"吃美洲蝰蛇……也吃别的。"她最后说，同时在克鲁萨达面前晃动她的头。

克鲁萨达迅速估计了一下这条以蛇为食的蛇的长度。

"你有二百五十厘米长吗？"她问。

"六十厘米……有二百六十厘米长，小克鲁萨达。"对方盯着她的眼睛答道。

"好长啊……跟我的表姐妹阿孔纳达差不多长。你知道她吃什么吗？"

"我猜……"

"唔，她吃亚洲蝰蛇……"

这会儿该是她盯着哈玛德里耶了。

"答得好！"哈玛德里耶又晃动她的头说。她把头在水里弄凉快之后，又懒洋洋地说：

"你说的是你表姐妹吗？"

"对。"

"那她是没有毒的了？"

"是的……因此，比起外国毒蛇来，她正好有很大弱点。"

可是，这条亚洲蛇陷入沉思，没有听她说的话。

"听我说！"哈玛德里耶突然说，"我厌烦透了那些人、狗、马，也厌烦透了这个愚蠢和残暴的地狱里的一切！你能理解我，因为你是那些……我像老鼠那样被关在铁笼里已经一年半了，受虐待，定期受刑罚。更糟的是被藐视，像块抹布那样受那伙卑鄙的人任意摆弄……而我，勇敢，有力气，还有足够的毒液可以干掉他们全体，却被迫交出我的毒液，去制备抗蛇毒血清！你不能了解，这对我的骄傲意味着什么！你理解我吗？"说完她直盯着克鲁萨达。

"我理解。"克鲁萨达答道，"我该干什么？"

"只要干一件事；只有一个办法我们可以彻底复仇……你走近点，别让别人听见咱们……你知道，我们十分需要一个支点，以便发挥我们的力量。我们大家要救，全靠这个。只是……"

"只是什么？"

铜冠王蛇又盯了克鲁萨达一眼。

"只是你可能得死……"

"只我一个得死？"

"当然不是，是他们，是他们有几个人也要死……"

"这是我唯一盼望的事。说下去。"

"你要再走近些……再近些！"

她们用很低的声音继续谈了一会儿，克鲁萨达的身体紧挨着铁丝网的网眼，把皮都快磨破了。铜冠王蛇突然扑上来咬了克鲁萨达三下。在远处看见这件事的蝰蛇们都惊叫起来：

“出事了！她咬死克鲁萨达了！她是个叛徒！”

克鲁萨达脖子上被咬了三口，迈着沉重的步子勉强爬到草地。她立刻不动了，发现她的是三个小时后进入养殖场的研究所职员。这个职员看见了克鲁萨达，就用脚推她，把她像翻绳子一样翻了过去，看她白色的腹部。

“她死了，死定了……”这人低声说，“可是怎么死的？”说着弯下腰去查看这条蝰蛇。他没检查多久，便在她脖子上和蛇头的茎部发现了几个明显的毒牙咬痕。

“唔！”这人自言自语，“这只能是哈玛德里耶咬的……她盘着待在那里看我，好像我是另一条十字蝰蛇。铁丝网的网眼太大，我对所长讲过几十次了。这就是证据……总之，”他说完拽起克鲁萨达的尾巴，把她扔过白铁板围栏去，“少了一条该管的蛇！”

他去见所长。

“哈玛德里耶把我们刚刚送进去的那条洞蛇给咬死了。我们从她身上抽到的毒液要少多了。”

“太讨厌了。”所长说道，“可是我们今天需要毒液。我们只有一试管血清了……那条十字蝰蛇死了吗？”

“死了，我把她扔外边去了……我要把哈玛德里耶送来吗？”

“没有别的办法……不过，第二次采集毒液要等两三个小时后再进行。”

八

……她觉得自己像散了架一样，一点力气都没有。她觉得嘴里满是泥巴和鲜血。这是在哪儿呢？

眼前的浓雾开始消散，克鲁萨达能够辨别周围的环境了。她看了看，认出那个白铁板围栏，突然记起一切。那只黑狗，绳套，那条亚洲大蛇，大蛇制定的、让她押上性命的作战计划——这一切她都记起来了，蛇毒引起的麻痹现在开始从她身上消失。随着记忆的恢复，她充分意识到自己该做的事。还有时间吗？

她试图往前爬，但是无能为力；她的身体扭动一下，可是仍在原地，不能前进。又过了一会儿，她更不安了。

"我只不过在三十米远的地方。"她低声说，"两分钟，哪怕只活一分钟，我也要及时赶到！"

经过再次努力，她能够滑行了，便不顾一切地向研究所爬去。

她穿过院子，来到实验所门前，此时那个职员正把哈玛德里耶吊着抓在手里，而戴黑框眼镜的人把一片表蒙子放进蛇的嘴里。这个人伸手挤压毒腺时，克鲁萨达还在门口。

"我要来不及了！"她急切地想。

她拿出最大的力气爬行，把白生生的毒牙向前伸去。那个职员感到自己的光脚上被洞蛇咬住，便惊叫着跳了起来。铜冠王蛇吊着的身体稍为晃动开去，晃到桌边，她飞速绕住桌腿。她利用这个支点，把头从那个职员手中挣脱，她的毒牙就深深扎进戴黑框眼镜的人的左手腕，正好扎到静脉。

成了！刚一发出叫声，亚洲铜冠王蛇和那条洞蛇都逃之夭夭，没人追赶她们。

"一个支点！"铜冠王蛇在旷野上飞也似的逃窜时低声说道，"我需要的就是这个。我终于得到了！"

"对呀。"跑在她身旁的那条洞蛇说，她身上仍然十分疼痛，"不过，可别再玩这种游戏了……"

在研究所里，两条黏糊糊的黑色血丝从那个人的手腕上滴下来。一条哈玛德里耶把毒液注入静脉，是十分严重的情况，对于还能睁眼的受伤者来说，几分钟之内就会一命呜呼，永远闭上眼睛。

九

代表大会在开全体大会。除特里菲卡、尼亚卡尼纳和那几条洞蛇——金乌鲁图、科阿蒂亚里塔、新维德、阿特罗斯和兰塞奥拉达——之外，科拉利纳①也来参加大会了，据尼亚卡尼纳的看法，她的脑子有点儿蠢，但并不妨碍她的咬伤是最疼的。此外，她很美，身上红色和黑色的环纹使她具有无可置疑的美。

---

① 西班牙语"珊瑚蛇"的音译。

众所周知，蝰蛇在美的问题上有极强的虚荣心。科拉利纳的姐妹弗朗塔尔没有到会，她欣喜万分，因为弗朗塔尔这种珊瑚蛇在全身紫红底色上有黑白相间的环纹，成为这一亚目中最美的一种。

这天夜里，代表"猎手"们的是德里莫比亚，虽然她的外貌与"猎手"很不相同，却被叫作丛林亚拉拉库苏蛇。出席大会的有西波——一种美丽的翠蛇，又是猎鸟的能手；有拉迪内亚——她又小又黑，从不离开水洼；有博伊佩瓦——她的特性是感到受威胁时，便让自己紧贴在地上；有特里赫米纳——她是身体极细的一种珊瑚蛇，跟她栖树的同类一样；最后有埃斯库拉皮亚——她也是珊瑚蛇，由于马上就能看出的一些原因，进入会场时，迎接她的是普遍不信任的目光。

毒蛇和无毒的"猎手"都有一些种类缺席，这种缺席需要加以说明。

说到全体代表大会，我们说的是绝大部分蛇类，尤其是那些因其重要性而可以称之为王的一切种类。记得从第一代蝰蛇代表大会起，都有大多数蛇类与会，这样就能给予大会决议以强有力的支持。因此，大会的全体与会者对于洞蛇苏鲁库库的缺席（到处都找不到她），无不深感遗憾。这种蝰蛇身长可达三米，是美洲的女蛇王，同时又是世界蛇王国中的第二把手女蛇王，因为在身体大小和毒液威力方面，只有亚洲的哈玛德里耶胜过她。

　　除克鲁萨达之外，还有没到会的；不过，蝰蛇们都装作没留意她们的缺席。

　　然而，她们还是不得不转过头去，看见蕨类植物之间露出一个脑袋，上面长着一双炯炯有神的大眼睛。

　　"可以进来吗？"客人高兴地说。

　　有如一股电流传遍所有的身体，那些蝰蛇一听见那条蛇的声音，都昂起头来。

　　"你来这儿想要什么？"兰塞奥拉达怒冲冲地大声说。

　　"这里可不是你的地盘！"金乌鲁图嚷道，第一次显出活泼的迹象。

　　"出去！滚出去！"有几条蛇十分不安地大声说。

　　但是，特里菲卡用清晰并且发颤的嘘声，终于让别人听见了她的声音。

　　"朋友们！别忘了我们是在开代表大会，大家都知道大会的规则：开会期间，谁都不能采取暴力行动。请进，阿纳孔达！"

　　"说得好！"尼亚卡尼纳暗含讥讽地大声说，"我们女王说的崇高的话，使我们放心了。请进，阿纳孔达！"

　　阿纳孔达那活泼的和让人有好感的头在朝前行进，后边拖着的是她黑色的富有伸缩性的两米半长的身体。她在所有的蝰蛇面前爬过，和尼亚卡尼纳交换了机智的目光，满意地发出轻微的嘘声，在特里菲卡身旁把身子盘绕起来，特里菲卡不由得浑身发抖。

"我让你不舒服了吧？"阿纳孔达彬彬有礼地问她。

"没有，一点儿也没有！"特里菲卡答道，"毒腺胀得厉害，弄得我不舒服……"

阿纳孔达和尼亚卡尼纳又交换了一次讥讽的目光，随即专心于开会。

大会对新来者呈现极其明显的敌意是有正当理由的，对此不得不予以尊重。除马来亚蟒蛇之外，阿纳孔达是形形色色无毒蛇的女王。她力大无比，任何血肉之躯的动物，都受不了她的拥抱。每当她十米长黑丝绒般带大斑点的光滑身体，开始从树木的枝叶间钻出来时，整个大森林都会抽搐、战栗起来。不过，阿纳孔达十分强大，对谁都不仇视（只有一个例外），而这种价值观使她与人类保持永远友好的关系。如果说她憎恨谁的话，那当然就是毒蛇，所以蝰蛇们在彬彬有礼的阿纳孔达面前感到惶惶不安。

阿纳孔达不是这个地区土生土长的雌蛇。她本来在巴拉那河波涛汹涌的水上漂泊，有一次涨大水时来到这里，就留下了；她很喜欢这个地方，跟大家的关系都很好，尤其跟尼亚卡尼纳结下了深厚的友谊。此外，她当时还很小，远未达到她快乐的祖父母的十米身长。她的身长虽说才两米半，力气却比实际该有的大了一倍，很了不起；一次傍晚，这条漂亮的蟒蛇竟能把上半身露出水面，横渡亚马孙河嬉耍。

在精神不集中的大会上，阿特罗斯起来发言。

"我认为，我们可以开会了。"她说，"首先，我们必须了解克鲁萨达的情况。她答应过马上就回这儿来。"

"她答应过，"尼亚卡尼纳插话说，"有可能的话她就回这儿来。我们得等她。"

"为什么？"兰塞奥拉达问道，不屑于把头转向那头无毒蛇。

"你怎么问为什么呀？"尼亚卡尼纳仰起头大声说，"只有兰塞奥拉达这样的蠢材才会问这种话……！大会上没完没了的胡说八道，我都听累了！你竟认为只有毒蛇才能代表整个蛇族！除了她（她用尾巴指了指兰塞奥拉达），没有人不知道，我们的计划恰恰取决于克鲁萨达将给我们带来的消息……为什么要等她？……如果控制这次大会的蛇的智力只会问这种问题，我们可要失望了！"

"不要侮辱人。"科阿蒂亚里塔严肃地指责道。

尼亚卡尼纳转身对她说：

"该你管这件事吗？"

"不要侮辱人。"这条小蛇又庄严地说。尼亚卡尼纳考虑到这条受宠的小蛇自尊心很强，便改变了说话的口气。

"这位细小的表姐妹说得对。"她最后平静地说，"兰塞奥拉达，请原谅。"

"我什么都不知道！"这条蛇怒气冲冲地回答。

"没关系；我再次请你原谅。"

幸好暗中察看洞口的珊瑚蛇这时发着嘘声进来说：

"克鲁萨达来了！"

"到底来了！"与会代表们欣喜地大声说。

但是，当她们看到跟在这条洞蛇之后进来的，是一条根本不认识的大蝰蛇时，她们的欣喜就转而成了惊愕。

克鲁萨达过去躺在阿特罗斯身旁，这时那条不请自来的蝰蛇在洞穴当中缓慢而又慎重地把身子盘起来，然后一动不动地待在那儿。

"特里菲卡！"克鲁萨达说，"要欢迎她。她是我们的蛇。"

"我们是姐妹！"那条响尾蛇连忙说，同时不安地观察那条新来的蛇。

所有的蝰蛇都好奇得要命，纷纷向新来的蛇爬去。

"她很像是无毒蛇的表姐妹。"一条蝰蛇略显轻蔑地说。

"对呀。"另一条蝰蛇也说，"她的眼睛很圆。"

"尾巴好长。"

"而且……"

她们突然不作声了，因为那条陌生的蛇一下子把脖子鼓得很大。这种动作只持续了一秒钟；这条新来的蛇一边把脖子上的皮褶收缩起来，一边转过身去，用变了样的嗓音对她的朋友说：

"克鲁萨达，告诉她们别靠我太近……我控制不了自己。"

"好啦，别烦她！"克鲁萨达大声说，说完又加一句，

"而且，她刚刚救过我的命，也许她还会救我们大家的命。"

不需要再说什么了。代表大会就这样专心听了一会儿克鲁萨达的叙述，她必须把遇到了狗，戴黑框眼镜的人用的捕蛇套，哈玛德里耶的绝妙计划，最后的灾难，以及她在回来前一小时昏昏睡去的种种情况，都说出来。

"结果是，"她总结说，"有两个人，两个最危险的人脱离了战斗。现在我们要做的就是消灭余下的那些人。"

"也许还要消灭那几匹马！"哈玛德里耶说。

"也许还要消灭那只狗！"尼亚卡尼纳补充说。

"我认为要消灭那几匹马。"铜冠王蛇坚持说，"我的根据是：要是那几匹马活下来，只要一个人就能制备出成千试管血清，他们用这些血清就能抗我们的毒。你们都很明白，像昨天那样咬到静脉的机会是少有的……所以我坚持，我们都必须去攻击那几匹马。然后再看要干什么。至于那只狗，"她斜瞥了尼亚卡尼纳一眼，下结论说，"我觉得不值一提。"

显然，那条亚洲巨蛇和当地的尼亚卡尼纳一开始就彼此不和。前者具有有毒动物的特点，代表的是"猎手"中较低的种类，而后者因为既有力又敏捷，往往引起哈玛德里耶的仇恨和嫉妒。所以，毒蛇和无毒蛇之间年深月久而又摆脱不了的敌意，在这最后一次代表大会上变得更加强烈了。

"在我看来，"尼亚卡尼纳答道，"在这场战斗中人和马都是次要的。我们一定能消灭马和人，这是再简单不过的事，比起对付狗来，简直不算什么；第一天他们照例会让狗来搜索，在二十四小时之内他们肯定会这么干。一只抗蛇毒的狗根本不怕咬，连这位脖子上戴帽的女士咬他，他也不怕。"她指着身旁的铜冠王蛇补充说，"这样的狗是我们遇到的最可怕的敌人，尤其要记住，这个敌人受过追踪我们的训练。克鲁萨达，你有什么看法？"

大会上谁都知道，把这条毒蛇和无毒蛇团结在一起的，是种特殊的友谊；比友谊更重要的，也许是她们对彼此智慧的尊重。

"我同意尼亚卡尼纳的看法。"她答道，"狗要是进攻我们，我们就完蛋了。"

"不过，我们可以先发制人！"哈玛德里耶反驳说。

"我们不可能先发制人……我坚决支持这位表姐妹的意见。"

"我相信这一点。"尼亚卡尼纳平静地说。

听了这句话，铜冠王蛇更是气得牙里胀满了毒液。

"我不知道这位多嘴小姐的意见有多大价值。"她说着转过头去斜了尼亚卡尼纳一眼，"在这种情况下，对我们高举死神黑旗的毒蛇来说，这才是真正的危险。无毒蛇很清楚，人类根本不怕她们，因为她们绝对没有让人害怕的本事。"

"这话说得太棒了！"一条没发过言的蟒蛇说道。

哈玛德里耶听出这条蛇平静的语气里隐含的讽刺意味，

她连忙转过头去，看见有两只神采奕奕的眼睛文静地看着她。

"你是跟我说话吗？"她鄙夷地问道。

"对，是跟你说话。"插嘴者柔和地答道，"你说的话充满了深刻的真理。"

铜冠王蛇又感受到原先那种讽刺意味，出于一种预感，她匆匆目测一下盘身在阴影里的对话者的身长。

"你是阿纳孔达！"

"你说对了！"阿纳孔达点头回答。

可是，尼亚卡尼纳想一下子澄清所有的事情。

"等一等！"她大声说。

"不！"阿纳孔达打断她的话，"让我说，尼亚卡尼纳。一个生物只要成长健全，敏捷、强壮而又勇敢，用精神和肉体的力量制伏敌人，这才是他的光荣——一切有创造力的斗士都是这样的。鹰、猞猁、老虎和我们这些身心高尚的生物，都是这样打猎的。要是一个生物长得迟钝、笨重、不太聪明，又不能为求生而堂堂正正地战斗，那就只能用一对毒牙去暗算，就像那个自以为了不起的太太那样，老爱向我们炫耀她的大帽子①！"

果然，怒气冲天的铜冠王蛇已经鼓起大得惊人的脖子，要向那个傲慢的家伙扑过去。可是，全体与会者看到这种情

---

① 此处的"大帽子"及前文的"耳朵""大脖子"等，均指眼镜蛇激怒时膨大的颈部。

况，都威胁地站起来。

"注意！"许多蛇同时喊道，"代表大会是不容冒犯的！"

"快把你的脖子放低！"阿特罗斯站起来说，她的眼睛发出红光。

哈玛德里耶发着愤怒的嘘声，把头转向她。

"把你的脖子放低！"金乌鲁图和兰塞奥拉达往前爬去。

哈玛德里耶狂乱地抗拒了一会儿，心里盘算自己一定能不费力地各个摧毁对手。可是面对整个大会的战斗姿态，便慢慢把脖子低下去。

"好吧！"她发出嘘声说，"我尊重代表大会。不过我要求，大会闭幕时……她们不能向我挑衅！"

"没有谁会向你挑衅。"阿纳孔达说。

铜冠王蛇怀着不露痕迹的仇恨向她转过头去，说道：

"除了你还有谁？因为你怕我！"

"我怕你！"阿纳孔达说着往前迈步。

"和平，和平！"大家又喊，"我们在做很坏的榜样！我们得马上决定该干什么！"

"对呀，该是做决定的时候了。"特里菲卡说，"我们要研究的计划有两个，一个是尼亚卡尼纳提的，一个是我们的盟友提的。我们是从攻击那只狗入手，还是尽全力进攻那几匹马？"

她们大多数也许倾向于采纳无毒蛇提出的计划，但是亚洲蛇的外貌、身材和所显示的智慧，都给对她有好感的代表大会留下了良好印象。对付研究人员时她所做的出色配合，至今仍然活生生地浮现在蛇们的脑海里，不管她所提出的新计划结果如何，已经消灭了两个人却是确凿的事实。而且，除尼亚卡尼纳和克鲁萨达之外（她们已经投入过战斗），当时谁也没有注意到，一只抗毒的和会追踪蝰蛇的狗是多么可怕的敌人。这样就可以明白，为什么铜冠王蛇的计划终于占了上风。

时间已经很晚，马上进攻也是生死攸关的问题，她们便决定出发。

"那就前进！"响尾蛇最后说，"谁还有什么话要说？"

"没有！"尼亚卡尼纳大声说，"除非是说会让我们后悔的话。"

从洞里出来的是各种蝰蛇和无毒蛇的代表，她们的数量大大增加，纷纷冲向研究所。

"还有一句话！"还是特里菲卡提出警告，"战斗进行中我们还算是在开代表大会，我们要互不侵犯！明白吗？"

"说得对，说得对；别再说了！"大家发嘘声说。

阿纳孔达从铜冠王蛇身旁走过时，铜冠王蛇阴郁地看着她说：

"以后……"

"当然！"阿纳孔达快活地打断她的话，同时箭似的带头向前冲去。

十

研究所职工守护在被洞蛇咬伤的那位职员床旁。马上就该天亮了。一个职员从吹进夜间温暖空气的窗子探出头去，觉得一个棚屋里有响声。他倾听了一会儿说：

"我觉得声音出在马棚里……去看看，弗拉戈索。"

弗拉戈索点亮马灯就出去，这时另外几个人都警惕地注意听着。

没过半分钟，就听见院子里传来急促的脚步声，弗拉戈索回来，吓得脸色煞白。

"马棚里到处是蝰蛇！"他说。

"到处都是？"新所长问，"你说什么？出什么事了？"

"我不知道……"

"我们去看看。"

他说着急忙出去。

"大宝！大宝！"所长叫那只躺在伤员床下在梦中嚎叫的狗。所有的人都跑进马棚去。

马棚里，在马灯灯光下，他们看见马和骡子在用蹄子踩踏爬满马棚的七八十条蝰蛇。两匹牲口发出嘶鸣，而且快速地踢饲料槽；蝰蛇们像是得到很高明的指导，避开攻击，猛咬敌人。

研究所人员来得太急，一进棚屋便跌倒在蝰蛇当中。入侵的蛇突然受灯光照射，停顿了片刻，但马上便嘘嘘作响地发起新的攻击，马和人乱作一团，弄得她们不知道攻击谁才好。

这样一来，研究所人员发现他们被蟒蛇团团围住了。弗拉戈索感觉到在他靴子上边，距膝盖半厘米的地方被咬了一口，便挥动棍子（这棍子又硬又柔韧，林中人家永远少不了它）揍攻击者。新所长把一条蛇劈成两截；另一位职工飞速砸烂狗脖子上的一条蛇的头，这条大蛇刚刚以惊人的速度把狗脖子缠绕起来。

这局面持续了不到十秒钟。棍子猛抽在勇往直前乱咬靴子、力图爬上人腿的蟒蛇身上。在马嘶、人喊、狗吠和蟒蛇的嘘嘘声中，对防守者的进攻压力越来越大，这时弗拉戈索向他认为认得的一条大蛇猛扑上去，飞速踩上她的身体，便摔倒地上，马灯也摔得粉碎，熄灭了。

"撤退！"新所长喊道，"大宝，过来！"

他们退往院子，狗跟在他们身后，这只狗很幸运，能够从蟒蛇的缠斗中挣脱出来。

他们脸色苍白，气喘吁吁，面面相觑。

"这情况太可怕了……"所长低声说。

"我从来没见过这种情况……这个地区的蟒蛇怎么啦？昨天，她们咬伤了两个人，配合得十分默契……今天……幸亏她们不知道，她们乱咬，为我们救活了马和骡子……马上要天亮，情况就不同了。"

"我仿佛看见她们之中有那条铜冠王蛇。"弗拉戈索在绑紧疼痛的腕部肌肉时无意中说道。

"对呀。"另一个职工也说，"我清清楚楚地看见她了。大宝呢？他没事吧？"

"可不是，他给咬得很厉害……幸亏无论怎么咬，他都抗得住。"

他们回到伤员身边，他的呼吸改善多了，现在正在大出汗。

"天开始亮了。"新所长把头探出窗外说，"安东尼奥，您留在这儿。弗拉戈索和我一起出去。"

"我们带捕蛇套吗？"弗拉戈索问。

"啊，不带！"新所长摇摇头回答，"一会儿我们就能把其余的蝰蛇全都捉住了。这些蛇太特别了……我们得带棍子，无论如何得带上砍刀。"

十一

进攻抗蛇毒血清研究所的敌人没有什么特别的地方，只是一些蝰蛇在面临巨大危险时，能把各种蛇的智慧集中起来。

马灯打碎后，周围突然一片黑暗，提醒战士们将有更强的光和更猛烈的抵抗的危险。此外，她们从空气的湿度，感觉到即将天亮了。

"我们要是再待一会儿，"克鲁萨达喊道，"他们就会切断我们的退路。撤退！"

"撤退，快撤！"大家都大声嚷嚷。

她们互相践踏着急急忙忙冲向旷野。她们看见远方天已破晓，便惊慌失措，溃不成军地蜂拥败走。

她们逃走二十分钟后，听见清晰而尖锐的狗吠声，不过那声音距离还远，这一长列气喘吁吁的队伍便停了下来。

"等一等！"金乌鲁图大声说，"看看我们有多少存活，该干些什么。"

她们在熹微的晨光中检点自己的兵力。十来条蛇死于马蹄之下，其中有两条是珊瑚蛇。阿特罗斯被弗拉戈索砍为两截；德里莫比亚想勒死狗的时候，脑袋给咬碎了。科阿蒂亚里塔、拉迪内亚和博伊佩瓦都死了；总计死亡的战士达三十二个之多。除一条蝰蛇之外，其余的都被磕伤、踩伤、踢伤，破损的鳞片上满是尘土和鲜血。

"这就是我们作战的成绩。"尼亚卡尼纳辛酸地说，停下把头在一块石头上蹭上片刻，"祝贺你，哈玛德里耶！"

尼亚卡尼纳是最后逃出来的，所以她把在马棚紧闭的门背后听见的话，独自记在心里：她们不是去杀那匹马和骡子，而是去救他们，他们恰恰是因为缺乏蛇毒而变虚弱了！

大家知道，对于接种了抗蛇毒血清的马匹来说，蛇毒就跟水一样，是他们日常生活所必需的，如果缺了蛇毒就会死。

她们后面又传来一阵狗吠声。

"我们是危险临头了！"特里菲卡大声说，"怎么办？"

"躲进洞去！"大家一边飞快滑行，一边嚷嚷道。

"你们真是疯了！"尼亚卡尼纳边跑边大声说，"你们都挤到那儿会挤死的！听我的话，快散开！"

逃命的蛇们犹犹豫豫地停下来。她们虽已惊慌失措，当有人告诉她们散开是唯一的拯救办法时，她们便狂乱地茫然四顾。只要有一个支持的声音，她们一听到便决定要散开。

可是，威风扫地的铜冠王蛇第二次进行控制的企图遭到了失败，对这个从此对她满怀敌意的地区，心中只有仇恨；她宁愿失去一切，也要把其他蛇类吸引到自己一边来。

"尼亚卡尼纳疯了！"她大声说，"我们一分散，就会被逐个杀死，无法自卫……洞里就不同了，躲到那儿去吧！"

"对呀，躲到洞里去！"惊恐的一长队边逃边回答，"快到洞里去！"

尼亚卡尼纳看到这种情况，明白他们正在走向死亡。这些怯懦的、溃败的、吓得发疯的蝰蛇，无论如何都是在断送自己！她高傲地伸了伸舌头，靠自己的爬行速度是能够安然无恙的，却朝着死的方向爬去。

爬行中她感到旁边有条蛇，一看认出是阿纳孔达，十分高兴。

"看见了吧，"她笑着对阿纳孔达说，"那条亚洲蛇要把我们引到哪儿去！"

"是呀，真是个存心不良的家伙……"阿纳孔达跑在尼亚卡尼纳身旁低声说。

"现在她正带她们大家一起去送死……"

"至少，"阿纳孔达忧心忡忡地提醒道，"她不会是心甘情愿去……"

两条蛇说着加快了速度，要赶上那一长队蛇。

她们赶上了。

"等一等！"阿纳孔达两眼炯炯有神地爬向前去说，"你们不知道，可我很明白，在洞里，我们没有一条蛇能活上十分钟。那代表大会和大会订立的规则就都完蛋了。是不是这样，特里菲卡？"

大家沉默了很久。

"对，"不知所措的特里菲卡低声说，"就完蛋了……"

"那么，"阿纳孔达对大家回过头去继续说，"在死去之前我想……啊，最好这样！"说完看见铜冠王蛇正缓缓向她爬来，她感到十分满意。

那可不是进行决斗的理想时刻。可是，自从这个世界成为世界以来，没有什么事物，连人类出现在一条毒蛇和一条"猎手"之前，都不能防止她们解决她们之间的私事。

第一个回合有利于铜冠王蛇：她的毒牙连牙床都深深扎进了阿纳孔达的脖子。阿纳孔达则以蟒蛇所特有的神妙回击动作，给对方以致命的打击；她把身体像根鞭子那样扑上前去，把哈玛德里耶缠住，一下子就使她喘不过气来。蟒蛇把自己吃奶的力气都集中在这次缠绕中，逐渐收拢她钢铁般缠绕的圈子；不过，铜冠王蛇并不急于松口。过了片刻，阿纳孔达甚至听见自己的头被哈玛德里耶的牙齿咬得咔吧响。她终于使出全身力气作最后一搏，这种意志力的闪现造成对她有利的平衡。铜冠王蛇憋得半死，她留着唾沫的嘴松开了，而阿纳孔达不受拘束的头却紧紧咬住了哈玛德里耶的身体。

肯定是她用可怕的拥抱使对手慢慢不能动弹了；她的嘴从对手的脖子逐渐往上挪，用短而结实的牙齿咬，这时铜冠王蛇的头拼命摇晃。阿纳孔达的九十六颗牙齿一直在往上挪，挪到有颈褶的地方，再往上到了喉咙，最后扎进敌人的头部，被咬碎的头骨发出低沉而冗长的断裂声。

一切都结束了。蟒蛇松开缠绕的圈，铜冠王蛇结实的身体沉重地滑到地上，死了。

"至少我感到高兴……"阿纳孔达低声说，同时晕倒在那条亚洲蛇身上。

这时，蝰蛇们听到那只狗的尖锐吠声，已从不到百米远的地方传来。

她们十分钟前都惊恐万状地在洞口乱踩乱挤，现在却眼冒愤怒的烈火，感到必须为整个大森林进行殊死斗争。

"进洞里去！"有几条蛇喊道。

"不，留在这儿！我们死也要死在这儿！"大家气喘吁吁地发出嘘声说。

她们在阻断了一切退路的石墙前面，把身体盘绕起来，高高昂起脖子和头，眼睛发出炭火一般的红光，耐心等待着。

她们没等多久。天色还很暗淡，在丛林的黑色背景上，她们看见了新所长和弗拉戈索两个人高高的身影，他们用皮带拉着在往前猛冲的狂怒的狗。

"完了！这次是彻底完了！"尼亚卡尼纳低声说，她用简短的两句话，向她刚刚下决心为之献身的十分幸福的生活告别。

她迎着那只狗猛扑上去；那只狗已被撒开，满嘴冒白沫，冲向蝰蛇。那狗避过攻击，怒气冲冲地扑到特里菲卡身上，特里菲卡的毒牙深深扎进了狗的口鼻部。大宝拼命摇头，要把咬他的蛇甩到半空中；可是这条蛇就是咬住不放。

纽维德找到有利时机，把毒牙深深扎进那只狗的腹部；可是这时两个人也来攻击蝰蛇。特里菲卡和纽维德腰部被打破，一会儿工夫都命丧黄泉了。

金乌鲁图被砍成两截，西波也遭同样命运。兰塞奥拉达成功地咬住了狗的舌头；可是两秒钟之后，就被棍子三两下打得尸分三段，落在埃斯库拉皮亚身旁。

战斗（倒不如说是灭绝行动）在蝰蛇的嘘嘘声和无处不在的大宝的狂吠声中激烈进行。蝰蛇们没有得到饶恕（她们也没有求饶），一条跟着一条死去，她们的头颅有的被狗咬碎，有的被人打碎。她们在召开最后一次代表大会的洞穴跟前，统统遭到屠杀。最后倒下的蛇中，有克鲁萨达和尼亚卡尼纳。

已经没有一条蛇活下来了。两个人是那天的胜利者，他们坐下来，仔细观察那场对蛇类的大屠杀。大宝站着直喘气，虽有很强的抗蛇毒能力，还是显示了一些中毒迹象。他被蛇咬了六十四下之多。

两个人起身要离开时，第一次注意到阿纳孔达，她正在苏醒过来。

"这条蟒蛇在这里干什么？"新所长说，"这里不是她活动的区域……看来她跟铜冠王蛇较量过……用她的方式为我们报了仇。我们如果想救她，得费许多事，因为看样子她中毒不轻。我们带上她。有朝一日，她也许会把我们从那伙毒蛇痞子手里救出来。"

两个人用一根棍子抬着阿纳孔达走了。她受了伤，身上没有一点力气，一路上想着尼亚卡尼纳，想着她的命运，想着她稍稍具有的傲气，这些可能跟她自己颇有相似之处。

阿纳孔达没有死。她和人们一起生活了一年，她十分好奇，什么都想观察和了解，后来在一天夜里，她走了。阿纳孔达沿巴拉那河溯流而上，到达比瓜伊拉更远的地方，到达更远的致命的海湾（巴拉那河在那里被叫作死亡之河），旅行长达数月之久；她这次所经历的奇怪生活，她同她的兄弟一起在发大水的浑浊河流上的第二次旅行——所有这些造反并进攻凤眼兰的故事，都是后话，以后有机会时再细说。

死去的人

　　那汉子用砍刀刚刚清除完香蕉园里五行地段的杂草。还有两行没干完；不过，这两行长满了油腺巴豆和野生锦葵，比起前边的活儿来省事多了。因此，那汉子向已经砍倒的灌木丛投去满意的一瞥，要跨过铁丝网，到雀稗地上躺一会儿。

　　可是，当他压低有刺铁丝网把身子跨过去时，他的左脚在一块从木桩上掉下的树皮上滑了一下，便把手里的砍刀弄掉了。那汉子摔倒时觉得自己好像摔得很远，没看到砍刀正好落在他摔倒的那块地上。

现在他已经正如他所希望的那样躺到雀稗草上，右侧身体着地，他刚才还大张的嘴，也已闭上了。他的膝关节弯起，右手压在胸口，这正合他的心意。只是在他前臂下边的腰部后面，从他的衬衫里露出砍刀的刀把和半截刀身，砍刀的其余部分却看不见。

那汉子试图挪动自己的头，可是白费力气。他斜看了刀把一眼，刀把上有他的手汗，仍是湿乎乎的。他心里估计出砍刀插入他腹部的宽度和深度，更冷静、准确、无情地断定，自己生命的大限就快到了。

死亡。在生命的流逝过程中，人们时常会想到，经过无数预备性的年、月、星期和日子，总有一天轮到自己走到死亡的门槛。这是必须接受的和可以预见的不可避免的法则。我们过于经常地让自己愉快地想象到那个时刻，其中尤其是想象到咽下最后一口气的那个时刻。

不过，在现在和咽气之间这段时间里，在我们还活着的时候，我们可能会有什么样的梦想、心神不宁、希望和不幸事件！在从人生舞台上消失之前，我们还要如何保存这个生机勃勃的生命！我们离死亡和许多意外事故是如此遥远，我们仍然要活下去！这就是在谈到死亡话题时，我们还能感到安慰、快乐和振振有词的缘故！

　　还……？还没过两秒钟，太阳恰好还在同一高度；影子连一毫米也没有挪动。突然，就在谈到死亡话题的这一长段时间里，决定了躺着的那个汉子的命运：他正在死去。

　　死亡，可以认为，他是躺得很舒服地死去的。

　　不过，那汉子睁开眼睛，看了看。过了多少时间啦？世界又发生了什么灾变？什么可怕事件使大自然一片混乱？

　　他快要死了。他正在冷漠地、不幸地和不可避免地死去。

　　那汉子抗拒着——这可怕的事太意外了！他想：这是一场噩梦，确是一场噩梦！有什么变化吗？什么变化也没有。他放眼望去，难道那个香蕉园不是他的吗？难道他没有每天早上来清理香蕉园吗？谁认得这就是他？香蕉园他看得非常清楚，园里十分稀疏，那些宽宽的叶子显露在阳光下。叶子就在那里，很近，都被风吹破了。可是现在却一动不动……这是中午的宁静，马上就该十二点了。

　　透过香蕉林，在那边高处，那汉子从坚硬的地上看见了他家的红屋顶。在左边，他隐约看到树林和新开的桂皮树种植地。他再也看不见什么了，不过他很清楚，他的背是躺在通往新港的路上，在他头部方向的下方，巴拉那河宽得像湖一样静静地流过山谷。一切，一切确实都跟往常一样；骄阳似火，颤动的空气显得无比荒凉，香蕉树凝然不动，张在又粗又高的木桩上的铁丝网马上就要挪动了。

　　死亡！但是这有可能吗？那么多天都在黎明时分持砍刀

走出家门的，不就是这个汉子吗？他的那匹马——他的拉卡拉，不就在离他四米远的那个地方，小心翼翼地闻着有刺铁丝吗？

听！有人在吹口哨……他看不见，因为他仰卧在路上；可是他听得见马蹄在小桥上发出的响声……这是那个小伙子，他每天上午十一时半都到新港去。他总在吹口哨。从几乎碰上他靴子的那根剥了皮的木桩，到把香蕉园和路分开的那道树篱，有十五米距离。这一点他十分清楚，因为在安铁丝网时丈量过这段距离。

那么，出什么事啦？在米西奥内斯，在他的树林里，在他的牧场上，在他稀疏的香蕉园里，在许许多多中午，这是不是一个平常的中午？当然是！矮矮的雀稗草，蚁垤，宁静，直晒的太阳……

没有，什么也没有改变。只有他不同了。连续五个月他亲自锄过的牧场，他独自用双手清理过的香蕉园，在两分钟前就跟他，跟他这个活人没有任何关系了，跟他的家庭也没有关系了。由于一块溜滑的树皮和一把插进腹部的砍刀所造成的后果，他突然地（也是必然地）被迫离开了。两分钟前，他在死去。

那汉子感到十分疲乏，身体躺在雀稗草上，面对所见到的平常而又单调的景物，始终抗拒接受这种意义重大的现象。他很清楚，时间是中午十一点……那小伙子每天都在这时刚刚从桥上走过。

可是他竟会滑倒，这是不可能的……！他的砍刀把儿（它已经有点儿损毁，很快就该换新的了）正好压在他左手下和有刺铁丝网之间。在森林里居住了十年，他已熟知怎样使用森林砍刀。那天上午他只不过干活干得太累了，像平常那样休息片刻。

证据……？他亲手种在相距一米的几块地里的雀稗草，现在正伸进他嘴里！那是他的香蕉园；那是他的马——拉卡拉，正在有刺铁丝网前小心翼翼地喘粗气！他很真切地看见了那匹马，知道它不敢从铁丝网的拐角处拐过去，因为他就躺在那根木桩下。那根木桩他看得十分清晰；他还看见从马的肩隆和臀部流下的一道道黑色汗水。太阳直晒下来，宁静极了，香蕉树上连一根花穗都不动。每天都跟那天一样，看见的是同样的事物。

……他疲倦极了，可他只是在休息。准是已经过了好几分钟……就在十一点四十五分的时候，从上边那所红屋顶农舍那儿，他的妻子和两个儿女正动身去香蕉园找他去吃午饭。在听见别的声音之前，他总是先听见喜欢挣脱母亲的手的小儿子喊"亲爸爸，好爸爸"的声音。

那不是吗？……当然，他听见了！吃饭时间到了。他果然听见小儿子的喊声……

多可怕的噩梦……！不过，这当然是许许多多日子之一，跟所有的日子一样平常！光线太亮；有许多发黄的影子；像是烤肉炉里静悄悄的热气，使站在禁止通行的香蕉园前的那匹一动不动的拉卡拉热得浑身流汗。

……非常乏，太疲倦了，仅此而已。他有多少次像现在这样，在中午穿过那片牧场回家，牧场是他来到时新开辟的，以前本是原始山地！以往他也是非常疲倦时左手提着砍刀，迈着缓慢的步子走回家去。

要是愿意，他还可以从思想上让自己离开；要是愿意，他可以立刻抛弃自己的身体，从他建造的分水角上观赏永远是平平常常的景色：长满粗硬雀稗草的满是火山岩的地方；香蕉园及园里的红沙；隐约出现在斜坡上的铁丝网，朝那条路拐成直角。在更远的地方，还能看见他亲手开辟的牧场。在一根剥了皮的木桩脚下，他正好跟往日一样身体右侧躺在地上，腿蜷着，看得见自己像放在雀稗地上晾晒的一小堆东西，在那里歇着，因为他累了……

那匹马汗流如注，站在铁丝网拐角上小心站着，一动不动，它也看见了躺在地上的汉子，虽然很想走进香蕉园，却不敢。随着一阵阵"亲爸爸"的叫声越来越近，它把一动不动的耳朵长久地转向那一小堆东西；它终于放心了，决定从那根木桩和那个躺在地上的人（他已经安息了）之间走过去。

漫漫长夜

在一个河水上涨的日子，上巴拉那河浪花飞溅的水流浩浩荡荡，把我从圣伊格纳西奥带到设在圣胡安的糖厂，这条水道长达六英里，而穿越沙洲下行的水道也有九英里长。

四月以来，我一直在等待这次河水上涨。我乘独木船在巴拉那河上的航行，因为河水枯竭，以那个希腊人大光其火而告终。他是英国海军的一名老水手，也许从前曾经在他故乡的爱琴海上当过海盗，更可以肯定的是，他在圣伊格纳西奥当过十五年走私酒贩子。而现在，他是我河上航行的老师。

"好了。"他看到波涛汹涌的河流就对我说，"您当半个水手——半个正规水手，现在可以及格了。不过，您还得知道一件事，就是要了解涨大水时的巴拉那河。您看见埃尔格雷科濑上的那块石头了吗？"他指给我看，"好了；河水一涨到那儿，沙洲上的石头就看不见了，那时要是能在特尤夸雷河上毫不在乎地打着哈欠到处航行，而且安全返航，那才能夸口说您有一手。您还要多带一把桨，因为肯定会弄坏一两把。把您家里上千桶煤油带上一桶，还要用蜡封结实。就是这样，您还完全有可能被淹死。"

因此，我多带了一把桨，平静地让自己被带到特尤夸雷河去。

随洪水漂下来的许许多多至少半截树干、腐烂的禾草、泡沫和淹死的野兽，都滞留在那里很深的回流水面上。那里的水上聚集了许多东西，看起来像一片陆地，渐渐堆积到岸边，像一块块破碎的浅滩从河岸边滑过——因为这一大片平静的水面变成了真正的藻海。

由于漂移的椭圆形物体在渐渐增大，水流带来的那些树干，终于迅速翻滚着顺流而下，从特尤夸雷河的最后一个浅滩前上下颠簸地通过；屹立在那里的峭壁高达八十米。

两岸的悬崖垂直阻断了特尤夸雷河，伸进河里，使河床缩小三分之一。遇到这些悬崖的巴拉那河，为了寻求出路，形成一系列无法通行的急流，在水浅的时候驶船人即使再当心也通不过。也没有办法避开这些急流，因为河的中流湍急流过悬崖形成的狭窄通道，在有浅滩的地方展宽成奔腾的弯流，注入下游的平静水面中去，那里有长长的一条不移动的泡沫，成为这个水面的界线。

现在是我自己在这条急流上航行了。我像流星一样通过急流，陷入河道上奔泻的激流中，水流拖着我走，一会儿让船尾朝前，一会儿又让船头朝前。我用桨必须十分理智，交换划水以恢复船的平衡，因为我的独木船宽六十厘米，重三十公斤，而且整条船都只有两毫米厚；只要用指节猛敲，就能使之大受损伤。但是，这条船的种种不利之处却产生了难以置信的速度，使我得以不分南北西东地强渡河流，当然，我永远时刻记住这条船的不稳定性。

总之，混迹在跟我一样静止不动的木棍和种子之间，我一直在漂流，在平缓的水上飞速顺流而下，在托罗岛之前经过，把亚韦比里河河口、圣安娜港口抛在后头，到了糖厂，立刻从糖厂返回；虽然如此，我还是希望在当天傍晚回到圣伊格纳西奥。

不过，我犹豫不决地停在圣安娜了。希腊人说得对：水位很低和正常时的巴拉那河是一种情况，发大水时的巴拉那河是十分不同的另一种情况。甚至乘坐我的独木船，在溯流而上时，那些克服过的急流还会让我担心，不是因为要出力克服它，而是因为可能把船弄翻。大家知道，浅滩会形成一道急流和相邻的一片平缓水面；危险恰恰就在这里：因为船从静止的水面出去，往往都会照直碰上一道飞速经过的急流。要是船只很坚固，就丝毫不必担心；可我的独木船在光线很差的情况下，很容易会头朝下扎入急流里去。夜已来临，我准备把独木船拖上岸，等第二天再走，这时我看见一男一女从陡岸上向我走来。

他们像是一对夫妇，外地人，凭眼睛判断，他们穿的是家乡常穿的那种服装。男人穿的衬衫袖子卷到肘部，不过卷折处看不到一点儿劳动留下的污迹。女人身穿一件像长围裙的外衣，一根油布腰带系得很紧。总之，他们是整洁的中产者，显出这类人心满意足和安乐的神态，肯定他们是靠别人的劳动支付生活费用的。

这两个人亲切地打过招呼，便好奇地端详起我玩具般的独木船来，然后又看看那条河。

"您留下来很对。"他说，"河上的情况这么差，夜间是不能走船的。"

女人调整一下她的腰带。

"啊，有时不能走船。"她妩媚地微笑着说。

"当然！"男人说，"这跟我们不相干……我说的是这位先生。"

接着对我说：

"您要是想留下，我们能为您提供很舒适的条件。两年前我们开了一间小铺子，是小买卖；不过，一个人总得干能干的事……对不对，先生？"

　　我欣然同意，跟着他们到他们提到的那间小杂货店，这店确如他们所说的样子。我吃了晚饭，比在我自己家里吃的确实是好得多，招待得无微不至，在那里舒服得像在做梦。我的中产者是两个杰出人物，又快乐又干净，因为他们什么也没干。喝过一杯香喷喷的咖啡，他们陪我去河滩，在那里把我的独木船往上拖到更高的地方，因为每当巴拉那河河水变红，河上出现许多漩涡，一夜就会上涨两米。他们二人又仔细看了看看不见的整条河。

　　"先生，您留下不走太对了。"男人又说，"特尤夸雷河在这样的夜里，像现在这样，是不能渡过去的。没人能够渡过它……除了我的妻子。"

　　我猛然向她转过身去，她又整了整她的腰带。

　　"您在夜里曾经渡过特尤夸雷河？"我问她。

　　"啊，渡过，先生……不过就一次……但我一点儿也不愿意这么干。那时候我们俩都疯了。"

　　"不过，这条河呢？"我坚持问。

　　"这条河，"男人插嘴道，"也疯了。您知道托罗岛周围的那些礁石，对不对？这些礁石现在一半露出水面。那天夜里什么也看不见……全是水，河水呼啸着从礁石上面流过，从这里都听得见。那是以前的事了，先生！这儿有一个那时的纪念品……您想擦根火柴吗？"

　　男人把裤子撸到膝盖上，在小腿肚的内侧，我看到一块很深的伤疤，像用粗针脚缝在那里的一块地图，很硬，而且闪闪发亮。

"看见啦，先生？这是那天夜里留下的纪念品。一块伤疤……不很大，也不……"

这时我记起依稀听到过的一件往事，这件传闻说的是一个女人划船整整一天一夜，运送她奄奄一息的丈夫。那就是那个女人——那个为成就而欣喜的干净利落的女中产者吗？

"对，先生，就是我。"不用说我是多么惊讶，对此她放声大笑起来，"不过，现在我宁可死千百次，也不想做任何尝试。那是从前的事，早已过去了！"

"永远过去了！"男人支持她说，"我一想起……我们那时都疯了，先生！我们要不是为失望和贫困所逼……是呀，那都是从前的事了！"

我相信这些话！即使他们那么干了，那也是从前的事了。可是，不弄清一些详情，我就不想去睡；在那里，在黑暗中面对这同一条河，除了我们脚下温暖的河岸什么也看不见，可是听得见河水不断上涨到对岸的声音，我认识到这就是发生那件夜间壮举的情景。

对当地的资源估计失当，这对夫妇带来的少量资金在新来垦殖者所犯的共同错误中逐渐亏损，有一天他们发现他们的资金已经耗尽。不过，他们是有勇气的人，用最后的几个比索买了一条不能使用的平底小船，千辛万难地修好船的龙骨；他们用这条小船在河上跑运输，为散住在沿岸一带的居民贩来甘蔗酒、橙子、朱丝贵竹、草料（全是小规模的买卖），在波萨达斯河滩上售卖；起初他们把握不住市场的脉搏，他们的货物几乎总是廉价出售。前一天刚到几桶甘蔗酒，他们就贩来几升；岸边的橙子刚发黄，他们就贩来了。

他们的生活十分艰难，每天都会遭到失败，思想上担心的净是不能在清晨到达波萨达斯河滩，不能马上划船溯巴拉那河上行。女人永远陪伴她丈夫，同他一起划桨。

在这样跑运输的日子里，有一天到了十二月二十三日，女人说：

"我们可以把我们的烟叶运到波萨达斯去，再从弗朗塞斯－库埃运香蕉来。回来时带些圣诞节糕点和彩色蜡烛。后天是圣诞节，在那些小杂货店里我们的货很好脱手。"

对此，男人说道：

"在圣安娜，我们卖不了很多；不过，我们可以把余下的货在圣伊格纳西奥卖掉。"

他们在当天下午，带着货顺流而下到达波萨达斯，以便在第二天凌晨天还黑的时候溯流返回。

然而，巴拉那河涨水了，浑浊的河水每分钟都在向上猛涨。热带雨同时在整个河谷上游倾泻而下，作为船工最忠实的朋友的大片平静水面，这时统统消失了。到处都在下雨，整条大河变成连成一大片的奔腾水流。远远望去这条河好像光滑的渠道，被拉成发亮的线条；就近从上方看，翻滚的河水像是布满漩涡的、缓缓移动的波纹绸。

可是，这对夫妇片刻也没有犹豫，就驾船在这样的河上逆航六十公里路程，他们的动力仅仅是为了挣到不多的几个钱。他们内心深处所具有的对钱财的天生爱慕，被眼前的贫困激怒了，虽然即将实现他们的黄金梦（这个梦想他们后来实现了），那时为了多挣五比索，他们要对付的却是整条亚马孙河。

于是，他们动身返航，女人划桨，男人在船尾使用撑篙。他们几乎不能向上游移动，虽然尽力在船上用劲，船到浅滩处每划二十分钟都必须加倍用力，在那里女人划的桨只能产生令人失望的速度，男人则要折弯了腰使出缓慢的大劲，才能把撑篙插入水中一米深。

他们就这样一成不变地度过了十到十五小时。小船轻轻擦过岸边的树木和禾草，在水流形成的闪光的宽阔大道上难以觉察地向上游航行；在掠过河岸时，这一叶小舟简直像一个毫不起眼的小物件。

这对夫妇豁出去了，他们可不是划桨十五六个小时就求饶的船工。不过，当圣安娜遥遥在望时，他们准备靠岸过夜，男人在踩上烂泥时咒骂一声，便跳回船上。在脚跟上方的跟腱上有个浅黑色的口子，边沿呈青黑色，已经肿了，露出鳐鱼的刺。

女人喊了一声，几乎喘不过气来：

"什么？……一根鳐鱼刺？"

男人双手抱住脚，抽搐着使劲压住伤口。

"对……"

"很疼吗？"她看见他的面部表情又说。他咬着牙说：

"疼极了……"

在这场严酷的斗争中，他的手麻木了，他们的脸色变冷峻了；他们互不交谈以保持精力。他们狂乱地要找出一个治疗方法。什么方法？什么也想不出来。女人突然想到：用烤焦的辛辣的辣椒。

"快点儿，安德烈斯！"她大声说着抄起船桨，"你躺到船尾，我来划到圣安娜去。"

男人的手一直紧紧握住脚踝，当他仰卧到船尾时，女人开始划船。

她一声不响地划了三个小时船，把她内心的痛苦集聚在绝望的缄默中，把心里会消耗精力的杂念统统清除。在船尾，男人则默默忍受着伤痛，因为鳐鱼刺（尚未排除是根有结节骨头的残片）所造成的剧痛是什么也不能相比的。只能不时发出一声叹息，这种叹息会不由自主地拖长，终至成为一声叫喊。可是，女人不听或是不愿意听他的叫喊；她仅有的生命迹象就是不时回头看，以估计还要划多远。

他们终于到达圣安娜，可是岸上居民谁也没有那种辣椒。怎么办？做梦也没有人会到这个村子来。女人在焦急不安中忽然记起在特尤夸雷河上游，在布洛赛特的香蕉园脚上，就在这条河上，几个月前居住过一位为巴黎博物馆工作的德裔博物学家。她还记起，这位博物学家治好过两个被蝰蛇咬伤的邻居，因此更有可能治好他丈夫。

于是，她又动身了，开始了一个不幸的人（一个女人！）所能进行的最强有力的斗争，以对抗大自然的无情意志。

上涨的河流；当她实际上在十英寻深的河里划船时，夜间幻象使她认为岸边的树木正在倒到小船上来；女人累得筋疲力尽，握桨的手被血和水泡的浆液弄湿——这一切都在阻止她的斗争。河流、夜、不幸，一切都在推她后退。

到亚韦比里河口之前，她还能节省一些体力；可是在亚韦比里河口到特万夸雷河布满最初几块阶梯型礁石的无限宽阔的水面上，她一刻不停地划船，因为河水是在长满水草的河道上奔流，每划三下桨，就有一下划起的是水草而不是河水。这种水草多节的茎缠住船头，还会拖在船后，女人因此得下水去清除。当她回到船上落座时，她从脚到手，连同腰部和手臂，全身上下没有一处不感到痛楚。

终于在北边的夜空中，显现出特万夸雷那些小山山顶的暗影，男人的双手不久前从脚踝松开，抓住船舷，这时发出一声叫喊。

女人停下手里的桨。

“你疼得厉害，是吗？”

"是呀……"他回答，自己觉得惊讶，而且直喘息，"可是我不想叫。我是忍不住才叫出声的。"

他更加低声地说一句，仿佛担心要是提高嗓门，就会抽泣起来。

"我不会再叫了……"

他非常清楚，在那种情况下，面对正在出现难以应付的事情的可怜妻子，丧失勇气将意味什么。他身不由己地发出的那声叫喊，是脚和脚踝及其以下部位不断加剧的跳痛，使他无法控制自己。

不过，他们已经把船驶入第一块礁石的阴影里，用左舷的桨擦过并拍击顶端高达百米的坚硬礁石。从这里到特尤夸雷河南边的浅滩，在一些河段上，河面水流缓慢得如静止的死水。女人却不能在这里放松，大大喘上一口气，因为船尾又传来一声叫喊。她没有回头看。受伤的人身上冷汗淋漓，连抓住船舷木条的手指都在发抖，他已无力控制自己，又发出一声叫喊。

在很长时间里，这位丈夫保存着剩余的力量、勇气和另一个不幸的人所给予的同情，妻子就这样耗尽最后的一点力气，丈夫间隔很久才让自己发出一声呻吟。可是到最后，他的耐力由于身心交瘁而崩溃，疼痛又弄得他神思恍惚，不知为什么立即张口断断续续有节奏地一再发出叫喊和极其痛苦的呻吟。

这时女人低下头盯着河岸，以保持距离。她不去想，不去听，也不去感觉，只是拼命划船。只有在更响的一声叫喊，一声真正痛苦的号叫打破黑夜的时候，女人的手才稍稍放松了船桨。

她终于放开了船桨，把双手放在船舷上。

"别叫……"她低声说。

"我做不到！"他大声说，"实在太疼了。"

她抽泣起来：

"我知道！……我明白！……可是你别叫……我都没法划船了！"

"我也明白……可我做不到！哎哟！"

他痛得发疯，一声比一声更大声地说：

"我做不到！做不到！做不到！……"

女人把头靠在自己的手臂上停了很久，一动不动，像死去一样。她终于直起身子，重新默默上路。

这个女人——这个弱小的女人——当时做的事就是一气儿用手划船十八小时，并在船里运送她奄奄一息的丈夫，这是人的一生只能碰上一次的事情之一。她必须在黑暗中应付特尤夸雷河南侧的急流，有十来次跳入河道上的漩涡中。还有十来次，她力图把船贴近大礁石拐过去，但是失败了。她回到急流中，终于找到合适的切入角度，得以在水上坚持了三十五分钟之久，拼命划船，以免偏离航向。她一直睁着被汗水模糊了的刺痛的眼睛划船，片刻也不能放松手中的桨。在这三十五分钟时间里，她盯着三米外那块无法拐过去的大礁石，每五分钟只能前进几厘米，在飞驰的急流中，她恼火地觉得船桨划的似乎是空气。

花费了多少力气（这力气正在渐渐耗尽），让最后一点充满活力的精神承受了多么难以置信的压力，才能坚持这场噩梦般的斗争，除了她谁也说不清。唯一促使这个弱小女人进行奋斗的，只不过是躺在船尾的她丈夫一次次传来的号叫声。

余下的旅程（通过河湾中央的两道急流和紧挨最后一座小山流过的最后一道长长的急流）无须用很大力气来对付。可是，当小船终于靠上布洛赛特港的黏土河岸时，女人想下船把船停稳，忽然觉得自己好像没有了手臂，没有了腿，也没有了头——她什么感觉都没有了，只觉得那座小山朝她倒下来。她不省人事了。

"当时情况就是这样，先生！我在床上躺了两个月，您也看见我的腿成了什么样子。可是那疼痛真够受的，先生！要不是由于有这个女人，恐怕我就不可能对您讲这件往事了，先生。"说完，他把手搭在他妻子肩上。

女人微笑着让他这么做。此外，他们二人笑得平静而真诚，他们终于开了一家赚钱的杂货店，这店曾经是他们的理想。

我们再次站在黑暗、温暖的河边，看着上涨的河水流过。这时，我暗自思忖，抛开引发这一举动的动机不说，这一举动的深层就含有大量的崇高成分，在这一举动中，这对卑微的商人完成的却是英雄壮举，虽然他们自己并没有意识到。

胡安·达里恩

　　这儿讲的是在人们中间成长并受到教育的一只老虎的故事，他名叫胡安·达里恩。他虽然是来自大森林的一只老虎，却穿着裤子和衬衣，上了四年学，作业也做得很正确；据以下所述情况，可能是他有人的外形的缘故。

　　从前，在一个初秋，偏远地方的一个村子流行天花，病死许多人。哥哥失去妹妹，刚学走路的幼儿没了爹娘，母亲失去她的子女。有个年轻的可怜寡妇，也把她的小儿子——她在世上仅有的亲人——送去掩埋。回到家里，她坐着思念儿子，连续轻声嘟囔着说：

"上帝本该对我多加怜悯，却带走了我的儿子。天上总该有天使，可我儿子不认识他们。我可怜的孩子！他最熟悉的人是我呀。"

于是，她坐在家里，面对一扇看得见大森林的门，眺望远方。

在夜晚和黎明来临时，大森林里有许多猛兽发出吼叫。那可怜的女人仍然坐在那儿，在黑暗中看见一个小东西进门，脚步蹒跚，像一只刚有力气走路的小猫。女人弯腰把这只出生没几天的小老虎抱起来，他的眼睛还没睁开呢。可怜的虎崽一碰到手就发出满意的呜呜声，因为他已经不孤独了。母亲把那只人类的小小敌人，在半空中举了好一会儿，要消灭这只没有自卫能力的野兽，那是太容易了。谁也不知道这只虎崽从哪里来，他母亲准是死了，面对这样一个无助的小东西，女人陷入了沉思。她没有想好该怎么办，就把虎崽抱到怀里，用她的大手护住。虎崽感受到胸部的温暖，采取最舒适的体态，恬静地打起呼噜，还把脖子紧贴着女人的胸口睡了。

一直在沉思的女人走进屋里。在这一夜余下的时间里，每当听到虎崽发出饥饿的呻吟，看到他闭着眼睛寻找她的乳房，她觉得按天地间的最高法则，在她伤痛的心里一条生命和另一条生命是相同的……

于是，她给虎崽喂了奶。

虎崽得救了，母亲也找到了莫大的安慰。她得到的安慰非常大，所以一想到有人会把虎崽从她手里夺走，就不免心惊肉跳，因为她喂养野兽的事要是被村里人知道了，他们一定会把这只小野兽杀死。怎么办？虎崽在她怀里跟她嬉耍，既温顺又亲热，现在就是她的亲儿子了。

在这种情况下，有人在一个雨夜从这个女人的房前跑过，听见一种粗哑的哼叫声——是一种野兽的低沉哼叫声，虽然是初生野兽的哼叫声，叫人听了也会吓一跳。这个人急忙停步，一边摸自己的左轮手枪，一边敲门。母亲早已听到脚步声，苦恼极了，慌慌张张想去把虎崽藏到花园里。她的运气好极了，打开后门时发现，她面前竟是一条和气、有智慧的老蛇挡住去路。这个不幸的女人正要惊叫起来时，老蛇对她说了这么一番话：

"别怕，女人。你那颗母亲的心已经让你拯救了天地间的一条生命，所有的生命在天地间都有同等价值。可是，人们不会理解你，他们将会杀死你的新儿子。千万别怕，要镇定。从这会儿起，你儿子就有人的外形了，别人绝对认不出。至于他的心地，你要教育他，使他跟你一样善良，他就绝对不会知道自己不是人了。除非……除非人类中有一位母亲告发他；除非有一位母亲要他用血归还你为他付出过的心血，你儿子应该永远是你的。要镇定，母亲，赶快去吧，那个男人快要把你家的门撞破了。"

　　母亲相信老蛇，因为在人类所有的宗教中，知道活在世上各种生命的奥秘的，就是蛇。于是，她跑去把门打开，那个怒气冲天的男人拿着左轮手枪进屋，在屋里找遍了，什么也没找到。那个男人走后，女人战战兢兢把盖在怀里虎崽身上的披巾掀开，看见安睡在披巾里的竟是一个婴儿。她幸福极了，俯身看着已经变成人的野兽儿子，悄悄哭了很久；十二年后，就是这个儿子必须在她坟前用鲜血偿还她所流的感激的泪水。

　　时光流逝。新孩子需要一个名字，她把他叫作胡安·达里恩。他需要食物、衣服和鞋子，母亲便日夜操劳，以便供应他一切。她还很年轻，要是愿意，可以再婚；然而，儿子真挚的爱使她心满意足，她必须全心全意回报这种爱。

　　胡安·达里恩确实值得她爱。他高尚、善良、慷慨，谁都比不上。尤其对他母亲，他更是怀有深挚的敬爱。他从不说谎。难道这是因为，在他内心深处仍有野生动物的本性？这是可能的；因为还不清楚，在一位品德高尚的女人怀里吮吸乳汁的刚出生不久的野兽，其纯洁的心灵会受到什么影响。

　　胡安·达里恩就是这样一个孩子。他和同龄的孩子一起上学，这些孩子时常嘲笑他，因为他头发粗硬，胆小害羞。胡安·达里恩不十分聪明，但是非常热爱学习，这弥补了他智力的不足。

　　事情就是这样，在他快满十岁时，他母亲去世了。胡安·达里恩感到说不出的痛苦，只有时间才能使之减轻。从此以后他成为一个忧郁的孩子，他的唯一愿望是受教育。

现在，有件事我们不得不承认：在村子里，胡安·达里恩是不受疼爱的。大森林隔绝的村子里的人们，不喜欢过于慷慨和全身心扑在学习上的孩子。此外，他还是学校里最好的学生。这种情况，因为发生一件证实老蛇预言的事件，使故事很快有了结局。

这个村子在加紧准备举行一个盛大的庆祝会，还派人到远方的城市去置办烟火。学校让孩子们进行总复习，因为视察员要来视察各班级。视察员到来时，老师让最好的学生胡安·达里恩讲解课文。胡安·达里恩一向是最优秀的学生；可是这次因为激动，结结巴巴说不出话来，却发出一种奇怪的声音。视察员对这个学生观察了很久，然后立刻同老师低声谈话。

"这孩子是谁？"他问老师，"是哪儿来的？"

"他叫胡安·达里恩，"老师回答，"是一位已经过世的女人养育大的；可是谁也不知道他从哪儿来。"

"奇怪，太奇怪了……"视察员一边低声说，一边观察胡安·达里恩粗硬的头发和在阴影下他眼睛里反射出来的绿光。

视察员知道，世上有许多很奇怪的东西，没有人能创造出来；同时他也知道，仅仅询问胡安·达里恩，他永远也不能打听明白这个学生是否曾经是他所害怕的一只野兽。不过有这样的人，在特殊情况下会想起他祖父发生过的事情；胡安·达里恩在催眠术的暗示下，也许会记起他的野兽生活。凡是读到这个故事的孩子们，要是不明白说的是什么，可以去问问大人。

因此，视察员登上讲台，说了如下的话：

"孩子们，现在我要你们中的一个给我们描述一下大森林。你们差不多就是在大森林中长大的，你们对大森林也很熟悉。大森林是怎样的？大森林里发生了什么事？这是我想知道的事。好吧，"他随便指着一个学生补充说，"你到讲台上来，告诉我们你见过的事情。"

这个孩子上了讲台，虽然心中害怕，还是讲了一会儿，他说，森林里有许多大树，有攀缘植物，还有开花的植物。他讲完，另一个孩子登上讲台，然后又一个孩子。尽管他们都很熟悉，回答的都一样，因为孩子们和许多大人都没有把他们看到的说出来，而是把他们在阅读中刚刚看到的说出来。视察员终于说：

"现在轮到学生胡安·达里恩说了。"

胡安·达里恩说了多多少少也是别人说过的话。可是，视察员却把手按在他肩上，大声说：

"不对，不对。我要你好好回忆一下你见过的东西。闭上眼睛。"

胡安·达里恩闭上了眼睛。

"好。"视察员继续说，"把你在森林里见过的东西告诉我。"

胡安·达里恩一直闭着眼睛，迟疑了片刻才回答。

"我什么也没看见。"他终于说。

"你马上就看见了。我们已经吃完饭，例如……我们就在大森林里，在黑暗中……我们面前是一条小溪……你看见什么啦？"

胡安·达里恩又静默了一会儿。教室里和附近的树林里还是一片寂静。胡安·达里恩突然颤抖起来，做梦般用迟缓的声音说：

"我看见许多滚过的石头，弯下的树枝……地上……我还看见枯叶贴在石头上……"

"等一等！"视察员打断了他，"滚过的石头和落下的枯叶，你是在多高的地方看见的？"

视察员问这种问题，仿佛胡安·达里恩那时在大森林里真的"正在看见"这些东西，当时他是一只野兽，吃完东西正去饮水；他也许还碰见一只老虎或一只豹正低下身子走近小溪，石头正从齐眼高的地方滚过。视察员又问：

"你在多高的地方看见那些石头？"

胡安·达里恩一直闭着眼睛，回答说：

"石头在地上滚过……蹭上耳朵……落叶被呼出的气息吹起来……我感觉到泥土的潮湿……"

胡安·达里恩的话声中断了。

"在哪儿？"视察员声音坚定地问，"你在哪儿感觉到水的潮湿？"

"在胡须上！"胡安·达里恩用低沉的声音说，同时惊恐地睁开眼睛。

暮色降临，透过窗子看得见近处幽暗的大森林。学生们还不明白这种描述有什么可怕之处。他们也没有笑胡安·达里恩那些很特别的胡须，因为他一根胡须也没有。他们没有笑，因为这孩子脸上又苍白又焦虑。

　　下课了。视察员不是坏人，可是，他跟所有生活在大森林附近的人一样，莫名所以地憎恨老虎。因此，他低声对老师说：

　　"必须杀死胡安·达里恩。他是森林里的一只野兽，可能是只老虎。必须杀死他，不然他迟早会把咱们全杀了。到现在，他的野兽劣根性还没有觉醒过来。可是，他总有一天会爆发，如果让他同咱们一起生活，到时候他就会把大家都吃掉。所以，咱们必须杀死他。困难在于，只要他还有人的形体，咱们就不能杀他，因为咱们没法对大家证明他是老虎。他看来是人，是人你就必须慎重对待。我知道城里有个驯兽师。咱们可以去请他，他有办法使胡安·达里恩恢复老虎的躯体。即使驯兽师不能把他变成老虎，人们也会相信我们，就可以把他赶到大森林去。趁胡安·达里恩还没逃走，咱们得马上去请驯兽师。"

　　不过，胡安·达里恩什么都想到了，就是没想到要逃走，因为他什么也不知道。他怎么能相信自己不是人呢？他除了热爱大家，别的什么都不知道，对那些有害的动物，他也没有任何憎恨的意思。

　　这种流言传得很快，胡安·达里恩为这种流言的影响感到痛苦。他说话，别人一句也不搭理；他走的地方，人们都急忙躲开；晚上，人们都远远跟踪他。

　　"我怎么啦？他们为什么这样对待我？"胡安·达里恩扪心自问。

孩子们不仅仅躲开他，还这样对他喊叫：

"滚一边去！你从哪儿来，还回那儿去！滚！"

成年人和老年人的怒气，也不比孩子们的小。举行庆祝会那天下午，大家盼望的驯兽师要是没有来，谁也不知道会出什么事。胡安·达里恩听见急急向他家奔来的人们的叫喊声，这时他正在家里做他要喝的稀汤。他刚来得及出门看看发生什么事，人们就捉住他，把他拽到驯兽师住的地方。

"这就是他！"人们大喊大叫，还推搡他，"就是这家伙！他是老虎！我们根本不想知道老虎是怎么回事！搞掉他的人形，我们要杀死他！"

那些孩子——都是他所热爱的同学们，甚至那些老人们，都大喊大叫：

"他是老虎！胡安·达里恩会把我们吃掉！杀死胡安·达里恩！"

拳棒雨点般打在胡安·达里恩这个十二岁的孩子身上，他边反抗边哭泣。不过，这时人们让开了，脚蹬漆皮靴，身穿红色大礼服，手拿一条皮鞭的驯兽师，出现在胡安·达里恩面前。驯兽师盯着他，紧握皮鞭的柄。

"啊！"他大声说，"我清清楚楚认出你来了！你能欺骗大家，可骗不了我！我看出你是虎崽！在你衬衣底下，我看见有老虎的斑纹！剥掉衬衣，把猎犬牵来！我们现在看看，猎犬认出你是人还是老虎！"

　　一会儿工夫，他们剥光胡安·达里恩的衣服，把他推进兽笼。

　　"把猎犬放了，赶快！"驯兽师喊道，"胡安·达里恩，你就把自己托付给你的森林之神吧！"

　　四条凶猛的猎虎犬被放入兽笼。

　　驯兽师这么做，是因为这种狗总是闻得出老虎的气味；既然猎犬有可能用眼睛看出没穿衣服的胡安·达里恩隐藏在人皮下面的老虎斑纹，只要闻一闻他，就会把他撕成碎片。

　　然而，这四条猎犬在胡安·达里恩身上只看到，他是个连有害的野兽都热爱的好孩子。在闻他的时候，它们轻轻摇着尾巴。

　　"咬他！他是老虎！嗾！嗾！"人们喊道。猎犬在兽笼里发疯似的又吠又咬，不知道该攻击什么。

　　这次试验没有结果。

　　"好啊！"于是，驯兽师大声说，"这几条都是杂种猎犬，有老虎的血统。它们认不出他。然而我认得出你，胡安·达里恩，现在我们就来看看吧！"

　　他这么说着走进兽笼，并且举起鞭子。

　　"老虎！"他喊道，"你面对的是人，而你是老虎！在你偷来的人皮下面，我看见有老虎的斑纹！把斑纹亮出来！"

　　他在胡安·达里恩身上猛抽一鞭。浑身赤裸的可怜的孩子疼得发出哀号，可是发怒的人们也重复说：

"把你的老虎斑纹亮出来！"

这种残暴的酷刑施行了一会儿。我不希望听我讲故事的孩子看到这样折磨一个人。

"救救我！我要死了！"胡安·达里恩叫道。

"快把斑纹亮出来！"人们回答他。

"别，别打！我是人！哎哟，妈妈哟！"不幸的孩子哭着说。

"快把斑纹亮出来！"人们又说。

酷刑终于结束了。在兽笼深处，在被毁坏的角落，孤零零地躺着孩子血淋淋的躯体，那就是胡安·达里恩。他还活着，当别人把他从兽笼里拖出来时，他还能走。可是，他满腔的悲痛，却永远也没有人知道。

人们把他拖出兽笼，把他推到街道当中，把他赶出村子。他每时每刻都要摔倒，孩子们、女人们、成人们都跟在他后面推搡他。

"滚出去，胡安·达里恩！回大森林去，老虎的儿子，老虎的心肠！滚，胡安·达里恩！"

站得远的人们打不着他，就朝他扔石头。

胡安·达里恩终于完全倒下，伸出他那可怜的孩子的手寻求帮助。他命该倒霉，一个站在自家门口、手里抱着天真无邪的孩子的女人，曲解了这一求助的手势。

"他想夺走我的儿子！"女人喊道，"他伸手要杀我的儿子了！他是老虎！咱们得马上杀死他，免得他杀害咱们的孩子！"

　　女人这么说。那条老蛇的预言就这样应验了：当人们当中的一位母亲向胡安·达里恩索命，向他索要另一位母亲用乳汁喂养过的人的生命和心的时候，他就要死了。

　　发怒的人们既已做出决定，就不需要别的罪名了。当二十双手握着石头已经要向胡安·达里恩砸去时，驯兽师从后面用嘶哑的声音发出命令：

　　"我们用火给他打上斑纹烙印！我们把他放到火上去烧！"

　　天开始黑下来，当人们到达广场时，天已断黑。广场上立起一个焚烧架，架上放着轮子、冠冕和烟火。他们把胡安·达里恩绑在架子中央的顶上，从一端引燃导火线。火线上下飞蹿，点着了整个焚烧架。在固定的星形火焰和五颜六色的大轮子之中，看得见高处成为祭品的胡安·达里恩。

　　"胡安·达里恩，这是你做人的末日！"大家叫道，"快把斑纹亮出来！"

　　"请原谅，请原谅！"那孩子叫道，在火花和烟雾中扭动身体。黄的、红的和绿的轮子飞快地旋转，有的向右转，有的向左转。轮子边缘喷出的火流画出一个巨大的圆圈；在这些圆圈中，胡安·达里恩被一股股喷到身上的火花烧伤，扭动着身体。

　　"快把斑纹亮出来！"站在下边的人们还在吼叫。

　　"不，请原谅！我是人！"不幸的孩子刚刚来得及呼喊。又一轮焰火烧过后，看得见他的身体在抽搐颤抖；他的呻吟出现一种深沉嘶哑的音色，他的躯体渐渐变形。发出得胜的野蛮叫喊的人群，终于看到他在人皮下面出现老虎身上那种平行的和不祥的黑斑纹。

凶残的暴行做过了；他们的目的达到了。高处吊着的是一具吼叫着的奄奄一息的老虎躯体，而不是犯有各种罪行的天真无邪的孩子。

焰火也在渐渐熄灭。一个正在熄灭的轮子上喷出的最后一股火花，射到绑着手腕（不是手腕，而是老虎的爪子，因为胡安·达里恩已经完蛋了）的绳子上，那具躯体便沉重地掉到地上。人们把他拖到森林边沿，扔在那里，让豺狼吞吃他的尸体和他那颗野兽的心。

然而，这只老虎没有死。夜间的凉意使他苏醒过来，拖着受过酷刑的身子钻进大森林。他整整一个月躲在森林最茂密处的洞穴中，用野兽的阴郁的耐心等待身上的伤口好起来。除了一个伤口之外，别的伤口全愈合了，这个没有愈合的是体侧很深的烧伤伤口，老虎用大叶子把伤口包扎起来。

他刚刚失去原有人形时，还保留着三种能力：对过去的鲜明记忆，跟人一样使用手的能力以及讲话的能力。除此之外，他完全是一只不折不扣的老虎，与别的老虎毫无不同之处。

当他终于觉得自己的伤口已经痊愈的时候，就大声告诉森林里其余的老虎，要他们当夜在与耕地交界的那一大片竹林前集合。夜晚来临时，他悄悄到村子去，爬上村外的一棵树，在

树上一动不动地等了很久。他看见从他下边走过模样穷苦的可
怜的妇女和疲劳的农民，丝毫也没有不安的感觉。直到最后，
他看见一个脚蹬皮靴、身穿红色大礼服的人在路上行走。

老虎连一根小树枝都没碰，便纵身跳下，扑向驯兽师。
老虎只一掌便把他打晕在地，用牙齿叼住他的腰，分毫无损
地把他叼到竹林里。

在那里，在高得遮天蔽日的竹林脚下，大森林的老虎们
都在黑暗中踱来踱去，他们环顾四周的眼睛，灯火般闪闪发
光。驯兽师仍然昏迷不醒。于是，那头老虎说：

"弟兄们，我在人们中间，跟人一样生活了十二年。可我
是老虎。也许稍后我可以用我的行动洗刷掉我的这个污点。
弟兄们，今夜我要斩断我与过去联系的纽带。"

说完这番话，老虎把仍然昏迷不醒的那个人叼在嘴里，
带着他爬到竹林中的最高地方，把他绑在两棵竹子中间。然
后，老虎点着地上的枯叶，立刻燃起一堆呼呼作响的火焰。
老虎们在火堆前吓得往后退。那只老虎却对他们说："请安
静，弟兄们！"他们便安静下来，交叉着前腿趴在地上看。

竹林像一个巨大的焰火架那样燃烧起来。竹子像炸弹般
爆炸，爆炸的气流像彩色的箭四处纷飞。一股股突然无声升
起的火舌，在下边留下青色的空隙；在高处，火舌还没烧到，
摇摆着的竹子在热气中抽搐。

但是，那个人被火舌舔着，醒过来了。他看见许多老虎

在下边抬起紫红色的眼睛看他，就全明白了。

"请原谅，请原谅我！"他一边哀号，一边扭动身体，"我请求原谅我所做的一切！"

没有回答。这个人这时知道，上帝已经抛弃了他，便用整个心灵喊道：

"胡安·达里恩，请原谅！"

胡安·达里恩听到这句话，抬头冷冷地说：

"这里没有叫胡安·达里恩的。我不认识胡安·达里恩。这是人的名字，在这里，我们都是老虎。"

说着向他的伙伴转过身去，仿佛不明白地问道：

"你们谁叫胡安·达里恩？"

大火已经把焰火架烧得火光烛天。在尖尖的焰火火花交织而成的炽热的墙上，看得见上面有一具烧得发黑的尸体在冒烟。

"弟兄们，我要和你们在一起。"老虎说，"不过，我还有件事要办。"

他又到村子去，但是并不知道许多老虎悄悄跟在后面。他在一座可怜而又荒凉的花园前停步，纵身跳过围墙，走过许多十字架和墓碑，停在一小块没有任何装饰的坟地上，这里安葬着一位女人，八年来他一直叫她母亲。他跪下——像人一样下跪，一时间寂静无声。

"母亲！"老虎怀着深深的柔情低声说，"在所有的人里，只有你承认，天地间所有的生灵都有生的神圣权利。只有你明白，人和老虎仅仅在心地方面有所不同而已。你曾教育我，要爱，要理解；要宽恕。母亲！我确信你在听我说话。我永远是你的儿子，不管以后发生什么事，我都只能是你的儿子。再见了，我的母亲！"

他站起来的时候，看见他弟兄们的紫红色眼睛正在围墙后面看着他，他又跟他们会合在一起了。

这时，深夜里刮来的暖风给他们送来一声轰鸣的枪声。

"这是大森林里传来的枪声。"老虎说，"是人开的枪。他们在捕猎，在杀戮，在屠杀。"

于是，他朝着被焚烧的竹林的反光照亮了的村子转过身去，喊道：

"没心肝的和得不到拯救的种族！现在该轮到我了！"

他回到刚刚祈祷过的那座坟前，拆开绑在一只手的伤口上的绷带，在十字架上他母亲的名字下面，用自己的鲜血写了如下几个大字：

暨

胡安·达里恩

"现在我们清账了。"他同他的弟兄们一起，向受惊的村子挑战似的吼叫一声，最后说：

"现在，到大森林去。永远当老虎去！"

香木屋顶

在米西奥内斯省，在耶稣会帝国的陪都圣伊格纳西奥故址的周围及其内部，矗立起一座现存的同名城镇。这个镇子由许多小庄园组成；小庄园彼此分开，隐藏在树林里。故址边缘一座光秃秃的山冈上，建造起几座简陋实用的房屋，因为刷了石灰，在阳光下白得耀眼，日暮时却使亚伟比里河谷显出壮观的景色。移民区里有百货店，比人们所希望的多得多；要是没有德国人、西班牙人或叙利亚人在十字路口开杂货店，这个地点就不可能修城镇公路。所有的政府机关——警察局、治安法庭、镇政府、兼收男女生的学校——都设在两个街区之内。作为地方特色的标志，就在故址上（那里已经长满树木），在热衷于喝马黛茶时期开设了一间酒吧，那时从上巴拉那河到波萨达斯一带的种植园工头会顺流而下，渴望在圣伊格纳西奥上岸，以便温柔地对一瓶威士忌酒眨眼睛。这种酒吧的特点我描述过，今天就不再为它花费笔墨了。

不过，在我们说到的那个时期，并不是所有的政府机关都设在如今的镇子里。在彼此相距半西班牙里的故址与新港之间，在当地居民特别喜爱的景色壮丽的高地上，居住着户籍登记处处长奥尔加斯，这个处的办公室就设在他家里。

这位公务员的房子是木头建造的，用破成石板瓦形状的小块香木板铺屋顶。香木板是铺屋顶的好材料，但要事先干燥并钻好钉钉子的洞。可是，奥尔加斯上屋顶时，木料是新破的，钉钉子又用力过猛；这些香木瓦片因而开裂，而且末端会向上翘起，使得这座有游廊平房的屋顶看上去像刺猬。下雨时，奥尔加斯得把床挪动十来次，他的家具上都有泛白的雨水痕迹。

我之所以强调奥尔加斯房子的这一细节，是因为这种刺猬式的屋顶耗尽了这位户籍登记处处长四年的精力，在短暂的休息日子里，他几乎没有时间在午休时去为拉铁丝网出一身汗，或者在树林里失踪几天，然后再沾一头枯枝败叶重新出现。

　　奥尔加斯是个热爱大自然的人，心情不佳的时候寡言少语，反而略带傲慢地注意听人说话。镇子里的人不喜欢他，却很尊敬他。尽管奥尔加斯十分讲民主，待人友善，甚至与爱喝马黛茶的和有权势的上流社会人士（他们都穿笔挺的裤子）随便开玩笑，但始终有一道冷冰冰的栅栏把他们分开。别人在奥尔加斯的任何行为中都找不到丝毫傲慢的迹象；然而正是这种找不到痕迹的傲慢，使他受人谴责。

　　但是，还是发生过让人产生这种印象的事情。

　　来到圣伊格纳西奥的初期，奥尔加斯还不是公务员，独自住在高地修建他那座有刺猬式屋顶的房子，当时他受学校校长的邀请去访问学校。校长当然很乐意款待奥尔加斯这样有文化修养的人。

　　第二天，奥尔加斯穿上蓝裤子、长筒靴和平日穿的麻布衬衫到学校去。不过，他在路上穿过丛林时，发现一只他想喂养的大蜥蜴，便用藤条系住它的腹部。他终于从丛林里出来，就这样来到学校大门口，校长和教员们都在那里等候他，而他的衬衫袖子却撕成两半，手里还拽着蜥蜴的尾巴。

　　在那个时期，布伊斯的几头驴子也在为制造关于奥尔加斯的舆论而推波助澜。

　　布伊斯是个法国人，已经在这个国家居住了三十年，认为这里就是他的家园；他养的牲口随意放牧，糟蹋无助邻居的庄稼，其中最蠢的小牛已经相当机灵，会把头伸进铁丝网的铁丝中间晃动几个小时，直晃到铁丝松开。那时当地人还不知道有刺铁丝网；等到知道了这种铁丝网，布伊斯的驴会在最低的一根铁丝下边躺倒，在那儿打滚，从一侧滚到另一侧去。没有人敢抱怨，因为布伊斯是圣伊格纳西奥的治安法官。

奥尔加斯来到那里时，布伊斯已不当治安法官了。可是，他养的驴不知道这件事，每天傍晚仍在路上奔走，寻找嫩草，在铁丝网上抖动着嘴唇并耷拉着耳朵审视找到的嫩草。

等这种破坏轮到奥尔加斯头上时，他耐心忍受下来；他拉起几根铁丝，有时在夜里光着身子起床，冒着雾水驱赶闯进他帐篷的驴。他到底还是跑去埋怨布伊斯，布伊斯连忙把他的儿子全叫来，让他们管好打搅过"可怜的奥尔加斯先生"的那几头驴。那几头驴依旧无人管，奥尔加斯便三天两头去找不多说话的法国人，法国人抱怨着又击掌叫来他所有的儿子，其结果依然如故。

于是，奥尔加斯在大路上立了一块告示牌，上写：

注意：本牧场的牧草均有毒。

平静地过了十天。随后的一天夜里，奥尔加斯又听见几头驴悄悄登上高地的脚步声，过不多久就听见从他的椰枣树上拽下树叶的哗哗声。他忍耐不住了，光着身子出去，一枪射杀了迎面遇见的第一头驴。

第二天，他派一个仆人去通知布伊斯，说天亮时他发现一头驴死在他家地里。来核实这一难以置信的事件的不是布伊斯本人，而是他的大儿子——一个皮肤黝黑的高个子壮汉。这个皮肤黝黑的小伙子走过大门时读了告示，情绪低落地登上高地，奥尔加斯双手插在衣兜里，在那里等他。布伊斯的代表几乎没跟他打招呼，就走到死驴跟前，奥尔加斯也走上前去。小伙子在死驴周围转了几圈，朝四面张望一番。

"它确实是昨天夜里死的……"他终于低声说，"它怎么会死呢……"

在驴脖子中央有一个很大的子弹打的伤口，这在光天化日之下可以看得明明白白。

"谁知道……准是中毒了。"奥尔加斯不动声色地回答，双手依然插在衣兜里。

不过，在奥尔加斯的农场里再也见不到驴子了。

奥尔加斯当户籍登记处处长的头一年里，全伊格纳西奥都对他不满，因为他撤销了当时正在执行的种种规定，把办公室设在离镇子半西班牙里的地方。在那座带走廊的平房里，一个泥土地面的房间由于走廊和一棵几乎堵住门口的高大橘子树而显得十分昏暗。找奥尔加斯登记的人总要等上十来分钟，因为他不在；即使在，也是双手沾满修屋顶的黑油泥。这位公务员终于把资料匆匆记录在一张小纸片上，并且在找他登记的人之前走出办公室，又爬到屋顶上去。

　　确实，奥尔加斯在米西奥内斯的头四年里，修屋顶是他的主要工作。在米西奥内斯，下起雨来甚至要试着铺上两层洋铁皮才不漏雨。奥尔加斯用小木板盖的屋顶，在阴雨连绵的秋天里全湿透了。奥尔加斯种的东西长得十分茂盛；可是他屋顶的小木板因经受日晒雨淋，四边全随意翘起，出现了我们上面说过的那种刺猬般的外观。

　　从下边，从阴暗的房间往上看，黑木料盖的屋顶显出它的特点，成为屋内最明亮的部分，因为每块四角翘起的木板都起天窗的作用。此外，这些木板上还画有无数红圆圈，这些标记是奥尔加斯用竹子在裂缝处打的记号；雨水不是一点一点从这些缝隙滴到他床上，而是倾倒般流到他床上的。不过，最特别的是奥尔加斯用来堵缝的一截截绳索，现在松开来了，由于沥青的重量而像蛇一样一动不动地垂挂下来，还反射出一条条的亮光。

　　奥尔加斯试用一切能弄到手的东西，来修葺他的屋顶。木楔子、石膏、水泥、乳胶、掺沥青的锯末，他全试过。试了两年之久，奥尔加斯还不能像他最久远的祖先那样，得以享受在夜间找到躲雨方法的乐趣，便把注意力集中于涂了沥青的麻袋片上。这是一项真正的发现，他用这种黑色材料代替水泥和压紧的锯末之类不起眼的修补材料。

　　任何人去他办公室或经过这个去新港方向的地方，一定会看见这位公务员在屋顶上忙碌。每次修葺之后，奥尔加斯都盼望再下一场雨，而且在进屋观察修葺效果时不抱多大幻想。老天窗都表现良好，可是新的裂缝却张开嘴往下滴水——当然，都滴在奥尔加斯刚刚放好床的新地方。

在缺乏办法和一个人无论如何想克服人类最古老的理想——一人可以躲雨的屋顶——之间经久不变的斗争中，奥尔加斯为自己在这件事上屡犯错误而感到意外。

奥尔加斯的办公时间是七点到十一点。他如何专注于他的公务，大致情形我们都已见过。当这位户籍登记处处长要在丛林里或在他种的木薯之间忙碌的时候，仆人就开动除蚁机叫他。奥尔加斯扛着锄头或提着砍刀走上山坡，满心希望这时已是十一点过一分。十一点一过，就没有办法让这位公务员再去办公了。

有一次，奥尔加斯从平房屋顶上下来，这时门口传来牲口的颈铃声。奥尔加斯看了时钟一眼，是十一点过五分。他便不慌不忙地去磨刀的地方洗手，毫不关心正在跟他说话的那个仆人：

"东家，有人来了。"

"让他明天来。"

"我告诉他了，可他说是司法视察员……"

"那就另当别论。让他等一会儿。"奥尔加斯回答，继续用油擦拭前臂沾上的黑油泥，这时他的眉毛皱得更紧了。

的确，他是有理由皱眉头的。

奥尔加斯曾经申请当治安法官兼户籍登记处处长，以维持生活。他虽然坐在办公桌的一角掌管司法，而且手握大权，处理公务十分公正，却并不热爱他的职务。户籍登记处简直是他的噩梦。他每天必须进行出生、死亡和婚姻登记，而且要一式两份。有一半时间他往往被除蚁机的声响吸引到地里去干活，另一半时间他被迫中断充分研究一种最终能在雨天为他提供一张干燥的床的水泥。他就这样匆匆把人口材料登记在随手找到的纸片上，随后就出逃似的离开办公室。

接着，有做不完的传唤证人来签署证明文件的工作，因为每个受雇的雇员都要向从未离开过山林的少见的人们提交这种文件。这就是奥尔加斯头一年尽可能圆满解决的一些令人苦恼的事，可是，这些职责却令他厌倦。

"我们要露馅儿了。"他擦净黑油泥，心里跟往常一样不安地想到，"这次我要是躲得过，算我走运……"

他终于走到昏暗的办公室，视察员正在仔细观察凌乱不堪的办公桌，仅有的两把椅子、泥土地面和一只被老鼠叼到屋顶上去又从那里垂下来的长袜。

观察员知道奥尔加斯是什么人，两人聊了一会儿，聊的都是跟公务不相干的事情。不过，等到视察员冷冷地开始讨论公务时，情况就完全不同了。

在那个时期，登记簿都放在当地办公处，每年检查一次。至少应该这么办。可是，实际上好几年也没检查一次——奥尔加斯所遇到的这种情况已达四年之久。因此，视察员要检查的户籍登记簿是二十四本，其中十二本文件还没有签字，另外十二本是完全空白的。

视察员一本接一本慢悠悠地翻阅，眼睛都不抬一下。奥尔加斯坐在桌子一角，一句话也不说。来访者一页都不放过，空白页也要逐页慢慢翻阅。除了翻动纸页时发出无情的窸窣声和奥尔加斯不停移动靴子的声响外，房间里没有别的生命迹象——虽然它记载着过多的意图。

"好吧。"视察员终于说，"跟这十二本空白登记簿有关的文件哪儿去了？"

奥尔加斯转过半个身子，拿起一个饼干桶，一言不发地把它兜底倒在桌上，弄得满桌子都是各式各样的小纸片——较为特别的是一块保存着奥尔加斯的植物标本残迹的粗纸片。桌上那些黄、蓝、红色蜡笔画过的、用来给丛林中的木材做记号的小纸片，产生一种艺术效果，让视察员琢磨了好久。随后，他又对奥尔加斯凝视了一会儿。

"很好。"他大声说，"这样的登记簿，我还是第一次见到。两整年的文件没签字，其余的都装在饼干桶里。好哇，先生。在这儿，我只有一件要做的事了。"

不过，面对奥尔加斯艰苦的工作情况和磨出老茧的手，他又有点儿可怜他。

"您太妙了！"他对奥尔加斯说，"连每年费心改一下仅有的两个证人的岁数，您都不做。在四年期间，二十四本登记簿始终是一个样儿；一个证人永远是二十四岁，另一个永远是三十六岁。还有这些乱七八糟的纸片……您是公务员，国家为您执行公务是发了薪金的。对不对？”

"对。"奥尔加斯答道。

"好吧。这样的工作状况哪怕只有百分之一，您都不配在您的办公室里多留一天。但我不想采取行动。我给您三天时间。"他说着看了看表，"从现在起，我在波萨达斯停留三天，晚上十一点在船上过夜。我给您的期限是星期六晚上十点，到时您得把整理好的登记簿交来。否则，我就处理你。明白吗？"

"完全明白。"奥尔加斯回答。

他把来访者送到门口，来访者态度生硬地对他挥挥手，便骑马疾驰而去。

奥尔加斯慢腾腾地踩着滚动的火山岩碎石，登上高地。等他去完成的任务真够黑的，比他在晒热的屋顶上那上了黑油泥的木瓦片更黑。他心里估算每页登记文件要花多少分钟，这是他为挽救自己职务所需要的时间，有了这个职务他才有继续解决防雨问题的自由。他仅有的财源是当时国家交他管理的那些户籍登记簿。因此，他必须博得国家的好感，而现在他的职务就悬在这么一根细丝上。

因此，他决定把手上的沥青洗干净，坐到桌前去填写十二厚本户籍登记簿。他独自一人绝不可能在指定的时限内完成任务；就让他的仆人帮他，仆人管念，他管抄写。

　　他的帮手是个十二岁的波兰小子，红头发，全身橙色皮肤上满是雀斑。他的睫毛是亚麻色的，淡得连从侧面也不太看得出来；他老把便帽戴到眼睛上方，因为他的眼睛怕光。他给奥尔加斯当仆人，给奥尔加斯做的永远是一种菜，主仆二人一起在橘树下用餐。

　　在那三天里，波兰小子用来做饭的那个奥尔加斯的试验灶没有生过火。波兰小子的母亲受托每天早上送烤木薯到高地上来。

　　奥尔加斯和他的秘书面对面坐在昏暗的、烤肉架般闷热的办公室里，一刻不停地干活，处长光着上半身，他的助手甚至在室内也把便帽拉到鼻子上方。三天里只听见波兰学生唱歌似的声音，接着听到的是奥尔加斯重复最后几个字低沉的声音。他们时不时吃点儿饼干和烤木薯，也不中断手里的工作；这样一直工作到傍晚。当奥尔加斯终于不得不双手叉腰或高举双手勉强绕过竹林去洗澡时，清楚地说明他是累了。

　　那几天北风刮个不停，热风摇撼着办公室的屋顶。但是，那个泥地的房间是高地上唯一有遮阴的角落；两个抄写人从屋里看得见橘树下有一片热得发白的方形沙地在颤动，仿佛整个午休时间里都在嗡嗡作声。

　　奥尔加斯洗过澡，晚上又开始工作。他们把桌子搬到屋外，外面环境安静，然而叫人喘不过气。在高地上，在那黑暗中都能勾勒出轮廓的乌黑而又十分挺拔的棕榈之间，两个抄写人在马灯灯光下继续一页一页填写户籍登记簿，周围飞舞着彩绸般美丽的小飞蛾，它们纷纷落在马灯灯座下，另有许多散落在空白纸页上。这使工作更艰难，这些浑身斑斓的小飞蛾，是米西奥内斯在热得令人窒息的夜晚所奉献的最美的东西；这些绸缎般漂亮的小虫，不停地撞击这个快要握不住笔的人手中的笔，没有什么比它们更顽强的了——你也没法赶走它们。

奥尔加斯在后两天只睡了四个小时，最后一夜没睡，独自在高地与棕榈、马灯及小飞蛾在一起。天空阴沉低垂，奥尔加斯觉得天空就压在他额头上。但是，深夜时分，透过寂静，仿佛听见一种低沉而遥远的嘈杂声——这是雨水打在丛林上发出雷鸣般的响声。确实，那天傍晚他已经看到东南方的天边十分黑暗。

"就是这样，亚韦比里河也不能为所欲为……"他望着黑暗自言自语。

曙光终于出现，太阳出来了，奥尔加斯提着马灯回到办公室，忘了把它挂在一个角落，由着它照亮地面。他独自继续填写。十点钟，波兰小子终于从疲乏中醒来时，还有时间帮他的东家；下午两点的时候，他东家的脸上满是油污而且脸色发灰，扔掉钢笔，踏踏实实地扑在自己的手臂上，身子有好一会儿一动不动，也看不出他在呼吸。

他已经填写完毕。在那片热得发白的方形沙地之前，或者在那阴郁的高地上，一个小时一个小时地挨过了六十三个小时之后，他的二十四本户籍登记簿都整理好了。可是，他误了一点钟开往波萨达斯的船，除了骑马，再没有别的办法到那里去了。

奥尔加斯套马时看了看天气。天空是白色的，太阳虽然蒙着一重薄雾，仍然热得灼人。巴拉圭的重峦叠嶂，东南方的河谷，给人送来一种湿热的大森林的润湿感。然而，当青黑色的豪雨在空中画出一道道线条时，圣伊格纳西奥依然闷热得让人喘不过气来。

在这样的天气里，奥尔加斯骑着马尽一切可能向波萨达斯疾驰。他奔下新墓园所在的山冈，进入亚韦比里河谷，他到那条河跟前等木筏过河时第一次吃了一惊：那里的河滩边随浪花翻滚的尽是一片草根和树棍。

"河水在涨。"木筏上的汉子对旅客说，"今天下了大雨，昨夜在东边……"

"下游怎么样呢？"奥尔加斯问。

"也下了大雨……"

奥尔加斯没有弄错，前一天晚上听见的，果然是大雨打在远方树林上发出的雷鸣般的响声。只有加鲁帕河的猛涨，能与亚韦比里河相比，奥尔加斯现在为过这条河而担心，他骑马飞快登上洛雷托山坡，在满是玄武岩碎石的地方，他的马的蹄子给弄伤了。高原上，一幅开阔的景色展现在他眼前，从高原上看得见整个天宇；从东到南到处绿波浩渺；森林被雨水笼罩，在白茫茫的烟雾中模糊一片。太阳已经没有了，一阵阵难以觉察的微风，时不时浸透到令人窒息的宁静中来。他感到了大雨将临，特别是大旱之后降下的大雨。奥尔加斯疾驰通过圣安娜，来到了坎德拉利亚。

在那里他第二次感到吃惊——虽然早已料到：由于阴雨连绵，加鲁帕河四天来河水猛涨，已无法渡过去。不能涉渡，也没有木筏；河道中只有发霉的垃圾在禾草、木棍和飞速流逝的河水之间漂浮。

怎么办？已经是下午五点了。再过五个钟头，视察员就要上船睡觉了。奥尔加斯除了设法到巴拉那河，在河滩上一遇到船就跳上去，再没有别的办法了。

他这么做了。那天下午，一场空前的暴风雨即将来临时，天开始暗下来。这时奥尔加斯乘坐一条小船在巴拉那河顺流而下，船身的三分之一处有破损，用一块白铁皮修补过，河水像一根根胡子似的从破洞滋进船里。

小船的船主在河心懒洋洋地划了一会儿桨，然而，因为灌饱了用奥尔加斯预付的钱买的甘蔗酒，他很快就说话不清，却兴致勃勃地对两岸大发议论。奥尔加斯因此把桨抓到手里，这时突然刮来一阵像严冬里刮的那种冷风，把整条河吹得波涛汹涌。雨来了，阿根廷那边的河岸已经看不见。随着最初的大雨点落下来，奥尔加斯便想起他的户籍登记簿，几乎只有手提箱那层帆布皮保护着。他脱下外衣和衬衫，用这两件衣服盖好户籍登记簿，并且握紧船头那把桨。印第安船主对暴风雨感到不安，也划起桨来。暴雨把河面砸得百孔千疮，他们二人在雨里使劲划桨，极力让小船在主河道里航行，而他们被封闭在一个白茫茫的圈子里，他们的视野只有二十米。

在主河道里航行有利于航速，奥尔加斯便尽可能让小船在主航道里行驶。可是风刮大了，坎德拉里亚和波萨达斯之间的一段巴拉那河，宽得像大海，而且汹涌着滔滔巨浪。奥尔加斯坐在户籍登记簿上，为它们挡住砸向白铁皮并不时涌进小船的河水。但是，他再也坚持不下去了，为了去波萨达斯不至于迟到，他便把船朝河岸划去。这条灌进水并受船侧的波涛制约的小船，如果没有在航行中沉没，发生了什么情况，那没准就解释不清了。

大雨仍然下个不停。这两个人从小船下来时浑身淌水，而且像变瘦了似的，登上山崖时看见不远处有个庞大黑影。奥尔加斯皱着的眉头舒展了，让他悬心的户口登记簿就这样奇迹般地有救了，他连忙跑到那里去躲雨。

奥尔加斯发现那是一个用来烘干砖坯的旧棚屋。他坐到埋在炭灰里的一块石头上，印第安船主一进棚屋就蹲下来，把脸埋在双手里，安安静静等待雨停。这时雨水打在白铁皮屋顶上，发出雷鸣般的响声，其速度似乎越来越快，直至成为令人眩晕的呼啸声。

奥尔加斯也看看棚屋外边。真是漫长的一天！他觉得，他离开圣伊格纳西奥好像有一个月了。亚韦比里河在涨水……吃烤木薯……独自抄写登记簿度过的夜晚……在十二小时里出现的那片热得发白的方形沙地……

很遥远，这一切似乎都那么遥远了。他浑身湿透，腰部疼得厉害；然而，比起困倦来这些都算不了什么。只要能睡，他就睡下了……哪怕只睡一小会儿也好！尽管他很需要睡一觉，他却不能睡，因为炭灰里有穿皮潜蚤。奥尔加斯把靴里的水倒掉，然后再穿上，走去看看天气。

雨忽然住了。宁静的傍晚潮湿得叫人透不过气来，在下雨的短暂停顿中，奥尔加斯绝不会错以为随着夜色降临，就不会再下大雨。他决定利用这短暂的停顿，开始徒步赶路。

他估算到波萨达斯的距离为六七公里。在正常天气，走这段路就跟玩儿似的；可是一个穿靴子的筋疲力尽的人，在又湿又滑的土路上艰难前进，奥尔加斯是下半身在漆黑的夜色中，而上半身则在波萨达斯的路灯光下走完这七公里路程的。

缺少睡眠折磨得他十分难受，脑子里嗡嗡作响，像要向四边炸开来似的；击败奥尔加斯的是极度疲乏和别的东西。可是，他满意自己的是这种情绪占了上风，为复职而感到满意的情绪居于一切之上——他面对一位司法视察员时也将是这样。奥尔加斯生来就不是当公务员的料，根据我们看到的情况，他确实不是这个料。可是，当他为完成一项简单任务而艰苦工作时，他心里感到的却是令人振奋的那种舒心的温暖；他继续一里一里地向前赶路，一直走到看见了使他睁不开眼睛的弧光，不过这种光已经不是天空反射的，而是从弧光路灯的炭棒中射出来的。

　　司法视察员关上手提箱的时候，旅馆的钟敲响了十点，他看见进来一个脸色发青的人，浑身上下满是泥污，看样子要不是靠在门框上，他准躺倒了。

　　视察员不作声地看了这个人片刻。不过，等到这个人能迈步把户口登记簿放在桌上时，他才认出是奥尔加斯，虽然他还不太明白奥尔加斯怎么在这种状态下和这个时刻出现在他面前。

　　"这是什么？"他指着登记簿问。

　　"照您的要求办。"奥尔加斯说，"都整理好了。"

　　视察员看着奥尔加斯，看着他的模样思考了片刻，这才记起奥尔加斯办公室里发生过的那件事，便拍着奥尔加斯的肩膀，亲切地放声大笑起来：

　　"可是我对您说的话，只不过是我必须对您说的话呀！老兄，您真是个傻瓜！干吗要找这些麻烦哪！"

　　一个炎热的中午，我和奥尔加斯在他家的屋顶上；当他在香木瓦片之间塞进一卷一卷沉重的涂沥青的麻袋片时，他对我讲了以上这段经历。

　　说完这件事，他没有作任何评论。此后又过了几个新年，我不知道在那几年时间里，他的户口登记簿里和他的饼干桶里都有些什么。为了那天夜里奥尔加斯所得到的满足，我无论如何都不想成为那几十本户籍登记簿的视察员。

儿子

那是米西奥内斯炎夏里的一天，在那个季节，那里总是烈日当空，天气燠热，一片宁静。大自然为淋漓尽致地展现自己而心满意足。

父亲同太阳、燠热以及环境的宁静一样，也向大自然敞开了自己的胸怀。

"要小心，孩子。"他把当时的情况，概括为这么一句话对他说，他儿子十分明白他的意思。

"是，爸爸。"孩子边回答边拿起猎枪，把

子弹装进衬衫口袋，然后仔细扣上口袋的扣子。

"中午得回来。"父亲看了看周围又说。

"是，爸爸。"孩子再次回答。孩子拿稳猎枪，微笑着吻了吻父亲的前额，就出发了。

父亲的眼睛盯着儿子，过了片刻才回去干那天该干的活儿，他为儿子的快乐而感到高兴。

他知道，他儿子从稚嫩的幼年就懂得提防危险，能使枪，会捕猎遇到的野兽。儿子的个头从年龄来看是长得高的，因为只有十三岁。从那双纯净的蓝眼睛依然显出童稚表情来判断，他似乎比实际年龄更小些。

父亲眼睛盯着手里干的活儿，心里却在想着儿子的行程。看来他儿子已经穿过那条红土小道，通过长满针茅的山谷，直奔那片丛林。

要在丛林里打猎（打些小动物），就得比捕猎的小动物更有耐心。他儿子穿过那片丛林之后，将沿着林边布满仙人掌的界线走往低洼地，去寻找野鸽、鸡鸥或者像他朋友胡安前些日子发现的那样一对苍鹭。

只有这会儿，这位父亲想到两个孩子的打猎热情时，才露出了笑容。他们有时仅仅猎获一只山鸡，一只更小的苏鲁瓜鸟，就胜利凯旋，胡安扛着他送的那支九毫米口径的猎枪回自己的茅屋，他儿子则扛着那支法国圣埃蒂安制造的十六毫米口径、有四个保险栓、使用安全火药的大猎枪，到楼梯平台上去了。

他从前也这样。十三岁时，他豁出命去弄到一支猎枪。现在他儿子是同样的年龄，也有了猎枪——想到这里父亲笑了。

但是，对一位鳏夫来说，日子过得很不容易，除了儿子的生命，他没有别的信念和希望。他以自己受过的教育来教育儿子，让儿子在有限的范围内自由活动，四岁起就让儿子保护好自己的小手和小脚，让儿子懂得有些事很危险，而他自己的力量却很有限。

父亲曾经认为，必须大力纠正儿子的一些自私想法。小孩子非常容易失算，而一步算错……有人就会失去孩子！

一个人无论年纪多大，都会遇到危险；但是，如果从小只靠自己的力量解决问题，危险的威胁就会减小。

这位父亲教育儿子用的就是这个方法。为了取得教育的成果，他不仅必须违反自己的心意，还要忍受精神上的痛苦；因为这位父亲的胃和视力都很弱，他遭受幻觉的折磨已经有些日子了。

他在十分痛苦的幻觉中看见了昔日的幸福，这绝不应该是他在自我封闭的情况中凭空产生的。他有一次曾经看见，儿子在锻工间里敲击一颗帕拉别鲁姆手枪子弹时滚在血泊中，那时他正在锉光打猎腰带上的带扣。

他幻觉所见，尽是些可怕的事……不过今天，在这个炎热又充满生机的夏日，父亲对儿子的爱看来已经得到回应，他因而感到自己是幸福、安宁的，而且对未来充满信心。

这时，不远处传来一响爆炸声。

"圣埃蒂安大猎枪的枪声……"父亲分辨出爆炸声时想到，"丛林里又少了两只野鸽子……"

这个男人对这样微不足道的小事没有多加注意，又把全部精神放到自己干的活儿上去。

已经很高的太阳在继续上升。随便往哪儿——往岩石、土地、树木——都看得见像在炉子里变稀薄的空气，在炎热中颤动。一种深沉的嗡嗡声，充满人的心灵，并弥漫于目力所及的范围——此时此刻也影响到全部热带生灵的精华。

父亲看一眼自己的手表：十二点了。他举目向丛林望去。

他儿子该在回家的路上了。两鬓成霜的父亲和十三岁的儿子彼此相互信任，他们从不欺骗对方。当他儿子说"是，爸爸，我一定照您说的做"的时候，那就是说他一定会在十二点之前回家，父亲是笑着目送儿子出发的。

儿子却还没回来。

这个男人又干起活来，竭力把注意力集中在工作上。在丛林里，坐在地上一动不动地休息的时候，非常非常容易失去时间概念……！

时间过去了：已经是十二点半了。父亲走出他的工作间，把手支在机器台上，从内心深处记起那一声帕拉别鲁姆手枪子弹的爆炸……在三个小时时间里遽然间第一次想到，圣埃蒂安大猎枪响过之后，再没听到别的响动。他没有听到小石块在熟悉的脚步下滚动的声音。他儿子没回来，一切生灵都在树林边上等他……

咳！一个弱视的父亲看见丛林边缘出现了造成苦难的幽灵，单靠温和性格和对儿子所受教育的盲目信任，要赶走他是做不到的。分心，疏忽，意外耽搁——这些理由他内心是不能接受的，因为任何一个理由都不能延误他儿子回家。

一发枪声，他只听见一发枪声，而且响过很久了。枪声之后，父亲再没听见什么声音，没看见一只飞鸟，也没有一个人穿过针茅草地，来告诉他在一处铁丝围栏发生的巨大不幸事故……

父亲心烦意乱，没带砍刀就出门。他穿过长满针茅的山谷，挨着一行仙人掌走去；没有找到他儿子的丝毫踪迹。

不过，大自然依然宁静。当父亲跑遍了熟悉的打猎走的小径，查看低洼地又一无所获时，他确信每往前跨一步，都会不幸而又无情地把他引向儿子的尸体。

连自责都无可自责，真是可悲。只有冷冰冰的、可怕的和结束了的现实：他儿子在走过……时就已经死了。

可是，儿子在哪里……在什么地方！那里有许多铁丝网，丛林里又是树枝阻塞……！啊，阻塞难行……！手拿猎枪穿过铁丝网时，要是稍不留神……

父亲强忍住没喊出来。他看见有什么东西在空中……啊，不是他儿子，不是……！他转了几个方向，然后转到另一方向，转到又一方向去……

从他的脸色和痛苦的眼神，什么也看不出来。他仍然没有喊。尽管他的心在大声呼喊，他的嘴却保持沉默。他十分明白，只要做出传唤儿子名字的动作，只要大声喊他儿子，那就是承认他的死亡。

"孩子！"突然他情不自禁地喊出声来。如果一个刚毅男人的喊声能令人潸然泪下，面对这种叫人心疼的喊声，那就让我们满怀同情地把耳朵堵起来吧。

没有任何人，也没有什么声音回应他。一下子老了十岁的父亲走在阳光普照的红土小道上，去寻找他刚刚死去的儿子。

"我的亲儿子……！我的宝贝……！"这亲昵的呼喊发自他的肺腑。

先前过着十分幸福平静生活的这位父亲，在幻觉中看见他儿子滚在地上，前额被一发镍铅弹打开了花。现在，在森林中的每个幽暗角落，他都看见铁丝网在闪闪发光；就在一根木桩脚下。在那支发射过的猎枪旁边，他看见了他的……

"宝贝……！我的儿子……！"

一个可怜的、精神恍惚的父亲，承受极其不堪忍受的忧虑的能力也是有限的。我们这位父亲感到，他的承受能力在离他而去，这时他突然看见他儿子正从旁边的一条林中小道上走出来。

在五十米外的林子里看到没带砍刀的父亲的表情，足以使一个十三岁的孩子眼睛润湿并加快了步伐。

"宝贝……"那个人低声说。他感到浑身无力，跌坐在发白的沙地上，双臂搂住儿子的腿。

被这样搂着的孩子，站在那里；他像是明白父亲的痛苦，缓缓抚摸他父亲的头说：

"可怜的爸爸……"

时光终于流逝，就快三点钟了。现在，父子俩一起动身回家去。我们如果允许一位壮汉痛哭失声，就该仁慈地不要去听这种声音中极度痛苦的呼喊。

"为了不误时，你怎么不看看太阳……？"父亲低声说。

"我看了，爸爸……不过，我正要回家时看见了胡安发现的那对苍鹭，就追上去……"

"宝贝，你让我受够了惊吓！"

"好爸爸……"孩子也低声说。

沉默了很久，父亲问：

"你打中那对苍鹭了吗？"

"没打中……"

这毕竟是无关紧要的小事。

在天空底下和炎热的空气里，那个人同儿子经过空旷的长满针茅的山谷回家去，用幸福的手臂揽住几乎与他齐肩高的儿子的肩膀。他回家时身上汗水淋漓，虽然身心俱瘁，却露出幸福的微笑……

　　他只是为幻觉的幸福而微笑……因为，这位父亲是独自一人在走路。他没有遇到任何人，他的手臂是架在空气上。因为在他后面，在一根木桩脚下，他亲爱的儿子还躺在太阳底下，腿朝上缠在有刺铁丝网上，上午十点钟就死了。

大森林
的
故事

Cuentos
de
la
selva

巨龟

从前，有个人住在布宜诺斯艾利斯，他为自己是个又健康又能劳动的人而心满意足。可是，有一天他病了，医生对他说，他只有到野外去才能治好。他不愿意去，因为他有几个弟弟，他得养活他们。他的病一天重似一天。直到有一天，他的一位担任动物园园长的朋友对他说：

"您是我的朋友，又是一位勤劳的好人。

所以，我希望您住到山上去，多在露天地里锻炼，才能治好你的病。你猎枪打得很准，可以打些山上的小动物，把兽皮送来，我还可以把钱预付给你，你就能让你的几个弟弟过上好日子了。"

这位病人同意了，就住到山上去，那里很远，比米西奥内斯还要远。那边天气热，这对他很有好处。

他独自住在树林里，自己做饭吃。他吃的是他在山上用猎枪打的鸟儿和小动物，饭后还吃些水果。他睡在树下，天气不好的时候，用几片棕榈叶在几分钟内就搭起一个棚子，坐在棚子里抽烟。树林在风雨中喧哗，他在树林里觉得十分开心。

他把到手的兽皮捆成一捆，扛在肩上。他还活捉了好几条有毒的蝰蛇，把这些蛇装在一个大葫芦里带在身边，因为那里有些葫芦大得跟煤油桶一样。

这位病人气色又好了，身体有劲，也有了胃口。有一天正好他饿极了（因为他有两天没打到猎物了），看见大水塘岸边有只大老虎，想吃龟，把那只龟侧着摁住，伸进去一只爪子要把龟肉抠出来。大老虎一见这位病人，就发出可怕的吼叫，纵身一跳，向他扑去。但是猎人枪法极准，一枪就击中老虎眉心，把它的脑袋打开了花。随后猎人剥下虎皮，这张皮很大，只要一张就足够做一个房间的地毯。

猎人心想："现在我可以吃龟了，龟肉味道可鲜美了。"

可是，他走近那只龟的时候，看见他已经受伤，脑袋都快离开脖子了，只有两三根肉丝还连着。

那人尽管肚子饿，却很怜悯那只可怜的龟，便用一根绳子把龟拖到他的棚子里，用他衬衣上撕下的布条，把龟的脑袋包扎起来，因为他除了仅有的一件衬衣，没有别的，也没有碎布。他之所以要拖回那只龟是因为他很大，高得像把椅子，有一个人那么重。

那只龟被安置在一个角落，在那里一动不动地度过许多日日夜夜。

那个人天天都治疗他，然后用手轻轻拍几下他的脊背。

那只龟终于康复了。可是，这时那个人却病倒了。他发烧，浑身疼。

后来，他病得起不来了。热度持续上升，他渴得喉咙直冒烟。那个人明白自己病重，尽管孤身一人，却大声说话，因为他在发高烧。

那个人说："我要死了。我现在独自一人，再也起不来了，连递水给我的人都没有。我快要饿死渴死在这里了。"

不久，他的热度更高了，失去了知觉。

但是，那只巨龟听见了猎人说的话，也听懂了话里的意思。那时他想：

"这个人当时虽然肚子很饿，却没有吃我，还给我治伤，现在，我该给他治病。"

于是，他来到大水塘边，找到一只小乌龟壳，然后用沙和灰把它仔细洗干净，拿它装满水，送去给那个平躺在被子上渴得要死的人喝。巨龟马上去寻找肥美的根和鲜嫩的杂草，带回来给他吃。那个人吃下那些东西，却不知道是谁给的，因为他正烧得说胡话，什么人都认不得了。

天天早晨巨龟都爬到山里，去找更肥美的草给那个人吃，还因为不能上树去摘水果给他而伤心。

猎人天天这样吃食，但是不知道食物是谁给的。有一天，他醒了，而且有了知觉。他看看四周，看见只是独自一人，因为那里除了他和巨龟，再没有别人，而巨龟只不过是动物。他便再次大声说道：

"我一个人在树林里，又要发烧，我要死在这里了，因为只有布宜诺斯艾利斯才有治好我的药。可是我绝对去不了，我要死在这里了。"

正如他所说的，当天下午他又发烧了，比以往烧得更厉害，而且又失去知觉。

这次又是这只巨龟听见了他说的话，心里便想：

"他要是留在山里，准会死去，因为没有药，我得带他去布宜诺斯艾利斯。"

想到这里，他扯断麻绳那样粗细而又结实的蔓藤，非常仔细地把那个人平放在自己背上，用蔓藤绑紧，使他不致摔下。为摆放妥当猎枪、兽皮和装蛇的葫芦，他试了许多次，最后做到不让猎人感到不舒服，才算符合自己的心意。

巨龟这样背着重载，夜以继日地长途跋涉。他越过山岭，爬过田野，游过一西班牙里宽的河流，穿过几乎陷身的沼泽地，背上始终背着那个奄奄一息的人。每走过八九个钟点，他就停下来，解开蔓藤的结，小心翼翼地让那个人睡在一处有很干的牧草的地方。

他随即去找水和嫩根给病人吃。他自己也吃东西，尽管累得更想睡觉。

他往往要在烈日下赶路；因为是夏天，猎人发着高烧，直说胡话，而且口渴得要死。他不时叫道："水……水！"每次他一叫，巨龟都给他水喝。

巨龟就这样走了一天又一天，一星期又一星期。他们离布宜诺斯艾利斯越来越近，可是巨龟的身体也一天比一天衰弱，力气一天小过一天，尽管这样，也没有一句怨言。他有时趴在地上，一点儿力气也没有了，而那个人却处于半昏迷半苏醒的状态。他大声说道：

"我要死了，我的病越来越重，只有在布宜诺斯艾利斯才能治好。可是我要死在这里了，独自一人死在山里。"

他以为自己还在棚子里，因为他已经没有知觉。巨龟于是立起身子，重又上路。

可是，到了一天傍晚，这只可怜的巨龟再也走不动了。他的体力消耗已经达到极限，再也走不动了。一周以来他为了更快一点走到，没有吃过东西。他再也没有力气做任何事情了。

当他一整夜跌跌撞撞地赶路的时候，他看见地平线上远处有一道光——一片灯光——照亮了天空，不知道是什么。他觉得自己越发虚弱，便闭上眼睛要和猎人死在一起，伤心地想到那个人曾经善待自己，自己却不能救他。

不过，他却不知道，他已经在布宜诺斯艾利斯了。映在天上的那道光就是这个城市的灯光，他已经来到艰难行程的终点，却要死去了。

可是，这个城市的一只老鼠——也许就是那只老鼠佩雷斯——碰见了这两个快要死去的旅行者。

"多大的龟啊！"老鼠说，"我从来没见过这么大的龟。背在背上的是什么呀？是柴火吗？"

"不是。"巨龟悲伤地回答，"是人。"

"你要背这个人到哪儿去呀？"好奇的老鼠又问。

"要到……要到……我要到布宜诺斯艾利斯去。"可怜的巨龟用低得快要听不见的声音答道，"可是，我们就要死在这里了，我永远也走不到了……"

"嗨，傻瓜，傻瓜！"老鼠笑着说，"你已经到布宜诺斯艾利斯了呀！你看那边有光的地方就是布宜诺斯艾利斯。"

听到这句话，巨龟觉得自己身上有了力气，因为还有救猎人的时间，就又走了起来。

　　还在清晨的时候，动物园园长看见走来一只巨龟，满身泥污，十分瘦弱，背上躺着一个快死的人，为了使他不掉下来，用蔓藤绑着。园长认出他的朋友，便亲自跑去找药，猎人吃了药，很快病就好了。

　　猎人知道了巨龟怎样救他，怎样走三四百西班牙里让他吃上药，便再也不愿意跟巨龟分开了。他设法把巨龟养在他的房子里，因为房子太小，动物园园长允许巨龟留在动物园里，并且要像对待自己的孩子那样照料他。

　　事情就这样解决了。受人喜爱的巨龟感到又幸福又满意，走遍了整个动物园。他就是天天在猴子笼周围吃饲料的那只巨龟。

　　猎人每天傍晚都去看巨龟，巨龟从走路的姿态上老远就认出自己的朋友。他们总要在一起待上几个小时，巨龟永远不愿意猎人没有爱抚他的脊背就走开。

火烈鸟的长筒袜

有一次，蝰蛇们举行盛大舞会。他们把青蛙、癞蛤蟆、火烈鸟、鳄鱼和鱼儿都请了来。鱼儿们不会走路，不能跳舞；不过，他们能把头探到沙滩上来观看，还能用尾巴鼓掌。

鳄鱼们为了把自己打扮得漂亮些，脖子上都戴上一串香蕉项链，嘴上叼着巴拉圭雪茄。癞蛤蟆们把鱼儿的鳞片贴满全身，而且像游泳那样摇摇摆摆地走路。他们每次装模作样地走过河岸时，鱼儿们就大喊大叫地嘲笑他们。

青蛙们全身喷上香水，而且用两条腿走路。除此之外，每只青蛙都把萤火虫当灯笼挂在身上摇来晃去。

但是，打扮得最漂亮的是蝾蛇们。他们一个都没有例外，全穿着舞蹈演员的服装，色彩跟每种蝾蛇的颜色一样。珊瑚蛇穿的是红纱裙；青蛇穿的是绿纱裙；黄蛇穿的是黄纱裙；大毒蛇穿的是一种涂有砖粉和灰色条纹的灰纱裙，因为大毒蛇的颜色就是这样。

所有蝾蛇中穿得最华丽的是珊瑚蛇，她们身披很长的红纱、白纱和黑纱，跳起舞来像节日里玩的彩带。每当蝾蛇们跳舞，并且用尾巴尖支着转圈时，全体来宾就发疯般地鼓掌。

火烈鸟那时候腿是白的，跟现在一样鼻子又大又弯，只有他们心情沉重，因为脑子不灵，不知道该怎么打扮自己。他们羡慕所有客人的服装，尤其羡慕珊瑚蛇。每当蝾蛇一边搔头弄姿一边挥动彩带从他们眼前走过，他们都嫉妒得要死。

一只火烈鸟这时说道：

"我知道咱们该怎么办了。咱们该穿上红色、白色和黑色的长筒袜，蝾蛇就会爱上我们。"

火烈鸟们飞了起来，飞过河，飞到镇上，敲一家百货店的门。火烈鸟们用脚把门踢得嘭嘭响。

"谁呢？"百货店伙计问道。

"我们是火烈鸟。你有红色、白色和黑色的长筒袜吗？"

"没……没有啊。"百货店伙计答道,"你们疯了?你们到哪儿都找不到这样的长筒袜。"

火烈鸟们就到另一家百货店去。

嘭,嘭!"有红色、白色和黑色的长筒袜吗?"

百货店伙计回答:

"你说什么?红色、白色和黑色的长筒袜?哪儿都没有这样的长筒袜。你们疯了。你们是谁?"

"我们是火烈鸟。"他们回答。

那人说:

"那你们一定是发疯的火烈鸟。"

他们又到另一家百货店去。

嘭,嘭!"有红色、白色和黑色的长筒袜吗?"

百货店伙计大声说:

"什么颜色的?红色、白色和黑色的?只有你们这样的大鼻子鸟,才想得出要这样的长筒袜。快走开!"

那人说着就将扫帚朝他们扔去。

火烈鸟们就这样跑遍了所有的百货店,到处人家都把他们当疯子轰走。

这时候,一只到河边饮水的狐狸想戏弄火烈鸟,就郑重地向他们打个招呼,对他们说:

"晚上好,火烈鸟先生们!我知道你们在找什么。你们这样找,在任何百货店都找不到长筒袜。布宜诺斯艾利斯也许有长筒袜，不过没准得通过邮购才买得到。我的嫂子猫头鹰有这样的长筒袜。去求求她，她准会给你们红色、白色和黑色的长筒袜。"

火烈鸟们向犰狳道过谢，就朝猫头鹰住的洞穴飞去。他们对猫头鹰说：

"晚上好，猫头鹰！我们是来向你买红色、白色和黑色长筒袜的。今天蝰蛇举行盛大舞会，要是我们穿上这种长筒袜，珊瑚蛇会爱上我们的。"

"我很乐意！"猫头鹰回答，"请稍候，我马上回来。"

说着就展翅飞走，让火烈鸟们独自留下；不久，猫头鹰带着长筒袜回来了。但是，她带回来的不是长筒袜，而是非常美丽的珊瑚蛇蛇皮，是猫头鹰从刚猎获的珊瑚蛇身上剥下来的。

"这是长筒袜。"猫头鹰对火烈鸟说，"你们放心穿。只是要记住一件事：你们要整夜跳舞，要一刻不停地跳：用体侧跳、用嘴尖跳、用头跳都行，你们爱怎么跳就怎么跳。只是一刻也不能停，因为一停止跳舞，你们就该哭了。"

但是，火烈鸟傻得要命，根本不懂得这件事情对他们会有多大危险，把珊瑚蛇蛇皮当长筒袜穿上时简直乐疯了，他们把腿伸进软管似的蛇皮中去。他们高兴得边飞边舞。

看见火烈鸟们穿着十分美丽的长筒袜，所有的客人都羡慕他们。蝰蛇们只愿意跟他们跳舞，因为火烈鸟们一刻不停地跳动双腿，蟒蛇们不可能看清他们穿的漂亮长袜是什么做的。

但是，蟒蛇们渐渐开始怀疑。每当火烈鸟从他们身旁跳过，他们便把身子弯到地面，以便看个仔细。

尤其是珊瑚蛇，她们感到十分不安。她们的视线没有离开过那些长筒袜，还弯下身子去，试图用舌头去舔一舔火烈鸟的腿，因为蟒蛇的舌头跟人的手一样。但是火烈鸟跳舞跳个不停，尽管已经跳得十分疲倦，而且再也跳不动了。

珊瑚蛇看出这种情况，立刻向青蛙要来萤火虫灯笼，等着火烈鸟累倒。

果然，一分钟之后一只火烈鸟受不住了，撞到一只鳄鱼的雪茄上，身子一晃就侧身摔倒地上。珊瑚蛇马上提着灯笼跑过去，把火烈鸟的腿照得通亮。他们看出来那种长筒袜是什么，便发出一声尖叫，这叫声连巴拉那河对岸都听得见。

"不是长筒袜！"珊瑚蛇喊道，"我们知道是什么！他们把我们给骗了！火烈鸟杀死了我们的姐妹，把她们的皮当长筒袜穿！火烈鸟的长筒袜都是珊瑚蛇的皮！"

火烈鸟们听到这些话心里直发毛，因为他们原先没发觉，听后就想飞走。可是，他们疲乏至极，连一条腿都抬不起来了。这时珊瑚蛇们便扑向火烈鸟，缠住他们的腿，一口一口撕咬腿上穿的长筒袜。珊瑚蛇怒气冲天，把那些长筒袜一片一片地扯下来，还咬火烈鸟的腿，要把他们咬死。

　　火烈鸟痛得要命，跳来跳去，却没有一条蛇松开她们的嘴。直到最后，珊瑚蛇们看到火烈鸟身上连一片长筒袜都没有了，才放了他们；珊瑚蛇们这时也累了，便整理起自己的舞衣来。

　　此外，珊瑚蛇断定火烈鸟快要死了，至少有一半珊瑚蛇断定，被咬过的火烈鸟都已中毒。

　　但是，火烈鸟没有死。他们感到剧痛，奔跑着跳进水里。他们痛得大喊大叫，他们白色的腿因为中了珊瑚蛇的毒，这时变成了红色。过了一天又一天，他们一直觉得腿上剧烈灼痛，又因为中毒而一直出现血红色。

　　这已经是很久以前的事了。现在，火烈鸟差不多还整天把自己红色的腿伸进水里，试图缓解腿上的灼痛。

　　火烈鸟时常离开河岸，到陆地上走动走动，以便看看感觉如何。但是，中毒引起的疼痛马上又发作，他们便奔跑着扑进水里。他们时常觉得灼痛十分强烈，就把一条腿蜷缩起来，这样一待就是几个小时，因为他们那条腿伸不开了。

　　这就是火烈鸟的故事，他们的腿从前是白色的，现在变成红色了。鱼儿们知道他们的腿为什么变红，总嘲笑他们。但是，火烈鸟们在水里治疗的时候，也不放过报复的机会，每当小鱼跑得太近来嘲笑时，他们就把小鱼给吃了。

被拔掉毛的鹦鹉

从前，山上住着一群鹦鹉。

他们每天一大早到农场去吃没成熟的玉米，下午去吃橙子。他们大叫大嚷，发出好大的喧闹声，而且总派一只放哨的鹦鹉，停在最高的树枝上侦察是不是有人来。

鹦鹉跟蝗虫一样毁损很厉害，因为他们把没成熟的玉米穗剥开来吃，玉米穗被剥开后，一淋雨就烂了。同时又因为把鹦鹉做成菜肴吃，味道鲜美，雇工们时常开枪打他们。

一天，有个雇工一枪把放哨的鹦鹉打下来，他受伤落地，挣扎一会儿才被捉住。那人把捉住的鹦鹉带回去，送给东家的孩子；他只不过被打折了一只翅膀，孩子们把他治好了。这只鹦鹉恢复得很好，而且完全驯服了。他被取名叫小佩德罗。他学会了伸爪子，喜欢立在人肩上，用喙在人的耳朵上挠痒痒。

他活得道遥自在，差不多整天都在花园里的橙树和桉树上度过，还喜欢嘲笑母鸡。下午四五点钟，是这家人喝茶的时间，鹦鹉也进饭厅去，用喙和爪顺台布爬上去，去吃牛奶泡面包。他爱喝奶茶都入迷了。

小佩德罗和孩子们相处那么长久，小孩们告诉他许多事情，这只鹦鹉就学会了讲话。他会说："你好，小鹦鹉！……""土豆可口！……""给小佩德罗土豆！……"他除了不便出口的话之外，会说更多别的事情，因为鹦鹉跟小孩一样，坏话一学就会。

天一下雨，小佩德罗就缩作一团，自言自语说一大堆事情，说话声非常低。天气一放晴，他便疯子似的边叫边飞。

看得出他是一只很幸福的鹦鹉，不但有所有鸟儿想望的自由，还有富人们才喝得上的下午茶。

但是，在这样的幸福中，在连续五天狂风暴雨之后的那天傍晚终于雨停日出，小佩德罗便飞着叫道：

"多好的天气啊，小鹦鹉！……土豆可口！……伸爪子，小佩德罗！……"他飞出很远，一直飞到他下面出现了巴拉那河，看起来像一条又长又宽的白带子。他继续飞呀飞，最后落到一棵树上休息。

他突然透过树枝，恰好看见两点绿光在闪动，像是两只大萤火虫。

"会是什么呢？"鹦鹉想道，"土豆可口！……那会是什么呢？……你好，小佩德罗……"

这只鹦鹉和所有的鹦鹉一样，说话时总是这样，莫名其妙地把一些不相干的话混在一起，往往很难听懂。他十分好奇，便从一根树枝往下跳到另一根树枝上，一直跳到近处。这时他看出那两点绿光是一只老虎的眼睛。这只老虎蹲在那儿，正目不转睛地看着他。

不过，小佩德罗因为好天气而心情十分舒畅，一点儿都不害怕。

他对老虎说："你好，老虎！伸爪子，小佩德罗！……"

老虎用他那种极度嘶哑的声音回答道：

"你好！"

"你好，老虎！"鹦鹉又说，"土豆可口！……土豆可口！……土豆可口！……"

他说了好多次"土豆可口"，那是因为这时已经下午四五点钟了，他非常想喝奶茶。鹦鹉早已忘记了山上的野兽不喝奶茶，所以向老虎提出邀请。

"奶茶可口！"他对老虎说，"你好，小佩德罗！……老虎朋友，你愿意和我一起喝奶茶吗？"

可是，老虎却生起气来了，因为他以为鹦鹉在笑话他，此外，因为他这会儿正肚子饿，想吃这只多嘴多舌的鹦鹉。他这样回答鹦鹉：

"好哇！你走近点……近点儿，我耳……耳背！"

老虎耳朵并不聋，他是想让小佩德罗走到很近的地方，以便一爪把他捉住。但是鹦鹉只是一厢情愿地想，他一定会同那位可敬的朋友到家里喝奶茶。于是，他飞到另一根更靠近地面的树枝上去。

"家里土豆可口！"他尽力反复叫喊。

"再飞近点儿……近点儿！我听……听不见。"老虎用他沙哑的声音答。

鹦鹉飞得更近点儿说：

"奶茶可口！"

"还要更……更近……近些！"老虎又说。

那只可怜的鹦鹉走得更近了，就在这时，老虎猛然一跳，跳得有房子那么高，用爪尖抓到小佩德罗。老虎没能杀死鹦鹉，却把他背上的羽毛和他的尾巴全拔掉了。他的尾巴连一根羽毛也没留下。

"喝吧！"老虎吼叫，"喝奶茶去吧……！"

　　鹦鹉又疼又怕，叫喊着飞起，但是他不能随心所欲地飞翔了，因为失去作为鸟儿的舵的尾巴。他在空中跌跌撞撞地四处乱飞，所有遇见这只罕见动物的鸟儿都被吓得飞走了。

　　他终于飞到家里，头一件事就是到厨房去照镜子。可怜的小佩德罗！这是他所能见到的最少见、最丑陋的鸟儿了，羽毛全被拔掉，尾巴全被拔掉，而且冷得直哆嗦。这副模样他怎么进饭厅呢？于是，他飞到一棵桉树上的洞里去，那是他的巢，他躲在洞底又冷又难为情，浑身直颤抖。

　　这时候，大家在饭厅里都因为鹦鹉缺席而感到奇怪。

　　"小佩德罗哪儿去了？"他们说，接着大声叫，"小佩德罗！土豆可口，小佩德罗！奶茶，小佩德罗！"

　　可是，小佩德罗在他的洞里动也不动，什么也不回答，静悄悄一声不响。人们到处找他，他就是不出来。于是，大家都以为小佩德罗死了，孩子们都哭了。

　　每天下午到喝茶的时候，大家总想起这只鹦鹉，想起他多么喜欢吃牛奶泡面包。可怜的小佩德罗！他已经死去，再也见不着了。

　　然而，小佩德罗并没有死，而是继续留在树洞里，不让人看见，因为他觉得自己被拔掉羽毛，像只老鼠，很难为情。夜里下去吃东西，立刻回到树上。清晨又下树，赶快跑去照厨娘的镜子，照过了总是很伤心，因为身上羽毛长得太慢。

　　终于到了有一天，或者是到了有一天的傍晚，全家在喝茶的时刻都坐在饭桌前，看见小佩德罗好像什么事也没发生，镇静自若地、大摇大摆地走进来。大家见他活得好好的，而且羽毛光鲜，都喜欢得要命，高兴得要命。

"小佩德罗，小鹦鹉！"人们对他说，"你怎么啦，小佩德罗！你这只小鹦鹉，身上的羽毛多漂亮啊！"

谁都不知道那是新长的羽毛，小佩德罗显得很严肃，一句话都不说。他只顾埋头吃牛奶泡面包，就是一言不发。

因此，第二天早晨，当鹦鹉飞到这家主人肩上停下，发疯般地说话时，主人感到非常意外。小鹦鹉用几分钟时间把经历过的事情告诉主人，说他散步到巴拉圭，遇到那只老虎，还有别的事；每说完一件事，他就高声说：

"小佩德罗的尾巴上一根羽毛都没有！一根羽毛都没有！一根羽毛都没有！"

说着他邀请主人和他一起去打老虎。

这家的主人那时候正好需要买一张虎皮铺在火炉前，能不花钱就把虎皮弄到手，当然很满意。他转身进屋去拿了猎枪，便同小佩德罗一起动身去巴拉圭。他们商量决定，小佩德罗看见老虎时用聊天分散他的注意力，好让主人拿着猎枪轻手轻脚地走近。

就这样开始了。鹦鹉停在一根树枝上，一边絮絮叨叨地闲聊，一边向四周张望，以便看看是不是能看到那只老虎。他终于听到拨开枝条的声音，而且突然看见树下有两点绿光盯着他，那就是老虎的眼睛。

这时鹦鹉喊起来：

"好天气！……土豆可口！……可口奶茶！……你喝奶茶吗？"

老虎认出那只被他拔掉羽毛的鹦鹉，气得七窍生烟，他本以为这只鹦鹉已经死了，不料又长出了非常美丽的羽毛，发誓这次决不让鹦鹉逃脱。他两眼射出怒火，同时用他嘶哑的声音回答：

"你走近……走近些！我耳……耳背！"

鹦鹉飞到另一根靠近些的树枝上，一直聊个不停。

"牛奶泡面包可口！……他在这棵树底下！……"

老虎听见最后这几句话，便吼叫一声，并且一跃而起。

"你在跟谁说这些话哪？"他怒吼着说，"你是跟谁说我在这棵树底下？"

"没跟谁说，没跟谁说！"鹦鹉大声说，"你好，小佩德罗！……伸爪子，小鹦鹉！……"

他继续闲聊，同时从一根树枝跳到另一根树枝，而且越跳越近。不过他确实说了"他在这棵树底下"，是为了通知主人，主人把身弯得很低，正在靠近，肩上还扛着猎枪。

到了这时候，鹦鹉不能再靠近了，不然就会落入虎口，他于是大声说：

"土豆可口！……注意！"

"还要再近……近点儿！"老虎吼叫，弯起腰准备跳跃。

"奶茶可口！……留神，他要跳了！"

老虎果然跳了。他使劲一跳，鹦鹉也同时飞箭般冲天而起，躲避开了。主人为了瞄得准，早把猎枪枪筒支在树干上，这时也扣动了扳机，九粒鹰嘴豆大小的子弹闪电般射进老虎的心脏。老虎发出地动山摇的一声吼，便倒下死去。

鹦鹉发出多么欢乐的叫喊！他高兴得都快疯了，因为已经向那只丑陋透顶的、拔掉他羽毛的野兽报了仇——这仇报得好！主人也非常高兴，因为打死一只老虎很不容易，此外他还弄到手一张虎皮，可以铺在饭厅火炉前。

到家的时候，大家都已经知道，小佩德罗为什么躲在树洞里那么久，于是都为他完成的壮举祝贺他。

往后他们的生活过得很愉快。但是，鹦鹉总也忘不了老虎对他干过的勾当，每天下午当他进饭厅喝茶时，都要走到那张铺在火炉前的虎皮跟前，邀请他喝奶茶。

"土豆可口！……"他对虎皮说，"你喝奶茶吗？……给老虎吃土豆！……"

大家笑得要命，小佩德罗也笑得要命。

宽吻鳄的战争

　　在一条很大的大河上，在一个从来没有人居住过的荒僻地区，生活着许多宽吻鳄，总有成百上千只吧。他们吃鱼，吃那些河边饮水的野兽，不过尤其爱吃鱼。他们在河边沙滩上睡午觉，在有月亮的夜里，时常在水中嬉戏。

　　所有的宽吻鳄日子都过得既安宁又快活。可是，一天下午，一只宽吻鳄在睡午觉时突然醒来，抬起头，因为他认为自己听见了嘈杂声。他仔细听着，听出在远处，在很远的地方确实隐约有一种低沉的嘈杂声。于是，他大声叫醒身旁的那只宽吻鳄。

"快醒醒！"他对那只宽吻鳄说，"有危险。"

"什么事啊？"那只宽吻鳄回答，惊慌起来。

"我不知道。"先醒的那只宽吻鳄说，"我听见了一种不熟悉的声音。"

后醒的那只宽吻鳄也听到了嘈杂声，便马上把别的宽吻鳄都叫醒。大家很惊恐，都竖起尾巴跑来跑去。

他们的惊恐不安没有减轻，因为嘈杂声越来越响。他们很快就看见远处冒起一股烟，还听见河上传来啪啪的响声，仿佛远处有人在不停地击水。

宽吻鳄们你看我，我看你，都在想：那会是什么呢？

但是，一只聪明的老宽吻鳄，是所有宽吻鳄中最聪明、最老的，是一只嘴里两侧只剩下两颗好牙的老宽吻鳄，他有一次曾经游到大海，忽然说：

"我知道是什么！是鲸鱼！这种鱼很大，会从鼻子里喷出白花花的水来！喷的水朝身后落下。"

听到这种话，小宽吻鳄都害怕得疯叫起来，把头藏进水中。他们大声喊叫：

"是条鲸鱼！鲸鱼到这儿来了！"

可是，那只老宽吻鳄用尾巴拍拍靠他最近的那只小宽吻鳄。

"别怕！"他对他们大声说，"我知道鲸鱼是什么！他害怕咱们！他永远怕咱们！"

小宽吻鳄听了这种话，才放下心来。可是，马上又慌作一团，因为灰烟突然变成了黑烟，而且大家现在听见河上啪啪啪的声音更响了。惊慌失措的宽吻鳄都钻进河里，只留眼睛和鼻子尖儿露出水面。就这样，他们看见一个冒着烟并击打着河水的大东西，从他们面前通过，那是一艘在那条河上首航的轮船。

那艘轮船驶过去了，离远了，消失了。宽吻鳄们这才纷纷从水里出来，非常生老宽吻鳄的气，因为他对他们说那是一条鲸鱼。

"那可不是鲸鱼！"他们在他耳边大声说，因为他有点儿耳背，"那驶过去的是什么呀？"

老宽吻鳄便对他们解释，说那是一艘轮船，船上生着火，如果这种船继续在这里行驶，宽吻鳄们都会死掉。

宽吻鳄们听了都哈哈大笑，因为他们认为老家伙疯了。如果轮船继续在这里行驶，为什么他们就会死掉呢？这可怜的老宽吻鳄一定是完全疯了。

他们肚子饿了，都跑去捉鱼吃。

可是一条鱼都没有了。他们一条鱼都找不到。鱼儿们都被轮船的响声给吓跑了。

"我不是对你们说过了？"老宽吻鳄这时说话了，"咱们没有东西可吃了。鱼儿全跑掉了。咱们得等到明天。有可能轮船不再来了，等鱼儿不再害怕了，他们就会回来。"

可是，第二天他们又听见河上传来嘈杂声，又看见轮船驶过，发出喧闹的声音，冒出长长的烟把天空都遮暗了。

"糟了。"这时宽吻鳄们说，"这艘轮船昨天驶过，今天驶过，明天还要驶过。不会再有鱼了，也不会有野兽来饮水了，咱们准得饿死。那咱们来设一道障碍吧。"

"对呀！设一道障碍！设一道障碍！"大家大声说，说着尽力向河岸游去，"咱们来设一道障碍！"

大家马上动手设置障碍物。他们全都进入树林，撂倒了一万多棵树，其中最多的是黄钟花树和崩断斧树，因为这两种树的木质很硬。他们锯树用的是宽吻鳄尾巴上特有的那种小锯。他们把锯好的树推进河里，把每棵一米粗的树钉牢在一起，堵满了那里的河面。任何船只不管是大是小，都不能从那里驶过。他们确信，谁也不能来吓跑鱼儿了。因为太疲乏，他们都躺在河滩上睡着了。

第二天，传来轮船啪啪啪的响声时他们还在睡。大家都听见了响声，可是没有人起来，有的人连睁一下眼睛都不睁。轮船关他们什么事？轮船尽可以发出响声，也别想从那里通过。

轮船果然在离那里还有很远的地方就停下。船上的人用望远镜观察横在河上的东西，还派一只小船去观察，妨碍他们通过的是什么东西。这时候宽吻鳄们都起来，跑到障碍物上去，在原木上张望，嘲笑被他们拦住的轮船。

小船靠近了，看见了宽吻鳄设置的巨大障碍物，便回到轮船那边去。不过小船随后又回到障碍物这边来，小船上的人大声说：

"喂，宽吻鳄！"

"有什么事儿？"宽吻鳄们边回答，边从成为障碍物的树干之间探出头来。

"这个障碍物挡住我们了！"小船上的人继续说。

"我们早知道了！"

"我们过不去！"

"我们就是不让你们过去！"

"快把障碍物拆了！"

"我们不拆！"

小船上的人低声交谈了一会儿，然后大声说：

"宽吻鳄！"

"什么事儿？"宽吻鳄们回答。

"你们拆不拆？"

"不拆！"

"那就明天见！"

"爱什么时候见，随你们的便！"

小船回到轮船那边去了，这时宽吻鳄们乐疯了，在水上使劲甩尾巴。任何船都通不过那里，那里就永远永远会有鱼。

但是，第二天轮船又来了，宽吻鳄们一看见那条船，都吃惊得说不出话来，因为来的不是原先那条船，而是另一条船，是一条鼠灰色的船，比原先那条大得多。这条新来的是什么船？它也要通过吗？不准它通过，决不。无论是这条船，还是别的船，任何船都不准通过！

"不准它通过，决不准！"宽吻鳄们大声说，同时冲向障碍物，每一只鳄鱼都站到原木之间自己的哨位上去。

新来的船和原先那条船一样，在远处停下，又和原先那条船一样，也放下一只小船，向障碍物驶来。

小船上有一个军官和八个水兵，那个军官大声说：

"喂，宽吻鳄们！"

"有什么事儿？"

"你们拆不拆障碍物？"

"不拆。"

"不拆？"

"不拆！"

"行啊。"军官说，"那我们可要用炮来轰了。"

"轰吧。"宽吻鳄们回答。

小船便回轮船那边去。

那条鼠灰色的大船原来是军舰，是一艘配备了可怕的大炮的装甲舰。

那只聪明的老宽吻鳄从前到过大海，忽然想起什么，急忙对别的宽吻鳄大声叫喊：

"快躲到水下去！快点儿！这是军舰！当心！快躲起来！"

宽吻鳄们刹那间都钻进水里不见了，游向河岸，藏在岸边的水中，只有鼻子和眼睛露出水面。就在这时候，军舰上冒出一股白烟，发出一声可怕的巨响，一颗可怕的大炮弹正好落在障碍物中间。两三根原木被炸成碎片飞起来；接着又连续落下几颗炮弹，每颗炮弹都把障碍物的一部分炸成碎片飞起来，直炸得那个障碍物一点儿都没有留下。无论是树干、碎片，还是树皮，全没有留下，都被那艘装甲舰打来的炮弹摧毁了。躲在水里只有眼睛和鼻子露出水面的宽吻鳄们，眼睁睁看着军舰使劲鸣笛开过去。

宽吻鳄这才从水里出来说：

"咱们再修造一个比原先那个大得多的障碍物。"

就在当天下午和夜间，他们用大树干又修造了一个障碍物。他们都疲乏极了，一躺下就睡着了；第二天军舰又开来，他们还在睡觉，这时那只小船又来到障碍物跟前。

"喂，宽吻鳄！"军官喊叫。

"有什么事儿！"宽吻鳄们回答。

"把这个障碍物也拆了！"

"我们不拆！"

"我们要像对付原先那个障碍物那样，用炮弹摧毁它！……"

"要是你们办得到……那就摧毁吧！"

宽吻鳄们傲气十足地这么说，因为他们断定，他们新设的障碍物是摧毁不了的，是世上所有的炮弹也摧毁不了的。

　　但是只过了一会儿，军舰上又是白烟滚滚，轰隆一声可怕的巨响，炮弹在障碍物当中爆炸了，这次射击的是榴弹。榴弹在原木上爆炸，把原木炸成碎片飞起来，大梁木变成了小碎片。第二颗榴弹就在第一颗榴弹命中处的旁边爆炸，另一部分障碍物也飞上了空中。就这样，障碍物又被摧毁了。那个障碍物一点儿没留下，一点儿都没有了。军舰从宽吻鳄面前驶过，这时舰上的人们捂着嘴嘲笑他们。

　　"得。"宽吻鳄们这才钻出水来说，"咱们都要完了，因为军舰会不停地驶过，鱼儿不会回来了。"

　　他们都很难过，因为小宽吻鳄们得挨饿了。老宽吻鳄这时说：

　　"咱们还有得救的希望。咱们去看望苏鲁比鲶鱼。我那次去大海是和他一起旅行的，他有一个鱼雷。他见过两艘军舰打的一场战斗，把当时一颗没爆炸的鱼雷带了回来。咱们去跟他要鱼雷，尽管他很生咱们宽吻鳄的气，可是他心肠好，也不愿意咱们都死掉。"

　　这档子事是这样的：在许多年前，宽吻鳄们吃过一条苏鲁比的侄子，所以他不愿意跟宽吻鳄来往。可是，他们无论如何都要赶紧去看望苏鲁比，他就住在巴拉那河河岸的一个巨大无比的岩洞里，总是睡在他那颗鱼雷旁边。鱼雷将近两米长，鱼雷的所有者也有这么长。

"喂，苏鲁比！"宽吻鳄们在岩洞洞口大声喊，他们为吃了苏鲁比的侄子那件事，不敢进洞。

"谁在叫我？"苏鲁比答应。

"是我们，是宽吻鳄！"

"我跟你们没关系，也不想和你们来往。"苏鲁比没好气地回答。

这时老宽吻鳄往岩洞挪了挪，说道：

"是我呀，苏鲁比！我是你的朋友，是跟你一起旅行到大海的那只宽吻鳄呀！"

苏鲁比听见了熟悉的声音，就从岩洞里出来。

"哟，我没认出是你！"他亲热地对自己的老朋友说，"你有什么事？"

"我们来跟你要那颗鱼雷。有一艘军舰在我们的河上驶过，把鱼儿吓跑了。那是一艘军舰，是一艘装甲舰。我们设了一个障碍，军舰把它炸毁了。鱼儿全跑了，我们也要饿死了。把那颗鱼雷给我们吧，它能把军舰炸掉。"

苏鲁比听完这种话，考虑很久，然后说：

"行，我把鱼雷给你们，虽然我永远忘不了你们对我侄子干过的事。谁会操纵鱼雷？"

谁都不会，所以大家都不吭声。

"好吧，"苏鲁比骄傲地说，"我来操纵，这个我会。"

于是，他们把这次旅行安排妥当。宽吻鳄们一只跟另一只捆在一起——把一只的尾巴捆在另一只的脖子上，这样形成一条百多米长的长长的鳄鱼链。大鲶鱼苏鲁比把鱼雷推向水流，自己钻到鱼雷底下，用脊背拖住它，使它能够漂起。宽吻鳄们一只接着一只用藤条捆好后，苏鲁比用牙咬住最后一只宽吻鳄的尾巴，他们就这么起程了。苏鲁比托着鱼雷，宽吻鳄们拖着他沿岸边奔跑。他们一直拖着鱼雷跑上跑下，跳过石块，波浪把它托起像一条船，跑得飞快。第二天一大早，他们到达设置最后一个障碍物的地方，马上开始修造又一个障碍物，比以往那几个牢固得多；他们听从苏鲁比的劝告，把原木一根挨着一根安得很紧。那确实是个巨大的障碍物。

　　他们安好障碍物的最后一根原木还不到一小时，军舰又出现了，载着军官和八个水兵的小船重又驶近障碍物。宽吻鳄们这时爬上原木，从障碍物的另一边探出头来。

　　"喂，宽吻鳄！"军官大声说。

　　"什么事！"宽吻鳄们回答。

　　"你们又设障碍啦？"

　　"对，又设障碍了！"

　　"拆掉它！"

　　"决不拆！"

　　"不拆吗？"

　　"不拆！"

　　"哼！那就听着。"军官说，"我们要摧毁这个障碍物，为了不让你们修造另一个，我们摧毁这些东西之后，要炮轰你们。不论你们是大是小，是胖是瘦，是老是少，像我看见的那边那只很老的鳄鱼，嘴巴两边只剩两颗牙，都一个也不让你们活下来。"

聪明的老宽吻鳄看见军官在说他，就嘲笑着对军官说：

"我确实没剩几颗牙，现有的几颗也都坏了。不过，您知道这几颗牙明天要吃什么吗？"说着便张开他的大嘴。

"要吃什么，说说看？"水兵们回答。

"吃这个馋军官。"那只宽吻鳄说，随即迅速钻到原木底下去。

这时候苏鲁比已经把鱼雷在障碍物当中放好，命令四只宽吻鳄小心抓住它，把它放进水里，等着听他通知。四只宽吻鳄照办。其余的宽吻鳄立刻纷纷跳进河岸近处的水里去，仅仅把鼻子和尾巴露在水面。苏鲁比潜水到他的鱼雷旁边。

军舰上突然冒出白烟，朝障碍物开了头一炮。榴弹正好在障碍物中间爆炸，把十几根原木炸得粉碎。

可是，苏鲁比十分警惕，障碍物一被炸开口子，他就对潜伏水下按住鱼雷的几个宽吻鳄大声说：

"放鱼雷，赶快放开。"

宽吻鳄放开手，鱼雷就浮出水面。

苏鲁比在不到预计所需要的时间里，就已在炸开的口子当中很稳当地安好了鱼雷，用一只眼睛瞄准，启动鱼雷上的机器，把它射向军舰。

是时候了！这时装甲舰正要开第二炮，榴弹将会在原木之间炸开，把另一段障碍物炸成碎片。

但是，鱼雷已经射向军舰，舰上的人看见了，也就是说，他们看见了一颗鱼雷在水里造成的漩涡。他们都吓得大声惊叫，并且想开动装甲舰，使鱼雷撞不上它。

但是已经晚了，鱼雷已到跟前，正好撞在那艘大船中央，爆炸了。

鱼雷爆炸所发出的可怕响声无法描述。爆炸了，军舰被炸成无数碎块，烟囱、机器、大炮、救生艇，全都高高低低地被抛向空中。

宽吻鳄们发出一声胜利的欢呼，发疯似的跑向障碍物。他们在那里看见水流挟带着死人、受伤的人和一些活着的人，从榴弹炸开的口子漂过去。

宽吻鳄们拥着爬到留在口子两旁的两排原木上去，当那些人从那里漂过时，他们就嘲弄地把脚塞进这些人的嘴里。

他们不想吃任何人，尽管他们完全应该吃。只有当衣服上有金色饰带的一个活人漂过，老宽吻鳄才一跃跳入水中，咔巴咔巴两口就把这个人吃下肚去。

"那是谁呀？"一只无知的宽吻鳄问。

"就是那个军官。"苏鲁比回答他，"我的老朋友答应过要吃他，现在已经把他吃了。"

　　宽吻鳄们把障碍物的残余部分清除掉，它已经毫无用处了，因为再不会有船驶过那里了。苏鲁比特别喜欢军官的腰带和肩带，要求把这两样东西送给他，他必须把这些东西从老宽吻鳄的牙齿之间拽出来，因为缠在那里了。苏鲁比戴上腰带，把腰带扣扣在鳍下，还把佩剑的带子挂在自己大胡子的末梢。苏鲁比的皮十分漂亮，身上的黑斑点又很像蝰蛇的黑斑点，所以苏鲁比在宽吻鳄面前来回游了一个钟头，把他们惊奇得合不拢嘴了。

　　宽吻鳄后来陪送苏鲁比到他洞口，还对他千恩万谢。随后他们回到自己的地方。鱼儿也回来了，宽吻鳄们过去和现在都过得很幸福，因为他们终于习惯了看着运载橙子的汽船和轮船开过去。

　　但是，关于军舰的事，谁都不想知道。

盲扁角鹿

　　从前有一头鹿——一头扁角鹿，生有一对孪生孩子，这在鹿群里是件稀罕的事。山猫吃掉她的一个孪生子，只给她留下一个女儿。别的扁角鹿都非常喜爱她女儿，总是在她身体两侧胳肢她。

　　每天早晨黎明时分，她母亲都要反复朗读鹿的遵守文。遵守文是这样的：

1. 吃叶子之前，先得仔细闻闻，因为有些叶子是有害的。

2. 下河饮水前，必须仔细观察那条河，而且要保持安静，以便确定河里没有鳄鱼。

3. 每半小时必须高高把头抬起，并且闻闻风，弄清有没有老虎的气味。

4. 吃地上的牧草时，永远要先观察杂草，看看有没有蝰蛇。

这是小鹿的天主经。小鹿把这种遵守文认真学会了，他们的母亲才让他们单独行动。

但是有一天下午，小鹿在山上边跑边吃嫩叶时，忽然看见面前一棵朽树的树洞里，有许多连在一块儿的小球挂在那里，颜色黑得像石板岩。

会是什么呢？她也有点儿害怕，但她又很淘气，所以用头撞了那些东西一下，就跑开了。

这时她看见那几个小球裂开了，而且滴下许多水滴来。还出来许多金黄色的蚊子，他们腰很细，在小球表面急匆匆地爬行。

小鹿走上前去，蚊子并不蜇她。这时她慢慢地、很慢很慢地用舌尖尝了尝一滴水，非常高兴地舔了舔嘴唇。那些水滴是蜜，是甜美的蜜，因为那些石板岩颜色的小球是一个个蜂巢，这些蜂不蜇她是因为他们没有刺。有的蜂是这样的。

小鹿只两分钟就把蜜全吃了，兴高采烈地跑去告诉她妈。可是，妈妈严厉地责骂她。

"乖女儿，对于蜂巢你得十分当心。"她对女儿说，"蜂蜜是一种很甜美的食物，但是，取蜜却十分危险。见到蜂巢千万不要去碰它。"

小鹿开心地大声说：

"妈妈，他们不蜇！牛虻和蛆会蜇，蜜蜂可不蜇。"

"乖女儿，你错了。"母亲接着说，"今天只不过是你运气好。有的蜜蜂和黄蜂非常危险。当心，乖女儿，因为这会使我非常难过的。"

"是，妈妈！是，妈妈！"小鹿回答。然而第二天早晨她做的头一件事情，是沿着人们在山上开的小道，以便更快找到蜂巢。

她终于找到一个蜂巢。这次遇到的蜂巢上有许多暗色的蜂，腰部有一条黄条纹，他们在蜂巢表面爬行。这个蜂巢也不一样，然而小鹿却认为，既然这些蜂很大，他们的蜜一定更甜美。

她也想起她妈妈的叮咛；但是她认为她妈妈夸大其词，跟所有小鹿的妈妈一样总爱夸大。于是，她使劲用头撞了蜂巢一下。

要是她不撞蜂巢该多好！她一撞，蜂巢里马上飞出几百几千只马蜂，蜇她全身，蜇得她头上、肚子上、尾巴上浑身都是脓包。最糟的是眼皮上蜇的包，她眼皮上给蜇了十几个包。

小鹿疼得要命，叫喊着跑个不停，后来忽然停下，因为她看不见了——她瞎了，完全瞎了。

她的眼睛肿得很厉害，看不见了。这时她只好站着不动，痛得和害怕得直发抖，只能绝望地哭泣。

"妈妈！……妈妈！……"

天色已晚，她母亲出去找她，终于找到了，不过妈妈同样绝望，因为她的小鹿瞎了。她让女儿把头靠在自己脖子上，一步一步带女儿回她的住处，路过的山上的野兽都走上前，去看看那只不幸的小鹿的眼睛。

母亲不知道该怎么办。什么药能治她？她知道，在山那边的村子里，有个人有药。那是个猎人，也猎鹿，不过是个好人。

但是，带自己女儿去找一个猎过鹿的人，母亲是担心的。然而她很着急，仍然决心去找猎人。动身之前，她求食蚁兽给她写封介绍信，因为食蚁兽是那个人的好朋友。

她把小鹿藏好之后才动身，奔跑着越过山，在山上老虎几乎捉住她。她跑到她朋友的窝时，累得一步也迈不动了。

前边说过，这个朋友就是食蚁兽；不过，他是全身黄色的小兽，黄色之上还披一件黑背心，用两根带子固定在肩膀上。食蚁兽还有能抓住东西的尾巴，因为他们总是住在树上，用尾巴把自己挂起来。

食蚁兽和猎人的亲密友谊是怎么建立起来的呢？山上谁都不知道。不过，这件事的原因总会传到我们耳朵里来的。

可怜的母亲终于来到了食蚁兽的住处。

"嘭、嘭、嘭！"她气喘吁吁地敲门。

"谁呀！"食蚁兽问。

"是我——扁角鹿！"

"啊，是扁角鹿啊！有事吗？"

"我来求你写封介绍信给猎人。我的女儿小鹿瞎了。"

"哟，是小鹿吗？"食蚁兽说，"她是个好孩子。要是为了她，你要的介绍信我一定给你。不过，我用不着写……你把这个东西给他看，他就会接待你。"

食蚁兽用尾巴尖交给扁角鹿一个干的蝰蛇头，这头很干很干了，上边还有蝰蛇的毒牙。

"你把这个东西给他看。"食蚁兽说，"再不需要别的了。"

"谢谢，食蚁兽！"扁角鹿高兴地说，"您也是个好人。"

她奔跑着离去，因为已经很晚，马上要天亮了。

她路过自己的住处时，带上不住呻吟的女儿，终于一起来到那个村子。在村里她们必须很轻很轻地走路，而且要挨着墙走，免得被狗听见。她们就这样来到猎人门前。

"嘭、嘭、嘭！"她们敲门。

"什么事呀？"屋内有个人的声音回答。

"我们是扁角鹿！……我们有蝰蛇的头！"

母亲赶忙说这件事，以便让那个人明白她是食蚁兽的朋友。

"啊，来了！"那个人边说边开门，"出什么事了？"

"我来求您给我女儿小鹿治病，她眼睛瞎了。"

她把马蜂蜇的事对猎人说了。

"唔！……咱们看看这位小姐有什么病。"猎人说。说着转身进屋，再出来时搬出一张高椅子，让小鹿坐上去，这样他的腰不用弯得太低就能看清她的眼睛。他就这样靠得很近用一大块圆玻璃给小鹿检查眼睛，这时候她妈妈用挂在脖子上的一盏风灯照明。

"这不是大病。"猎人终于说，接着帮小鹿从椅子上下地，"不过，得有耐心。每天夜里把这种药膏敷在眼睛上，让她待在不见光的地方二十天。然后给她戴上这副黄眼镜，她慢慢就好了。"

"猎人，非常感谢！"母亲说，心里非常高兴，又非常感激，"要多少钱？"

"一个子儿都不要。"猎人笑着回答，"不过，你千万要留神狗，因为另一个街区正好住着一个人，他的狗会跟踪鹿。"

母女俩非常害怕，她们几乎不敢迈脚，每时每刻都要停下脚步。尽管这样，狗还是闻到了她们，而且赶着她们在山中跑了半西班牙里。她们在一条很宽的山路上奔逃，小鹿咩咩叫着跑在前面。

跟猎人说的一样，治疗见效了。但是，只有扁角鹿妈妈知道，在漫长的二十天里，为了把小鹿关在一棵大树的树洞里，付出了多少心血。在树洞里什么也看不见。最后，在一天早上，母亲用头把堵住树洞、不让光线射入的一大堆树枝推开，小鹿戴着黄色眼镜边跑出来边大声说：

"妈妈，我看得见了！我什么都看得见了！"

扁角鹿把头靠在一根树枝上，看见她女儿康复，高兴得哭了。

小鹿痊愈了。不过，她虽然已经健康，而且很开心，却有一个使她难过的秘密。这个秘密就是：她想付出一切代价，去报答曾经待她那么好的那位猎人，却不知道怎样才能做到。

直到有一天，她认为已经想出了办法。她撒腿跑到小湖边，边洗澡边寻找草鹭的羽毛，以便把羽毛带去给猎人。那位猎人呢，他也时常想到他治疗过的那只瞎小鹿。

一个下雨的夜晚，猎人在房里读书，他很高兴，因为他刚刚修好草屋顶，现在屋顶不漏雨了。他在阅读时听见敲门声，开门便看见了小鹿。她给他带来一束湿淋淋的用白鹭羽毛做的羽饰。

猎人一见就笑了，小鹿却感到难为情，因为她以为猎人是笑她菲薄的礼物，心中十分难过。她去找几茎又大、又干、又洁白的羽毛，一星期后带上这些羽毛又来了；曾经露出亲切笑容的猎人这次没有笑，因为小鹿不明白笑的意思。然而他送了满满一竹筒蜂蜜给小鹿，她喝得开心极了。

从此以后，小鹿和猎人成了非常要好的朋友。她总是坚持带给他很值钱的草鹭羽毛，而且跟他一谈就是好几个小时。他总是把一个上釉陶罐装满蜂蜜，放在桌上，让他的小朋友坐到高椅子上去。有时候他也拿雪茄烟给鹿，他们吃得很高兴，并不觉得有什么不舒服。在风雨撼动茅屋的屋檐时，他们就烤火消磨时光，因为猎人有一个烧劈柴的火炉。

小鹿怕狗，所以只能在暴风雨的夜里赶路。暮色降临并且下雨的时候，猎人便把一个装蜜的小罐子和一块餐巾放在桌上，同时边喝咖啡边看书，等着他的小鹿小朋友熟悉的敲门声。

两只美洲浣熊崽和
两个幼童的故事

从前，一只美洲浣熊有三个儿子。他们住在山里，吃的是水果、草根和鸟蛋。他们在树上听见一声巨响，便头朝下跳到地面，竖起尾巴奔跑起来。

后来，小美洲浣熊们长大点儿了，一天他们的母亲让他们聚集到一棵橙树上，对他们说了下面的话：

"孩子们，你们都够大了，应该自己去找食物。你们必须学会自己找食物，因为等你们老了，到底还得自己行动，跟所有的浣熊一样。老大喜欢捉蛞蝓，可以在烂木头中找到，因为这种地方有许多蛞蝓和蟑螂。老二爱吃水果，可以在橙树园里找到，到十二月，就有橙子了。老三只爱吃鸟蛋，可以到各处去，因为各处都有鸟窝。不过，千万不要去村里找，那样很危险。

"孩子们，只有一种东西你们必须十分畏惧，那就是狗。我们同他们打过一次架，所以我要告诉你们我所知道的情况；因为打这一架，我弄断了一颗牙。人们总是闹嚷嚷地跟在狗后面赶来，这会让你们送命的。你们一听见附近有这种闹声，哪怕是在树的高处，都要头朝下跳到地面。要是不这么办，他们肯定会一枪打死你们。"

母亲说完这些话，小浣熊都下树，而且分散走开，从右边走到左边，又从左边走到右边，像是丢了什么东西，因为美洲浣熊都这样走路。

老大想吃蛞蝓，便到烂木头和杂草丛里去找，找到许多，一直吃到睡着了。老二最爱吃的是水果，他想吃多少橙子就吃多少，因为橙树园就在山里，跟巴拉圭和米西奥内斯的橙树园一样，没有人会来烦扰他。老三特爱吃鸟蛋，跑一整天只找到两个鸟窝，一个是大嘴鸟的，窝里有三个蛋；一个是斑鸠的，只有两个蛋。总共五个小蛋，当饭吃确是太少了；所以在暮色降临时，这只小浣熊就已经跟早晨时候一样饿得要命，心中无限心酸地坐在山林旁边，从那里看见了村子，便想起母亲的叮嘱。

"为什么妈妈不让到村子里去找鸟窝呢？"他心里想。

他正在这么想的时候，听见很远的地方传来一种鸟的叫声。

"这叫声多响亮啊！"他赞赏地说，"这种鸟下的蛋一定很大！"

这叫声一再传来，是从右边传来，小浣熊便在山里抄近道往那边跑去。太阳已经下山，小浣熊却竖着尾巴飞奔。他终于跑到山脚，朝那个村子望去，远远看见人住的房子，看见一个穿长筒靴的男人用绳子牵着一匹马。小浣熊还看见一只会叫的大鸟，这时才拍拍脑门说道：

"我多傻！到现在才知道这是什么鸟，是公鸡；妈妈有一天在树上指给我看过。公鸡的叫声非常好听，还有许多下蛋的母鸡。我要是能吃上鸡蛋多好……！"

大家都知道，山里的小动物没有比鸡蛋更爱吃的东西了。小浣熊有那么一小会儿想到母亲的叮嘱。可是，欲望更起作用，他便坐在山脚，等天色完全黑下来，再到鸡窝去。

天终于黑了，这时他才踮着脚一步一步向那所房子走去。他一到那里就竖起耳朵听，没有一点儿声音。小浣熊乐坏了，因为他就要吃到一百个、一千个、两千个鸡蛋了；他钻进鸡窝，头一眼就清楚地看到，门口地上孤零零地有一个蛋。因为那个蛋很大，有那么一会儿工夫，他想把蛋留下来当甜点最后吃，但是嘴里直淌口水，就用牙咬上那个蛋了。

他刚一口咬下去，就听"啪嗒"一声，脸上挨了重重一下，就觉得嘴鼻部一阵剧痛。

"妈妈，妈妈！"他大喊，刺心的疼痛使他乱蹦乱跳。可是，他被夹住了，这时他听见了一条狗沙哑的吠声。

小浣熊在山脚等天断黑，以便到鸡窝去的时候，房子的主人同他的孩子们正在草地上玩耍；那是五岁和六岁的两个金发孩子，他们边笑边跑，跌倒了，就笑嘻嘻地爬起来，接着又跌倒。父亲也跌倒，同孩子们玩得开心极了。最后因为天黑下来，他们不玩了，那个男人说：

"我去安放捉雪鼬的夹子，雪鼬会来咬小鸡，还会来偷鸡蛋。"

他去安了夹子。他们吃过晚饭就上床睡觉了。可是两个孩子不想睡，从一张床上跳到另一张床上，穿着长睡衣玩闹。父亲在饭厅看书，由着他们玩闹。可是，孩子们突然停止蹦跳，喊道：

"爸爸，雪鼬夹住了！图克在叫哪！我们也要去，爸爸！"

父亲同意了，但是非得让孩子们穿上凉鞋不可，因为担心有蛇，夜间从不让他们光脚走路。

他们去了。他们在那儿见到什么啦？他们看见父亲弯下腰去，一只手牵着狗，另一只手揪着小浣熊的尾巴，那还是一只很小的小浣熊，他用蛐蛐般快速而又刺耳的尖叫声大喊大叫。

"爸爸，别弄死他！"孩子们说，"他太小了，给我们吧！"

"行，这就给你们。"父亲回答，"不过得好好照料他，尤其是别忘了，美洲浣熊跟你们一样是要喝水的。"

他说这些话，是因为孩子们有过一只小山猫，他们时常从饭盒里取出肉去喂他；可是从不给他水喝，他就死了。

他们把小浣熊关在原来关小山猫的那只笼子里，笼子在鸡窝近旁。然后，他们都去睡下。

半夜稍过，静得没有一点儿声息，吃了夹子上夹齿苦头的小浣熊，这时看见月光下有三条黑影正悄悄走近。小浣熊认出，来找他的是他母亲和两个哥哥，他吃了一惊。

"妈妈，妈妈！"为了不惊动人，被囚的小浣熊连连低声地说，"我在这儿！快救我出去！我不想待在这里，妈……妈！"说着他伤心地哭了。

无论如何他们都很高兴，因为他们见面了，还千百次地抚摸小浣熊的嘴鼻部。

他们立刻打算把被囚的小浣熊弄出去。他们首先试图弄断交织起来的铁丝，四只美洲浣熊用牙齿啃咬起来，但是一点儿效果也没有。这时，母亲忽然有了主意，就说：

"咱们去找一件人使的工具来！人有弄断铁的工具，叫作锉，它像响尾蛇一样有三面，使用方法就是一推一拉。咱们找去！"

他们跑到那个男人的工作间去，把锉找来。他们想到，单独一只浣熊的力气不够，就三只一起按住锉，开始锉起来。他们干得非常卖力，不一会儿笼子整个随着抖动起来，发出很大的声音。这声音一响，狗就醒了，发出一声沙哑的吠声。三只美洲浣熊可不等狗来要求他们对这件丑闻作出解释，扔下锉就撒腿跑上山去。

第二天，两个孩子一早就来看他们的新客人，客人伤心得不得了。

"咱们叫他什么名字呢？"女孩问她哥哥。

"有了！"男孩答道，"咱们管他叫十七！"

为什么叫十七？山上的野兽从来没有用过比这更罕见的名字。那个男孩正在学数数，也许这个数引起了他的注意。

小浣熊就叫十七了。他们喂他面包、葡萄、巧克力、肉、虾、蛋——非常鲜美的鸡蛋。只一天工夫，他们就使他被夹的头不疼了。他们对他的亲切是那么真诚，到了夜里，那只小浣熊差不多已经甘心受囚禁了。他经常想到在笼子里给他吃过的美味可口的东西，还想到那两个金发的幼童，他们都那么快活、那么好。

连续两夜，狗就睡在紧挨着笼子的地方，被囚禁的小浣熊一家不敢走近，都非常难过。到第三天夜里，他们又来找锉，要把小浣熊解救出来，小浣熊对他们说：

"妈妈，我不想离开这儿了。他们给我鸡蛋吃，待我非常好。今天他们对我说，要是我表现好，他们很快就放我。他们跟我们是一样的。他们也是小崽，我们还一起玩呢。"

那几只未受驯养的美洲浣熊都很伤心，不过都听从小浣熊，答应每天夜里来看他。

果然，每天夜里，不管下不下雨，他母亲和两个哥哥都来跟他一起待一会儿。小浣熊从交织的铁丝缝里把面包交给他们，那几只未受驯养的美洲浣熊就坐在笼子跟前吃。

过了半个月，小浣熊过得很自在，他自己进笼子过夜。除了因为走得太靠近鸡窝而被揪几下耳朵，一切都很顺当。他同两个孩子很要好，那几只未受驯养的美洲浣熊看到那两个幼童很好，就决定要亲切地对待他们。

直到有一天，夜色非常黑，天气很热，而且雷声隆隆，未受驯养的几只美洲浣熊来叫小浣熊，可是没人答应。他们非常不安地走上前去，看见有一条大蝰蛇蜷缩在笼子口上，他们差点儿踩上了。美洲浣熊们马上明白，小浣熊进笼子时被蛇咬了，所以没回答他们，也许已经死了。他们决心要为小浣熊报仇。三只美洲浣熊一会儿跳来跳去，以激怒那条响尾蛇，一会儿又跳到蛇身上，撕咬着把蛇头咬烂。

他们随即跑进笼子，小浣熊果然在笼子里直挺挺地躺着，身上肿胀，四肢抖动着正在死去。未驯养的美洲浣熊们摇他，白费劲；他们舔他整个身体达一刻钟之久，也毫无用处。小浣熊终于张开嘴，并且咽了气。他已经死了。

据说，美洲浣熊差不多能抗蛇毒。差不多没有什么毒能伤害他们，还有别的动物例如獴，也能有效地抗蛇毒。小浣熊很肯定是被咬破了动脉或静脉，血液一中毒，那只动物也就死了。小浣熊就是这样被咬死的。

他母亲和两个哥哥一见这种情景，哭了很久。后来，因为他们已经无能为力就走出笼子转了一圈，最后一次看看那所房子，小浣熊曾经在这里过得十分幸福，他们看完就回山上去。

但是，三只美洲浣熊都很担心，他们担心的是：第二天当两个幼童看见他们心爱的小浣熊死了的时候，会怎么说？那两个幼童非常疼爱小浣熊，而他们美洲浣熊也很喜爱两个金发幼童。三只美洲浣熊都想到一处去了，那就是要使两个幼童免受这种巨大的痛苦。

他们谈了很久，终于作出下面的决定：小浣熊中的老二跟老三非常相像，至少在身材和风度方面是这样，让他留在笼子里，代替死去的老三。他们听过小浣熊的讲述，知道很多这一家人的秘密，两个幼童却什么都不知道。他们对有些事情也许会感到有点儿奇怪，但是不会有更多想法。

他们就这样把事情办了。他们回到那所房子，新的小浣熊代替了原先那只，母亲和哥哥用牙叼着老三的尸体，把他带走。他们慢慢地带着老三的尸体往山上去，老三的头摇摇晃晃地垂着，尾巴拖在地上。

第二天，两个幼童对小浣熊的一些罕见的习惯确实感到奇怪。但是，因为这只小浣熊又好又亲切，跟另一只一样，两个幼童一点儿也不怀疑。两个幼童和那只幼崽亲密得跟一家人一样，未受驯养的美洲浣熊也跟从前一样，天天夜里来看被驯养的小浣熊，坐在他身旁吃他留给他们的小块熟鸡蛋，他们也对他讲述大森林里的生活情况。

亚韦比里河的通道

　　米西奥内斯有一条亚韦比里河，河里有很多魟鱼，因为"亚韦比里"正好就是"魟鱼之河"的意思。魟鱼多得连伸一只脚到河里，有时都有危险。我认识一个人，魟鱼扎了他的脚跟，他只能一瘸一拐地走半西班牙里路回家；这个人痛得直哭，还跌倒在地。这是人们能感受到的最强烈的那种疼痛。

　　亚韦比里河里还有许多别的鱼，所以有人

就用炸弹炸鱼。他们投一颗炸弹到河里，就炸死许多鱼。附近所有的鱼都被炸死了。就是房子那么大的鱼也难幸免。所有的小鱼也要死去，尽管他们一点用处也没有。

话说有一次，有个住在那里的人，他不愿意人们投炸弹，因为他怜悯鱼。他不反对在河里捉鱼吃，但是他不愿意毫无用处地杀死那么多小鱼。投炸弹的人起初很生气，可是那人虽然很好，却很严厉，他们就到别处捉鱼去了，所有的鱼都很高兴。他们对拯救鱼儿的朋友又满意又感激，他一走近岸边，他们就能认出他来。他在河岸上边走边抽烟，这时虹鱼们就在河边烂泥上跟着他爬行，非常喜欢陪伴他们的这个朋友。他虽然什么也不知道，在那个地方却生活得很幸福。

有一次出事了，一天下午有只狐狸跑到亚韦比里河边，把爪子伸进水里喊道：

"喂，虹鱼！赶快！你们的朋友到这儿来了，受伤了。"

有两条虹鱼听见这些话，焦急地跑到岸边来。他们问狐狸：

"出什么事啦？那个人在哪儿？"

"他来这儿了！"狐狸又大声说，"他跟老虎搏斗了！老虎追来了！那个人很可能要过河去岛上！你们让他通过吧，因为他是个好人！"

"当然！我们当然要让他通过！"虹鱼们回答，"但是如果是老虎，可别想通过！"

"对老虎可得当心！"狐狸更大声地说，"你们别忘了，他是老虎！"

狐狸说完，纵身一跳，又钻进山里去了。

狐狸刚做完这件事，那人就拨开树枝出现了。他浑身是血，衬衣都破了。鲜血从他脸上和胸脯上流到裤子上，鲜血还顺着裤褶流到沙滩上。他伤得很重，摇摇晃晃往前走到河边，走进河里。他的脚刚一踩进水里，挤在一起的一大群魟鱼就从他脚下散开来，那个人蹚过齐胸的河水，一直走到岛上，没有一条魟鱼来扎他。他流了许多血，一上岛就晕倒在沙滩上。

魟鱼们还来不及全心全意关心他们垂危的朋友，一声可怕的吼叫使在水里的他们吓了一跳。

"老虎！是老虎来了！"大家叫道，同时箭似的冲向岸边。

果然，跟那人搏斗过的那只老虎在追踪他，已经追到亚韦比里河河岸。那只野兽也伤得不轻，浑身在流血。一见那人死了似的躺在岛上，就发出怒吼，扑向河水，要去把他彻底咬死。

但是，他刚把爪子伸进水里，就觉得有几十根可怕的钉子扎进他的爪子，他便往后跳。那是守卫河流通道的魟鱼，用他们尾巴上的针，使出全身力气扎进老虎的爪子。

老虎痛得直叫，把爪子举在半空；一见岸边的河水一片浑浊，好像河底的烂泥都翻上来了，他马上明白，这是魟鱼不让他过河。于是，他生气地嚷道：

"哼，我可知道是怎么回事儿了！是你们干的，该死的魟鱼！赶快从路上滚开！"

"我们不走！"魟鱼回答。

"滚开！"

"我们就是不走！他是好人！你没有权力杀害他！"

"他打伤我了！"

"你们两个都有伤！山上的事归你管！这儿可是我们的地盘！……不许通过！"

"我要通过！"老虎吼了最后一声。

"绝对不许！"魟鱼回答。

（他们说"绝对不许"，是因为米西奥内斯的瓜拉尼人都这么说。）

"咱们走着瞧！"老虎还在咆哮。说完便往后退着助跑，要跳出一大步。

老虎知道，魟鱼差不多总待在岸边；他料想，要是能一大步跳出去，说不定魟鱼不会在河心找到他，这一来他就能把那个奄奄一息的人吃了。

不过，魟鱼们早已猜到他的打算，全都跑到河心去，互相传话说：

"快离开河岸！"他们在水下叫喊，"往里去！到河心去！到河心去！"

只一会儿工夫，这支魟鱼大军就赶到河心一带，去捍卫通道，这时老虎跳出一大步，正好落在河心。落下时他心花怒放，因为开头他没有任何挨扎的感觉，以为虹鱼已然上当，全都待在岸边……

但是他刚一迈步，虹鱼的刺便雨点般扎来，匕首扎似的疼痛使他赶紧停下；这是虹鱼再次把他的脚扎得到处是伤。

老虎还想往前走，但是疼痛太厉害，叫他受不住。他发出一声惨叫，便发疯似的跑着退到岸上。一到岸上他再也受不住了，便侧身躺倒在沙滩上，肚子上下起伏，像是累极了。

这情况说明，老虎中了虹鱼的毒。

虹鱼虽然战胜了老虎，但是他们不放心，担心那只老虎和其他老虎甚至更多的老虎会来……他们就捍卫不了那条通道了。

果然，山上又传来吼叫声，一只母老虎出现了，她看见那只侧身倒在沙滩上的老虎，就暴跳如雷。她还看见被虹鱼活动弄得浑浊的河水，就走近河边，她的嘴几乎碰到河水，大声说：

"虹鱼！我要过去！"

"不许过！"虹鱼回答。

"你们要是不让过，我就不让哪条虹鱼留下尾巴！"母老虎吼着说。

"就算不让我们留下尾巴，也不让你过河！"他们回答。

"说最后一次！我要过去！"

"绝对不许！"虹鱼们大声说。

母老虎怒气冲天，无意中已经把一只脚伸进水里，一条虹鱼慢慢游上前去，把整根刺扎进母老虎的脚趾。那只野兽痛得吼叫起来，虹鱼们便笑着说：

"看样子我们还有尾巴！"

但是，母老虎想出一个主意，心里怀着这个鬼胎离开那里，一声不响地沿河岸往上游走去。

这次虹鱼也明白敌人的意图是什么。敌人的意图是：从别的地方过河，那儿的虹鱼还不知道应该捍卫通道。这里的虹鱼这时非常着急。

他们大声说："她要到上游去过河！咱们不让她杀死那个人！咱们一定要保护我们的朋友！"

他们着急地在烂泥里翻滚，翻滚到把河水都搅浑了。

"可是，咱们怎么办？"他们说，"咱们游不快……等那边的虹鱼知道必须不惜一切代价捍卫通道，那只母老虎早就过河去了！"

他们还是不知道怎么办。直到后来，一条绝顶聪明的虹鱼忽然说：

"有办法了！请鲯鳅鱼去！鲯鳅鱼是咱们的朋友！他们游得比谁都快！"

"就这么办！"他们都大声说，"让鲯鳅鱼去！"

这声音一下子就传出去，马上看见十来行鲯鳅鱼全速向上游游去，那真是一支鳀鳅鱼的大军，像鱼雷一样在水上留下一道道波纹。

还好，他们总算来得及发出对老虎封锁通道的命令；但这时老虎已经下水，而且快上岛了。然而，虹鱼已经赶到对岸岸边，母老虎一踩到河底，虹鱼纷纷扑到他脚上，把她的脚扎得百孔千疮。气呼呼的母老虎疼得发疯，在水里又吼又跳，弄得一大片一大片的水花飞溅起来。可是，虹鱼们再接再厉地向她的脚上冲去，用这种办法封锁住通道；母老虎转身又游起来，并且冲向河岸，这时她的四只脚已经肿得吓人。她也不能从这里过去吃到那个人。

可是，虹鱼也很累了。更糟的是，那只老虎和那只母老虎终于站起身来，而且进山里去了。

他们要干什么呢？这事使虹鱼大感不安，他们开会开了很久。最后他们说：

"我们知道他们想干的事了！他们要去找别的老虎，然后一起来。他们要让所有的老虎一起来，并且过河去！"

"绝对不许！"年轻和没有太多阅历的虹鱼大声嚷嚷。

"会的，他们准会过河，小朋友！"老虹鱼害愁地说，"要是他们很多，到底是会过河去的……咱们得去请教咱们的朋友。"

于是，他们都去看望那个人。他们为了捍卫河上的通道，还没来得及去看他。

那个人因为失血过多，一直躺着，不过已能说话并且稍稍活动了。一会儿工夫魟鱼们就对他讲了他经历过的事，还对他讲了他们怎样捍卫那条通道，不让想来吃他的老虎通过。受伤的人深深为救他的命的魟鱼的友谊所感动，满怀真挚的热情向离他最近的魟鱼伸出手去，同时说道：

"毫无办法！要是老虎很多，而且想过河，他们是一定会过来的……"

"决不让他们通过！"小魟鱼们说，"您是我们的朋友，决不让他们过河！"

"会的，他们是一定会过来的，小朋友！"那个人说。他还低声补充说："唯一的办法是派人到我家去找来那支温彻斯特式连发枪和许多子弹……可是在这条河上，我除了鱼儿们，没有任何朋友……而你们谁也不会在陆地上走。"

"那我们怎么办？"魟鱼们说，显得很焦急。

"让我想想，让我想想……"这时那个人一边说，一边用手拍拍脑门，好像想到了什么，"我有个朋友……一只生长在我家的、同我的孩子玩耍的水豚……有一天他回到山里来过，我认为他一定是住在这儿，住在亚韦比里河……可是我不知道他会在哪里……"

魟鱼们这时发出欢呼说：

"我们知道了！我们认识他！他的窝就在这个岛的岬角下！他有一回跟我们谈到过您！我们马上去找他！"

说干就干：一条很大的鲯鳅鱼在河水下飞也似游去找那只水豚；这时候，那个人在手掌上化开一滴干血当墨水，用一根鱼骨做钢笔，在一片当作纸的枯叶上写信。信的内容如下："把那支温彻特式连发枪和一整盒二十五发子弹叫小水豚带给我。"

那个人还没有写完信，整座山都被一声隐约传来的吼声给弄得颤抖起来——那是所有来作战的老虎走近了，虹鱼用露出水面的头顶着那封信，使它不被弄湿，把它交给了水豚；水豚出来，带着信穿过长满针茅的地方向那个人的家跑去。

已经到紧急关头了，吼叫声虽然听来还很远，却正在迅速接近。虹鱼把正在待命的鲯鳅鱼召集在一起，对他们大声说：

"得赶快，朋友们！你们赶快到河的所有地方去发警报！让整条河里的全体虹鱼做好准备！让他们都到这个岛周围来！咱们瞧瞧老虎们过不过得去！"

这支鲯鳅鱼大军立刻在河的上下游飞速游来游去，他们游动的速度在河上形成了一道道波纹。

整条亚韦比里河中，凡是接到命令的虹鱼，都到岛子四周的河岸边去集合。虹鱼从四面八方，从石头之间，从烂泥里，从小河的河口，从整条亚韦比里河上赶来捍卫通道，抵抗老虎们。鲯鳅鱼在岛子前面全速来回游弋。

又到了紧急关头；一声大吼，连岸边的河水都给震得抖动起来，老虎们已经拥到河岸上。

老虎很多，米西奥内斯的老虎好像都在这里了。但是，整条亚韦比里河里到处都是魟鱼，他们冲到南岸边，准备尽全力捍卫通道。

"我们老虎要过河！"

"不许过！"魟鱼回答。

"还是要过！"

"不许过！"

"要是不让过，魟鱼、魟鱼的儿子、魟鱼的孙子都别想活！"

"有可能！"魟鱼回答，"老虎、老虎的儿子、老虎的孙子、全世界的老虎都别想从这里通过！"

魟鱼们就这样回答了。这时老虎们最后一次吼道：

"我们要求过去！"

"绝对不许！"

于是打起来了。老虎们大步一跳，冲进了水里。他们全部落在密密实实的一层魟鱼身上。魟鱼把老虎的脚扎得百孔千疮，每个伤口都使老虎发出痛苦的吼叫。但是，老虎在水里发疯般乱抓乱踩，进行自卫。跳到半空的许多魟鱼，被老虎的利爪抓破了肚皮。

亚韦比里河仿佛成了一条血河。魟鱼成百条地死去……不过老虎也受了重伤，肿得吓人，都退到河滩上，倒下直吼叫。被老虎踩伤的那些魟鱼毫不退缩，前赴后继地赶来捍卫河道。有些魟鱼跳到半空中一落到河里，便又急急去攻打老虎。

这场恶斗持续了半小时。半小时过后，老虎们又来到河滩上，累得坐下，痛得直吼叫。他们一只也过不了河。

魟鱼们也累得浑身散了架。非常多的魟鱼死了。活下来的魟鱼都说：

"再有几次这样的进攻，我们也要吃不消了。快让鲯鳅鱼去找救兵！让亚韦比里河中所有的魟鱼马上来！"

鲯鳅鱼再次飞快地到河的上下游去，他们游得十分轻捷，像鱼雷一样在水上留下一道道波纹。

魟鱼于是去看望那个人。

"我们再也吃不消了！"魟鱼伤心地对他说。有的魟鱼甚至都哭了，因为他们眼睁睁救不了自己的朋友。

"算了吧，魟鱼！"那个受伤的人回答，"让我一人待着吧！你们为我做得太多了！你们就让老虎通过吧！"

"绝对不许！"魟鱼们齐声喊道，"亚韦比里河是我们的河，只要河里还有一条魟鱼活着，我们就要捍卫从前保护过我们的好人！"

那个受伤的人于是高兴地感叹道：

"魟鱼们，我已经快死了，而且快要说不出话来了；不过，我向你们保证，连发枪一到，我们就有时间松一口长气了；这一点，我敢向你们保证！"

"是呀，我们都知道！"热心的魟鱼们回答。

可是，他们话还没说完，战斗又开始了。老虎们确实已经休息够了，突然站起来，摆出要跳跃的样子，弓起腰吼叫：

"这是最后一次，我们要拼了。你们滚开！"

"绝对不许！"魟鱼们说着冲向岸边。老虎们也已跳进水里，于是开始了又一场恶战。现在，两岸中间这一整段亚韦比里河都被鲜血染红，河滩的沙上也是血迹斑斑。受伤的魟鱼跳得老高，老虎也痛得直吼，可是谁都不后退一步。

老虎不但没有后退，还向前推进了。一大群鯕鳅鱼徒劳地全速跑遍河的上下游，去召集魟鱼，然而这里早已没有魟鱼。他们都在岛子前边作战，其中一半已经牺牲，活下来的也都负伤而且精疲力竭了。

这时他们明白，他们一分钟也坚持不下去了，而老虎准会通过。可怜的魟鱼们宁愿死也不出卖朋友，便最后一次冲向老虎。但是，一切都已无济于事。五只老虎已经游向岛子岸边。魟鱼们焦急地喊道：

"到岛子那边去！咱们都到对岸去！"

可是，这么办也迟了：又有两只老虎游过去了，一会儿工夫所有的老虎都到了河心，河面上见到的都是老虎的脑袋。

然而就在这时，有一只小动物，一只毛茸茸的红色小动物，正在尽全力横渡亚韦比里河。那就是水豚，他为了不让连发枪和子弹弄湿，把这两样东西顶在头上，带往岛上。

那个人见到水豚，就欢呼起来，因为他还来得及去保卫魟鱼。他求小水豚用头推他到河岸上，因为他一个人办不到；

在那个阵地上，他以闪电般的速度给连发枪上好子弹。

被打得浑身是血的虹鱼们，绝望地看着自己打了败仗，而且老虎就要把他们可怜的受伤的朋友吞了，伤心至极。恰好就在这时，听见轰的一声巨响，接着看见走在前头并且已经穿过沙滩的那只老虎，突然跳得老高，然后摔下死了，脑门上被枪打了一个洞。

"好呀，好呀！"虹鱼们乐疯了，大声叫喊，"那个人拿到温彻斯特连发枪了。我们有救了！"

河水被真诚的极度欢乐给搅浑了。那个人依然冷静地进行射击，每一枪都击毙一只老虎。每只老虎惨叫着倒下死去时，虹鱼们就使劲摇动尾巴来回答。

像闪电落到老虎头上一般，他们一只接着一只被击毙。这一仗仅仅持续了两分钟。老虎一只跟着一只沉入河底，鲳鱼在那里吃他们。后来有几只漂起来，这时鳂鳅鱼送着他们游到巴拉那河，边吃边高兴地把河水弄得四处飞溅。

不久，多子多孙的虹鱼，又跟从前一样变得数量众多了。那个人康复了，非常感激救过他性命的虹鱼，就住到那个岛上去。在那里，在夏夜，他喜欢在月光下躺在河滩上抽烟，这时虹鱼慢悠悠地说话，将他指给不认识他的鱼儿们看，向他们讲述那场恶战，那时虹鱼曾经一度与这个人结为联盟，一起反抗老虎。

一只懒惰的蜜蜂

从前在一个蜂巢里，有只蜜蜂不爱干活，就是说，她一棵树一棵树地飞遍了树林，去吸花的分泌液；不过，她不把花的分泌液收集起来酿成蜜，而是全都吃光。

是的，这是一只懒惰的蜜蜂。每天早晨，太阳刚刚把空气晒暖，这只蜜蜂就从蜂巢的大门口探出头来，一看是好天，就跟苍蝇一样用腿轻轻摩擦身子，这才展翅飞翔，对美好的天气感到十分满意。她从一朵花飞到另一朵花，乐得拼命发出嗡嗡声，进了蜂巢，又飞出去，整天就这样度过；与此同时，别的许多蜜蜂为了给蜂巢装满蜜，都在尽力干活，因为蜜是初生的小蜂的食物。

蜜蜂们都很严肃认真，开始对这只懒惰的姐妹的行为感到气愤。在蜂巢的大门口，永远有几只蜜蜂站岗，防备其他小动物钻进蜂巢。这些蜜蜂往往是老蜂，有丰富的生活经验，背上都是光秃秃的，因为背上的毛都在蜂巢大门上蹭掉了。

因此，有一天她们在那只懒惰蜜蜂要进门时拦住她，对她说：

"朋友，你必须干活，因为所有的蜜蜂都该干活。"

这只小蜜蜂答道：

"我飞了一整天，太累了。"

"不是你太累不太累的问题，"她们说，"而是你活儿干得太少。这是我们对你的第一次警告。"

她们虽然这么说，还是让她进门了。

但是，这只懒惰蜜蜂不悔改。因此，第二天傍晚，站岗的蜜蜂们对她说：

"姐妹，你必须干活。"

她马上回答：

"这几天里我总有一天会干的！"

"问题不在于你这几天里总有一天要干活，"她们对她说，

"而是明天就得干。你可得记住了。"

她们又让她进门了。

下一天天黑时，又发生了同样情况。她们还没对她说什么，这只小蜜蜂倒先大声嚷嚷起来：

"是呀，是呀，姐妹们！我已经想起我答应过的事了！"

"问题不在于你记不记得答应过的事，"她们对她说，"而是你得干活。今天是 4 月 19 日。那好，现在是说明天，明天是 20 日，你至少得带一滴蜜回来。现在，进门去吧。"

她们边说这件事，边让她进门。

但是，4 月 20 日这天，跟往常所有日子一样，她白白地度过了。不同的是，在太阳落山时天气变了，刮起了寒风。

那只懒惰蜜蜂急急朝她的蜂巢飞去，心想在蜂巢里也许暖和些。不过，就在她要进门时，几只站岗的蜜蜂拦住了她：

"不许进去！"她们对她冷冷地说。

"我要进去嘛！"那只蜜蜂大声说，"这是我的家。"

"这是一些勤劳的可怜蜜蜂的家。"另外一些蜜蜂回答她。

"可没有供懒惰蜜蜂走的入口。"

"我明天一定干活！"那只蜜蜂赌咒说。

"不干活的蜜蜂没有明天。"懂许多哲理的蜜蜂回答。

她们说着把她推出门去。

那只蜜蜂不知道怎么办才好，又飞了一会儿；可是天黑了，已经快看不见了。她想抓住一片树叶，却落到了地上。寒风一吹，她觉得身上麻木，再也飞不动了。

她只好在地上爬，在小木棍和小石块间爬上爬下，她觉得这些东西像是一座座大山；当她爬到蜂巢门口时，寒冷的雨点也该落下来了。

"咳，我的天！"那只无依无靠的蜜蜂喊道，"天一下雨，我会冻死的。"

她想进蜂巢。

但是，通道对她关闭了。

"请原谅！"那只蜜蜂央告说，"让我进去吧！"

"已经太迟了。"她们回答。

"姐妹们，求求你们！我困！"

"实在太迟了。"

"朋友们，可怜可怜我！我冷！"

"不可能。"

"饶我一次！我会死的！"

这时她们对她说：

"不会的，你不会死。只要过上一夜，你就会记住，休息是靠劳动挣来的。滚吧。"

她们赶走了她。

这时那只蜜蜂冷得发抖，翅膀湿漉漉的她在地上爬，还直绊脚，一直爬到突然跌进一个洞里；她滚着落下去，落到一个洞的底部。

她以为会一直落下去，却是一直落到洞底，并且发现面前有一条蝰蛇——一条背部有点儿褐黄色的绿蛇，这条盘旋着的蛇，正盯住她看，准备向她扑去。

其实那是从前被移植来的一棵树的树洞，被那条蛇选作藏身的地方了。

蛇是吃蜜蜂的，而且很爱吃。因此，那只蜜蜂发现自己落在敌人面前的时候，就闭上眼睛低声喃喃地说：

"永别了我的生命！这是我最后看见光线的时辰了。"

但是，她大感意外的是，那条蛇不仅没有一口吞下她，反而对她说：

"你好吗，小蜜蜂？你准是个不爱劳动的家伙，所以才在这个时辰到这儿来。"

"是呀。"蜜蜂喃喃地说，"我不干活，确是错误。"

"既然这样，"那条蛇嘲弄地说，"我可要除掉世上像你这样的害虫了。蜜蜂，我要吃了你。"

蜜蜂吓得直哆嗦，大声喊道：

"这不公平，太不公平了！就因为比我强，您就吃掉我，这不公平。人们都知道什么是公平。"

"哎呀呀！"蛇轻轻盘旋着，大声说，"你对人认识得透吗？你认为夺走你们的蜜的人更公平吗？你这个大傻瓜。"

"他们夺走我们的蜜，可不是因为这件事，不是的。"蜜蜂回答。

"那，是因为什么？"

"因为他们更聪明。"

蜜蜂这么说。蛇却哈哈大笑起来，大声说：

"得！不管公平不公平，快准备好，我可要吃你了。"

说着就往后退，以便向蜜蜂扑过去。可是，蜜蜂大声说：

"您这么干，是因为比我更不聪明。"

"我比你这个黄毛丫头更不聪明？"蛇笑着说。

"就是这样嘛。"蜜蜂肯定说。

"那好，"蛇说，"咱俩就来比试比试。看谁干得更出色，谁就赢。我要是赢了，就吃掉你。"

"要是我赢了呢？"蜜蜂问。

"要是你赢了，"敌人回答，"你就有权在这儿过夜，可以一直待到天亮。你合意不合意？"

"行。"蜜蜂回答。

蛇又笑起来，因为他忽然想出一件蜜蜂永远做不到的事情。下面就是他要做的事。

他即刻出洞，快得蜜蜂什么事情都做不成。回来时带来一颗桉树种子的蒴果，这棵桉树就长在蜂巢旁边，是给它遮阴的。

小伙子们把这种蒴果当陀螺转着玩，把它叫作桉树小陀螺。

"这就是我要做的事情。"蛇说,"仔细看着,注意!"

他迅速把尾巴像根麻绳那样,绕在小陀螺上,再快速抖开,小陀螺就在快速抖开的作用下旋转起来,而且疯子似的嗡嗡叫。

蛇笑了,觉得自己很明智,因为蜜蜂从来不能旋转陀螺。但是,小陀螺跟橙木陀螺一样,嗡嗡叫着原地旋转,终于倒在地上了,这时候蜜蜂说:

"这个表演太棒了,我绝对做不到。"

"那我就吃掉你。"蛇大声说。

"等一等!我做不了这件事,但是我能做一件别人做不到的事。"

"是什么事?"

"把自己变得无影无踪。"

"怎么着?"蛇大声说,惊奇得跳起来,"不离开这儿就变得无影无踪?"

"对,不离开这儿。"

"也不藏到地里去?"

"不藏到地里去。"

"那成!要是你办不到,我马上吃掉你。"蛇说。

这件事是这样的,就在小陀螺还在转的时候,蜜蜂有时间观察这个洞穴,看见洞内长着一种植物。那差不多是一丛杂草,叶子很大,有两分钱硬币大小。

蜜蜂走近那丛植物，小心翼翼地不碰它，而且这样说：

"蛇先生，现在轮到我了。劳驾你转过身去，并且数到三。一数到三，你就到所有的地方找我，那时我已经不见了！"

他们果真这么办了。蛇快速地数数："一，二，三！"说着转过来，惊奇得大张着嘴，因为洞里蜜蜂不见了。他看看上边，看看下边。看看所有的地方，找遍各个角落，用舌头碰碰那丛植物，也毫无用处：蜜蜂消失了。

这时蛇心里明白，虽然他转小陀螺的表演很出色，蜜蜂的表演却绝对是很特别的。"她怎么啦？她在哪儿？"

他没办法找到她。

"得了！"蛇终于大声说，"我认输了，你在哪儿？"

一种几乎听不见的声音——那只小蜜蜂的声音——从洞穴中传来。

"你不会对我下手吧？"那声音说，"我能听到你发誓吗？"

"行。"蛇回答，"我向你发誓。你在哪儿？"

"在这儿。"蜜蜂回答，突然从那丛植物一片合拢的叶片里出来。

这是怎么回事？事情很简单：这种植物是含羞草，在布宜诺斯艾利斯也是很平常的，它有一种特性，只要轻轻一碰，叶子就合拢。这种冒险只能发生在米西奥内斯，这里植物很多，含羞草的叶子又大。因此，蜜蜂一碰上去，叶子就合拢，把蜜蜂藏了起来。

蛇的智慧绝对发现不了这种现象，但是，蜜蜂觉察到了，就用来救自己的命。

蛇没话可说，但对自己的失败很恼火，而蜜蜂在那里度过的一夜，一直都在提醒她的敌人，要遵守承诺。

那是个漫漫长夜，蛇和蜜蜂都靠在树洞高处的墙上度过，因为风雨大作，雨水像河流一样灌进树洞。

天非常冷，树洞里又是一片漆黑。蛇不时有扑向蜜蜂的冲动，蜜蜂这时就以为自己的末日已经来临。

小蜜蜂从来不会相信，夜间会那么冷，那么漫长，那么可怕。她想起自己以前的生活，每夜都睡在蜂巢里，是那么温暖，想到这里就悄悄哭了。

天亮的时候，天已放晴，太阳一出来，小蜜蜂就飞起来了，在蜜蜂全家出力建造的蜂巢大门口，她又悄悄地哭了。放哨的蜜蜂什么话都没说，就让她进门。因为她们明白，回来的这只蜜蜂已经不是懒惰的游手好闲之徒，而是仅仅经过一夜艰苦的生活学徒期，就得到造就的一只蜜蜂。

果真是这样。从此以后，她采集了那么多花粉，酿制了那么多蜜，没有一只蜜蜂比得上她。秋天降临时，她的日子也到了尽头。在她去世之前，还有时间给围着她的年轻蜜蜂上最后一课：

"使我们如此坚强有力的，不是我们的聪明，而是我们的勤劳。我只使用了一次我的聪明，那是为了救自己的命。原先要是我跟大家一样勤劳，大概就用不着使用小聪明了。那时候不停地飞来飞去，跟劳动一样疲乏。我原先缺乏的是责任观念，那个夜晚使我得到了。

　　"干活吧，朋友们，想着我们为了人人幸福的目标而花费我们的力气，每个人为达到这个目的而受累，也是非常了不起的。人们把这种想法叫作理想，这是有道理的。在人和蜜蜂的生活中，除此之外没有别的哲理。"

图书在版编目（CIP）数据

爱情、疯狂和死亡的故事 /（乌拉圭）奥拉西奥·基
罗加著；林光译 .-- 成都：四川文艺出版社，2018.11（2022.6 重印）
ISBN 978-7-5411-5123-1

Ⅰ . ①爱… Ⅱ . ①奥… ②林… Ⅲ . ①短篇小说—小
说集—乌拉圭—现代 Ⅳ . ① I782.45

中国版本图书馆 CIP 数据核字 (2018) 第 201822 号

AIQING FENGKUANG HE SIWANG DE GUSHI

爱情、疯狂和死亡的故事

[乌拉圭] 奥拉西奥·基罗加 著

林 光 译

选题策划	**后浪出版公司**
出版统筹	吴兴元
编辑统筹	梅天明
责任编辑	苟婉莹
特约编辑	刘苗苗
责任校对	汪 平
装帧制造	墨白空间·张静涵
营销推广	ONEBOOK

出版发行	四川文艺出版社（成都市锦江区三色路 238 号）
网 址	www.scwys.com
电 话	028-86361781（编辑部）

印 刷	北京天宇万达印刷有限公司		
成品尺寸	143mm×210mm 1/32		
印 张	11.25	字 数	210 千字
版 次	2018 年 11 月第一版	印 次	2022 年 6 月第四次印刷
书 号	ISBN 978-7-5411-5123-1		
定 价	45.00 元		